奥 雷 一 号

徐国志 著

群众出版社
·北京·

图书在版编目（CIP）数据

奥雷一号/徐国志著. —北京：群众出版社，2014.8
ISBN 978-7-5014-5253-8

Ⅰ.①奥… Ⅱ.①徐… Ⅲ.①长篇小说—中国—当代 Ⅳ.①I247.5

中国版本图书馆 CIP 数据核字（2014）第 165972 号

奥雷一号

徐国志 著

出版发行：群众出版社
地　　址：北京市丰台区方庄芳星园三区 15 号楼
邮政编码：100078
经　　销：新华书店
印　　刷：北京市泰锐印刷有限责任公司

版　　次：2014 年 8 月第 1 版
印　　次：2014 年 8 月第 1 次
印　　张：12.5
开　　本：787 毫米×1092 毫米　1/16
字　　数：187 千字

书　　号：ISBN 978-7-5014-5253-8
定　　价：38.00 元

网　　址：www.qzcbs.com
电子邮箱：qzcbs@ sohu.com

营销中心电话：010-83903254
读者服务部电话（门市）：010-83903257
警官读者俱乐部电话（网购、邮购）：010-83903253
啄木鸟杂志社电话：010-83901867

谨以此文献给为了我们
国家的安全战斗在反恐
一线的公安民警

一

　　苏强做完一百个俯卧撑，又在床上做起了仰卧起坐，木板床吱吱咯咯响起来。上铺的肖二力探出半个脑袋，看见苏强胸前有一层水珠，头上冒出水汽，下颏的汗掉在腿上，又落在床铺上，留下一溜水印。肖二力把头缩回来，拽过一旁的被子蒙住头，眼前总是晃动着苏强那张棱角分明的脸，冷森森的眼睛瞄着他。肖二力躺不住了，麻溜地从上铺出溜下来，看了眼苏强。苏强只顾双手兜着后脑勺，一下一下地龇牙做着动作，随着床铺一晃一晃地颤动，吱咯声有节奏地响着。肖二力弯腰拿起热水瓶，颠儿颠儿地去水房打水。

　　苏强做完了一百个仰卧起坐后，站在窗前伸胳膊踢腿。清晨的阳光在对面的灰楼上抹出一层玫瑰红，楼下是一条马路，车声赶趟似的密集起来。窗子上的铁栏杆和铁丝网隔开了与外面的联系，却挡不住喧闹。

　　肖二力打水回来，偷看了一眼苏强的背影，低声叫了声强哥，轻轻地将热水瓶放在地上，又拿上自己的脸盆去了洗漱间。说是洗漱间，其实也是卫生间，有淋浴和蹲便器，八个犯人共用。现在监狱公寓化了，卫生间与监室有门隔开，门上部是木格窗，下半部是实木。

　　这几天苏强脾气小了，对肖二力说话不再瞪眼睛了。肖二力倒有些不习惯，比以往更加勤快，说话时也总看他的脸色。"强哥，水打来了。""强哥，我洗碗去。"肖二力说话时小心翼翼，生怕哪句话呛住苏强。

　　苏强换上了一套朋友探监时送来的浅灰色耐克运动衣和同样浅灰色的耐克运动鞋，还用一把牛角梳子，慢慢地梳了几下头发。苏强以前是寸头，到监狱后被剪成了光头。后来不知怎的，头发又留长了，比寸头还长一些。再后来，管教找他谈了一次话，他又将头发剪短了，比寸头短那么一点点。在这里，头发长短代表着一个人是否有"位置"。

　　吃过早饭，苏强喊上肖二力出了监室。这两个星期，他们在清理旧厂房的瓦砾，可以不用排队点名，省去了参加大队每天安排劳动的环节。肖二力被苏强要来当助手，说是助手，就是干些打杂清理和看看车前车后是否安全的活儿。

这是一台大马力的装载车，半年前监狱购置的，还很新。按规定，重刑人员不允许接触动力机械。苏强这两个月表现不错，管教几次在大队会上表扬过他，上次月评时，还为他报了积分。这样表现下去，到年底就可以报请减刑。为了鼓励他，这次管教又让他开装载车清理废石烂砖。

"强哥，工作服。"肖二力把狱服递给苏强。苏强没接，瞪他一眼。肖二力伸出的手迟疑一下，又缩了回来。苏强一把拽过狱服，一甩搭在肩上。肖二力紧跟在后面，拿着一瓶矿泉水，向装载车跑去。

苏强因为杀人抢劫数罪并罚，获刑二十年。同案犯中两名主犯被判死刑，一年前已执行枪决。苏强家里积极运作，又主动赔偿受害人家属，花光了所有积蓄，还卖了一处房产。同时他在看守所期间，又检举他人，破获一起重大积案，算是有立功情节，保住了命。投送监狱前，家里叔叔婶婶来探视，提起他早逝的父母，一把鼻涕一把眼泪的。苏强发誓，出去后一定要让叔叔婶婶安度晚年。

肖二力是年前投牢的，罪名是抢劫、抢夺，被判13年。按规定15年以下该投送到劳改队，肖二力父亲找人活动一番，结果给送到了滦阳第五监狱服刑。入狱前，肖二力就知道苏强。苏强在道上的名气很响，是个人物，手下兄弟几十个。提起"强哥"，许多饭店可以免单。歌厅洗浴中心，去了算是给老板面子。上次"强哥""出事"，是给兄弟"平事"造成的。对方的那个"主"不看情面，"强哥"让兄弟赔钱道歉，对方还是不依不饶的，非要在自己的兄弟面前显"派"。这下伤了"强哥"的脸面，兄弟们更是气不过，一顿乱砍，扬长而去，其后果严重，造成对方两死一重伤。肖二力是小打小闹，初中没念到头，就走上了江湖。先是逃学泡网吧，手头没钱，就回家里翻箱倒柜找父母的钱。后来，父母的钱也翻不到了，就在网吧里向别人硬要，不给就动手抢。胃口越来越大，和一帮哥们儿偷、抢，疯狂作案时，一晚上抢劫十几起，把滦阳市区搅得天翻地覆。肖二力想投靠苏强麾下，几次托哥们儿喂话，苏强也没答应。直到事发后投进了滦阳第五监狱，算是遂了心愿。

肖二力还有个哥哥叫肖大力，多年前辍学去北京闯荡，很久没有音讯。去年从北京回来过年，开回一辆宝马，还有一男一女两个随从，喇叭声声，牛气哄哄，算是衣锦还乡。那时肖二力已被关进看守所，没有目睹大力的无限风光。肖大力在家陪父母过了个春节，没出正月，就被电话招走，一去又没了踪影。肖二力的妈妈哭天抹泪好几个晚上，大骂肖家八辈祖宗。后来，肖二力判决下来了，投送监狱前，他妈妈去看守所会见了一次，投到滦阳第五监狱后，她心里算是彻底踏实了。不管怎么说，总算有政府帮着管了，想儿子了就到监狱探监，数落数落，心里好受些。

今年5月中旬，肖家又接到了滦阳市公安局寄给家属的通知书，说肖大力涉嫌盗窃机动车辆，被刑事拘留。这次，二力妈在二力爸面前一滴眼泪也没掉，她把自己反锁在卧室里，一晚上没有出来。二力爸怕老伴儿有什么闪失，隔会儿就去敲敲门，听到里面有哭声，整整一夜，他俩谁也没睡。

二力爸托熟人到刑警队打探情况，得到准信说案子太大，盗窃的小汽车能摆满滦阳广场，命能否保得住，都很难说。

二力爸不敢再深问，回家瞒着老伴儿。不承想老伴儿哭过那一晚上，反倒想开了，闭口不再问老大的事。到超市买回猪肉和大葱，叮叮当当地剁起饺子馅儿来。晚上还给老伴儿烫了一壶酒，说从今儿往后，咱俩谁也不指望了，自个儿管自个儿。二力爸却不死心，又瞒着老伴儿去滦川律师事务所聘请律师，交了一万元手续费后，律师给了敞亮话：保命没啥问题。后来，刑警队的熟人也捎来话，盗窃车辆没有死刑。二力爸明白一万块钱打了水漂，心疼又窝气，关严门后说起气话："我没这两个儿子，就当早早死了！"

苏强钻进驾驶室，轰隆隆地发动机器，开始了一天的劳动。这几天他像憋着一股劲，不知道累一样，害得肖二力总在太阳底下晒着，不敢去阴凉地儿歇一会儿。他看见苏强像是和谁赌气，哪儿不好推，他越把铲车往哪儿开。那个开翻斗汽车的工人，一遍遍往返，没个停歇的时候。他知道苏强的"名气"，也不敢言声，总看肖二力，肖二力明白他的意思，假装什么也没看见，在一边喊"倒车"、"停"，不敢偷懒。快11点了，6月的天气，太阳很毒，晒得皮肉疼。

肖二力把矿泉水给苏强递上去，又给苏强上烟，用恳求的语气说："强哥，歇歇吧。"苏强接过烟，等肖二力点上，也不说什么，斜着眼睛四处看了看。过了会儿，问肖二力："几点了？"肖二力说："11点了，喘口气儿吧。"苏强闷声说："上来。"肖二力好像没有明白什么意思，苏强把驾驶室门打开，几乎是低吼："上来！"肖二力明白了，麻利地踩着踏板，一步跨进了驾驶室。苏强撮起一铲瓦砾，猛地掉头，装载机呼啸着掉转了方向。肖二力从驾驶室往外看了看，翻斗司机把着方向盘看愣了，不明白他们在干什么。肖二力听到苏强加足了油门，装载机怒吼着向前方冲去。铲车挡住了前面的视线，从一侧能看见，装载机是冲向了监狱的大门方向。肖二力心都飞了起来，他双手死死地抓住车窗下边的扶手。一声轰鸣，大铁门被撞开了，砖石撒了一地，紧接着又是一声巨响，第二道大铁门也被撞开了。肖二力看见岗楼的哨兵端着枪冲向他们。他傻了似的盯着前面，前面是排满汽车的街道，路两旁楼房一座连着一座，阳光白晃晃的。他听到了枪声、刹车声、惊叫声……

二

早晨肖大力没有起床。看守民警在喇叭上高喊："22 号，22 号监室，谁还没有起床？"肖大力所在的监室是 22 号。同牢房的在押人员对着对讲机报告："肖大力肚子疼。"肖大力确实病了，疼得额头上渗出豆大的汗珠。看守巡视民警郑楠翔和狱医老张到 22 号监室前察看，肖大力弓着身子，跪在床铺上，头钻进被子里，嘴里发出"呜呜"的哭叫声。郑楠翔打开监室第一道门，在押人员站成一排，双手抱头，靠墙蹲立。老张上床让肖大力平躺，进行检查。老张手按压他的胃部时，肖大力叫声更大了，脸色蜡黄。老张问："吃早饭没？"同监室的人说："没吃，还吐过两口血。"老张怀疑是吞食了异物，让两个"劳动号"抬来担架，把肖大力抬进了医务室。给他打了一针止痛，问他："吃什么了？"肖大力断断续续地说："昨儿晚上吃了半个凉馒头。"又说，"我有胃溃疡。"老张说："吃凉馒头，怎么会吐血？你实话实说！"肖大力"哼哼"着，什么也不说了。老张对郑楠翔说："像是吃了什么异物，你让管教查一下，问问同监室的人，我向所长汇报，打'120'。"所长很快回话说："对在押人员讲是胃疼，我们查清了再处理他。"

滦阳市看守所在市区东郊。"120"救护车半小时才到。郑楠翔、老张带两名武警战士一同押解肖大力到市中心医院。先做了 X 光检查，看到有一个勺状的金属物。医生拿着片子给老张看，郑楠翔说："号里都是塑料勺啊。"遂向所长汇报，所长一听这个情况火气上来了，把管教叫到办公室，劈头就训："铁勺子怎么进了监室？"管教小刘也纳闷："不可能啊，怎么会有铁勺？监室塑料水龙头坏了，水嘴镀着金属漆，可能吞下的是水嘴。"所长吼他："马上给我查清楚。"医院让住院，说这个铁勺刮破了食管。所长准备开车赶往医院，临走时叮嘱政委进监区盯着，查清这个铁勺的来历。

郑楠翔出了医生办公室，楼道里已经没了老张和两名武警的身影。跑进 X 光室一看，只见窗子大敞着，往下一看，老张和两名武警正向医院大门口猛跑。郑楠翔头一下子就大了，浑身顿时惊出一层冷汗，他扑向窗口，从二楼跳了下去……

消息很快传到滦阳市公安局指挥中心。一天内连续发生越狱和脱逃事件，滦阳震惊了。老百姓越传越玄："第五监狱犯人持枪越狱，打死了两名武警。""看守所的犯人会飞檐走壁，戴着手铐脚镣子也行走如飞，警察开车都撵不上。"

市公安局局长王浩下令迅速启动应急预案，在滦阳市进出道路层层设卡，严密盘查，发现可疑人员、车辆，马上扣押！

滦阳市委、市政法委领导迅速作出批示："严查严办！限期缉拿归案！严肃追究相关责任人！"

省公安厅厅长、省政法委领导签署意见："限期破案。上报结果！"

市公安局成立专案组，局长王浩二十四小时坐镇市局指挥中心，市局党委成员分别在检查点进行上路检查，主管刑侦工作的张副局长率队，对市区重点区域展开地毯式排查，各路消息源源不断地反馈到指挥中心。

24 小时、36 小时、48 小时……三天、四天，苏强和肖氏兄弟俩像人间蒸发了一样。

在苏强和肖氏兄弟越狱脱逃的第七天，与滦阳市区一山之隔的滦南区，又发生一起公交车爆炸案件，炸死乘客一人，伤八人，其中两人重伤。一时滦阳市街头巷尾人心惶惶，风声鹤唳，草木皆兵。

省公安厅钟厅长率主管刑侦、反恐工作的韩副厅长赶往滦阳。滦阳市公安局大楼灯火通明，会议室内，滦阳市党、政主要领导和公、检、法、司以及武警的负责人正在召开会议。为保密起见，与会领导进会议室前都被收了手机。

市局办公室整理会议纪要，经批准后，向有关部门下发。

会议决定由市公安局王浩局长为滦南区公交车爆炸案专案组组长，抽调市局刑警支队、技侦支队、治安支队、网监支队、反恐办骨干力量参与。滦南区公安分局局长杨华为副组长，负责具体侦破工作。省公安厅反恐处派员参与破案。钟厅长和市委黄书记宣布了死命令："8月1日前必须侦破。"案件不破，无法向全省乃至全国人民交代。国人期待百年的奥运会吸引了全世界的目光，我们要向党和人民做出保证。王浩局长当场表态："案件不破，引咎辞职！"

钟厅长和王浩单独谈了一个小时。钟厅长说："公交车爆炸案不排除境外恐怖势力参与的可能。公安部接到国际刑警组织的通报，在A国一次反恐行动中，抓获恐怖组织中的几名骨干，在他们的藏匿处搜出2008年北京奥运会比赛场馆图纸。他们企图在奥运会期间，发动恐怖袭击，制造事端。据几名恐怖分子交代，已有人员潜入中国境内，执行代号为"玫瑰计划"的恐怖行动。滦阳市毗邻北京，是境外恐怖组织可能选中的地方，我们的工作要保证不让一枪一弹、一克危险品流入北京。不放过一个有问题的人、一辆有危险的车，要起到护城河的作用。王浩，你肩上的担子不轻啊！公安部和省厅会通过公开和秘密两条战线支援你们的工作。"

王浩局长很激动，先检讨了自己的工作："工作没做好，辜负了省厅和市委的信任。"

钟厅长说："我不想听这些，我只要到时候来为你们开庆功会，喝庆功酒！"

"这杯酒，我今天先备下。"王浩说得斩钉截铁。

滦阳市检察院对第五监狱主管副狱长、当班大队长、管教民警采取强制措施，第五监狱监狱长被撤职。市看守所看守民警郑楠翔被刑事拘留，市公安局对看守所长和狱医分别作出免职及行政记大过的处分。郑楠翔在邻县看守所羁押两周后，检察院作出不起诉的决定。市公安局局长办公会议研究，对郑楠翔予以辞退。从邻县看守所出来，市看守所派车把他接回市里，几个要好的同事请他在有名的"澳门豆捞"吃了一顿。郑楠翔没有喝酒，向同事们深深鞠躬，请他们代他向所长赔罪，并给同事们赔礼道歉：给市所抹了黑，终结了自己二十年无事故的辉煌历史。从此他脱去警服，告别了警营。

三

公安部派许乐然、汪碧菡，和抽调到省公安厅反恐处的古文辉一起飞往 A 国国际刑警中心局，在国际刑警组织配合下，详尽掌握了恐怖组织制订"玫瑰计划"的相关情况。三名恐怖分子交代，渗透入境的人员中有一名是炸弹专家，由代号"木棉花"的人指挥。许乐然三人顾不上礼节和客套，立即驱车直奔机场，凌晨四点飞回北京。公安部的朱局长听完汇报后，指示许乐然制订行动方案，九点钟向部里领导汇报。

急风暴雨的节奏很适合汪碧菡的胃口。汪碧菡 22 岁从刑警学院毕业，同年考取本校刑事侦查系研究生，24 岁拿下了硕士学位。导师想让这位得意弟子继续攻读博士学位，但正赶上反恐局到刑警学院要人，汪碧菡不想错过机会，一试即中。到反恐局打拼几年成了骨干的汪碧菡，同时也戴上了博士帽，30 岁依然不想过世俗日子，而她在中直机关上班的男朋友到云南思茅市挂职锻炼了。许乐然是汪的同门师兄，在刑警学院时就获得了博士学位，早两年分配到反恐局，是个"王老五"处长，至今还没有遇上中意的姑娘，对这位小师妹倒有些意思，不想汪碧菡已名花有主。汪碧菡知道许乐然的想法后，给许乐然一个果断的"No way"："咱俩没戏，娶我的人要有霸气，你歇菜吧！"气得许乐然反击："你就像秃鹫一样凶狠！"汪碧菡身出名门，父亲在社科院研究古典文学，母亲是北师大的教授，父母有协定，儿随父姓，女从母姓。从小汪碧菡接受了正宗的国学教育，受父母熏陶，练一手好字，更会写锦绣文章。可她偏偏不喜欢这些，报考专业时，背着父母把第一志愿填了刑警学院，气得老父亲在她上学走时都没有送她。倒是母亲想得开，说只要喜欢，我都支持。

古文辉刚刚从武警总队特警支队转业，有一身功夫，浑身是胆，在部队时多次参与公安抓捕、排爆、劫持人质处置行动，在省公安厅算是生面孔。抽调人员时，钟厅长点名让他去。他有句戏言："比学问不行，就要比功夫！不能让部里领导笑话咱。"

三人顾不上休息，赶在上班前，拿出了行动方案——"奥雷一号"！朱局长仔细审阅着，像是忘了他们三人，一言不发地向主管副部长汇报去了。综合处小田秘书招呼三人跟她走，说朱局长早就给你们订了早点。不过局长有话，方案通不过，早餐就不能吃。

11点，小田通知他们立刻到朱局长办公室，朱局长表情凝重："副部长原则上同意这个方案，时间紧迫，给你们两天时间完善细节，最后报副部长批准。"

三天后，汪碧菡一身银灰色套装走进省政府大楼，办公厅一位秘书把她带到省国资委王主任办公室。汪碧菡说："这是我上午电话中说的首长交办的事。"王主任很热情地招呼汪碧菡坐下，并亲自沏好一杯茶递到小汪手中，这让汪碧菡觉得有些不好意思。王主任说："已经和华峰矿业集团刘董事长说好了，你随时可以上班。"汪碧菡道了声谢，起身就走。王主任忙说："不忙，我已安排便饭，刘董事长一会儿就过来。"汪碧菡心里有种被摆布的感觉，忙说："不必了，我这就过去报到。"王主任上前想拉又觉得不妥，在一边搓搓手，忙不迭地说："订好了，你看，都订好了！"汪碧菡已走到电梯口。王主任撵出来，说："小汪，你别客气！"汪碧菡一笑，闪身进了电梯。

出大门，汪碧菡被门卫截住了。门卫也是保安，是个很认真的小伙子。他说："同志，您稍等，车马上就到。"汪碧菡冲小保安笑笑，退到一边。这时一辆黑色轿车停在她身边。司机打开副驾驶车门，把汪碧菡请上车。

车过了两个路口，在一座大楼前停了下来，这时汪碧菡没有听完车里放的《打渔杀家》，她向司机扬扬手，说了声："谢谢，再见。"司机是位很木讷的老师傅，好像没有理会她的招手。这倒让汪碧菡多看了他一眼。

汪碧菡看看表，刚好是下午四点。门卫保安问明情况进行登记，比省政府手续还全。保安拨通刘董事长办公室电话，接电话的秘书嗓音很甜。汪碧菡也不多说："找刘董事长，汪碧菡。"女秘书说了声："稍等。"只听见话筒里拨通刘董事长的电话，很快回话："刘董事长请您上去。"

刘董事长接待了她，看得出把她当作有来头的人了，客气又敬而远之。汪碧菡想，这正好，本来自己就没有半点儿这方面的学问。"你有什么要求？"汪碧菡索性就装到底："最好是干本行。"来时，她的档案已做好了，英国圣马诺大学工商管理学硕士。这所大学，有许多假文凭在留学生中流行，汪碧菡故意让自己被别人当作绣花枕头。刘董事长应付完她，让秘书小林带她去人事部。汪碧菡冲这个甜甜的小林秘书笑了笑。小林很友好，把她带到人事部杜部长办公室，特意交代是刘董事长交办的。杜部长是位漂亮女士，说话很快。她例行公事一样，没有把小林秘书的话当回事，当着汪碧菡的面打开了档案袋，翻看了几页又塞回去，扔到桌上。小林秘书轻轻拉了一下汪碧菡胳膊，笑笑离开了。杜部长说："刘董事长有交代，岗位、职位任你选。"说完目光挂在汪碧菡的脸上不动了，汪碧菡头一回接触这样有锐气的女人，心里想，不能让这个人镇住。她也把目光定在杜部长的脸上，说："我是学工商管理的，还是请杜部长安排。"杜部长想也没想，很自然地说："好吧，去策划部做主任。"随即喊来一位姑娘，让她带着过去。杜部长说话很快，姑娘姓什么汪碧菡也没听清。

策划部在大楼的三十六层，是顶层，高高在上。办公室宽敞，落地窗，城市风景尽收眼底。汪碧菡觉得不错，让人心胸豁亮。三十六层，三十六计，没准有些说道。

策划部五个人，其他四人全是男同志，男同志有好处，让汪碧菡觉得麻烦少。部长是位四十岁上下肤色微黑的瘦高个，戴眼镜。他自我介绍说："鄙人姓王，叫老王即可。"声音有点儿沙哑，像马三立。又介绍另外三位，分别姓周、郑、张。三名男同志点点头算是打招呼。汪碧菡微笑，颔首说："请多多关照。"这是临行时许乐然教她的俗套，听得汪碧菡当成笑话。许乐然教得很认真，见她不当回事儿有些急："你是不听哥哥言，吃亏在眼前。"汪碧菡说："嘁，哪儿跟哪儿啊，我听着不对味儿呢！"许乐然说："你就学吧，用处可大了去啦。"汪碧菡看他假模假样，笑得直咳嗽。这会儿想起这些，她又禁不住笑了。那三个人相互看了看，就回到各自办公室忙去了。

四

滦南区公交车爆炸案案情分析会在公安分局四楼会议室召开，王浩局长参加了会议。分局局长杨华简要通报案情：6月9日下午2时左右，第一公交公司5路车"青年号"滦D3052公交车，行至滦河路"乔治白"专卖店前路段时，发生了爆炸。案件发生后，公安部门立刻启动了突发事件应急预案。三分钟后到达的巡特警大队立刻封锁现场，抢救伤员，恢复交通秩序。一人当场死亡，八人受伤，两人伤势严重。局领导根据各人分工，分头指挥。刑警大队负责现场调查，治安大队会同公交公司负责对公交车等交通工具排查，技术大队负责现场取证工作。伤员救护及善后工作由政委率经侦、国保等部门20余名警力负责。

经过初步调查，爆炸时间为6月9日下午2时10分45秒，这一时间是通过市区道路交通监控确定的。爆炸中心点在公交车司机座位后第七排座椅靠窗位置。死者为女性，24岁左右，大腿至腋下被炸烂，只有后背部分皮肉相连。尚不能确定身份。其他八名伤者中，两名重伤人员均为男性，仍然昏迷，还没有脱离危险，身份也没有确定。另六名均为轻伤，其中两名男性、四名女性，有一男一女两名初中生，其他四人中，一名女性在超市工作，是售货员，两名女性在区政府工作，是公务员，另一名男性在修理厂工作。

通过对纺织品、座椅碎片取样化验，确定炸药为二号岩石铵梯炸药（TNT含量11%），药量在一公斤左右。

引爆物为铜雷管。爆炸物外包装是灰色帆布包，引爆方式为计时引爆。其他细节有待进一步确定。

二号岩石铵梯炸药普遍用于矿山，现在滦阳市的矿山大多使用这种炸药。

王浩局长表情凝重，声音发颤地说："一周之内，就在我们的眼皮子底下发生了第五监狱重刑犯驾驶重型机械越狱，市看守所在押人犯从医院脱逃，公交车爆炸等三起恶性案件。一起连着一起，每一起都是大案，惊心动魄啊。我们是首都的北大门、护城河，在百年奥运召开前夕，同志们，我不知道你们怎么想，我是如坐针毡、寝食难安啊！案件惊动了省厅，惊动了公安部，惊动了全国。各级领导非常重视，都作了指示。钟厅长留下话，下次来时，是为我们庆功，喝庆功酒！同志们，我立下了军令状，向领导拍了胸脯子，案子不破，人抓不回来，我脱下这身警服，卷铺盖走人！"

会议室很静，听得到每个人的呼吸声。杨华讲了工作开展情况："前期各个组都做了大量工作，这起爆炸案，从性质上看，是有人把爆炸物带到了5路车上，故意引爆的可能性非常大。死者的身份还没有确定，但极有可能是本案犯罪嫌疑人。

"下一步工作，一是要查清死者的身份；二是要查爆炸物的来源；三是要查爆炸方式和包装物，这方面工作技术含量高，有各级专家参与，我们要做好配合。四是要寻找5路公交车爆炸时的目击者和这辆车其余所有乘客，一个不能少。

"同时，由市治安支队牵头对全市所有爆炸物品运输、储存、使用点进行一次细致的排查。对流入社会的爆炸物，要清查来源、去向，一克也不许含糊。"

最后，王浩局长说："同志们，我们的时间有限，要在奥运会召开之前，交上这份答卷。"

模拟爆炸试验于6月16日下午2时在市公安局警官培训基地靶场进行。

实验炸药是市安监局提供的二号岩石铵梯炸药。公交车是交警支队报废的两辆同型号（宇通）通勤车。

公安部和省、市公安技术部门十余名技术人员参加，由市公安局主管刑侦工作的孙副局长现场指挥。共实验起爆两个炸药包，每包药量一公斤。

一号药包装入一个休闲帆布挎包内，用尼龙绳悬空绑在靠窗座位，由电雷管连接计时装置起爆。装填物有电池、导线、手机、面巾纸和红色女士手包一个。

二号药包装入一个红色皮革提包内，放在靠窗座位上，用八号瞬发纸雷管连接计时装置起爆，装填物有电池、导线、手机、面巾纸及皮制钱夹一个。

车内有模拟人六个。木制骨架，填充塑胶，外穿不同服饰。在有药包的座位和药包前后座位每排设两个模拟人。

起爆后，在车厢座位形成的爆炸漏斗孔直径，可见深度压缩圈直径与爆炸现场近似。

参照六个模拟人形成的损伤程度可以确定，爆炸中心点就是在死者腰际和车厢板之间，炸药重约为一公斤。

五

许乐然被派到滦阳市公安局挂职。在省公安厅钟厅长办公室，钟厅长介绍了滦阳市的情况，并在同王浩局长通电话时，指示王浩："许处长到滦阳市任副局长，他是反恐局的专家，你们要配合好，对外要讲他是反恐局的。嗯，说什么都可以。还是那句话，爆炸案子要限时破案，跑的人要限时抓回来！"

在滦阳市公安局中层以上干部会议上，王浩局长介绍了许乐然的任职和市局党委的分工调整。由许乐然协助孙副局长抓刑侦工作。王浩局长讲："许局长是公安部派来的领导，这次到我们滦阳市局挂职，一方面是督导奥运安保工作的落实情况，更重要的是督导最近三起案件的侦破工作，是公安部领导和省厅领导对我们工作的鼓励和鞭策。上次钟厅长来时，我向钟厅长做过保证，在今天，我们要把保证工作细化，分解成一份份责任状，我们要一层层地抓落实。在座的都是中层以上领导，我们要勇于负责，敢于承担，把工作做好。如果哪一个环节出了差错，我要追查问责！"王浩局长的目光越过了一个个头顶，扫视着每一个人的面孔。底下的人感觉出了他眼睛中的锋芒，都把目光错开了。

治安支队的副支队长张翔是许乐然的大学同学，这是他们毕业后第一次见面。上学时，许乐然是个书呆子，死钻书本。别人课间走出教室透气，他呢，还是捧着书，周末往往在图书馆里一扎就是一天。张翔不记得当时自己和他说过几句话。毕业时，听说这家伙考上了研究生，因为不熟，就一听了之。再后来，同学间偶尔联系，但就像是没有许乐然这个同学。如今冷不丁在滦阳见了面，还坐在主席台上，成了领导。真是士别三日，不得不刮目相看！很让张翔吃惊。散会后，张翔站起身盯着许乐然几次举手示意，这个书呆子只是低着头走路，还是在学校时的那副德行。张翔只好喊了一声，许乐然迟疑了一下儿，认出了他。

老同学见面，张翔在滦阳市"满汉全席"酒楼设宴接风，喊上他手下的几名弟兄作陪。许乐然见酒就晕，说什么也不喝酒。张翔想在下级面前表现一把，没承想却把许乐然逼得说急话了："张翔，你小子啥时候成酒缸啦，我喝不了酒啊！"张翔觉得许乐然是不给面子，让自己在弟兄们面前丢份儿，于是话说得有点儿难听："许乐然，我觉得是同学才自己掏腰包请你，要是摆许副局长的架子，老子今天还不请呢！"张翔带来的行动大队副大队长徐海燕赶忙解围："许局长，听我说一句，您千万给咱小女子点儿脸不是，我们这地方，讲究是宁伤身体不伤感情。您看，咱们张支队，毕业时多帅，现在喝成了酒糟鼻子，麻子脸，整个一个酒鬼啦！"说得一桌子人都哈哈笑了。张翔一把拉她坐下，端起杯："来，哥儿几个，咱们先走一个，给我这个老同学带带道。"说着一扬脖，一小碗白酒灌下去了。接着几个人像是波浪一般，站起坐下，连挨着许乐然的徐海燕也"咕咚"一声，一杯酒就干下去了。一杯酒有二两，许乐然给看傻了，端起杯，看看大家，又看看酒，真的犯难。他看着张翔脸红了，说话竟有些结巴："你要我命啊，我可从来没喝过这样一碗白酒。"张翔绷着脸也不言声，两只眼睛直勾勾地盯着他。一桌人都悄悄地看着。许乐然端起碗，闭上眼，酒还没沾着嘴唇，鼻翼就扇了起来，他闻不了酒味，另一只手想捂住鼻子，又觉得太女人气，只好放下了。他咧咧嘴，猛地喝一口，憋着气咽下去，手抖得厉害，忙拿筷子夹菜。这一系列动作，让大家忍不住哈哈大笑起来。笑够了，张翔拿起许乐然的杯，把剩下的酒一口喝下去，拍一下他的肩膀："行！是咱哥们儿。"许乐然脸红了，说："张翔，你他妈就害我吧。"张翔说："好了，给你换啤酒，随便喝。"酒桌上的气氛一下子活跃起来了。

先是张翔端起杯："同学一别十多年了，你小子什么音讯也没有，这会儿冷不丁冒出来，就是我领导了，我给你雷死了。罚你一个！"许乐然忙说："哎，你刚说的，让我随便的。"张翔也不逼他了："沾沾唇就行了。"在一边的徐海燕捂着嘴笑,站起来:"许局,咱俩是一家子,徐,许,他们欺负你,尤其是张支队,敢说那样的话,我敬您,你喝口水就行。"大家在一旁起哄:"张支队没说什么呀?"这时许乐然才明白张翔刚才说"沾沾唇"是谐音,说:"张翔,你注意点儿,这里还有女同志。"张翔假装不知:"我没说什么呀。"挨着张翔的一位同志站起来:"我敬许局一杯,敬你们老同学重逢!喝之前我念一段短信,给大家助兴:'挺好的一手字让电脑毁了,挺好的身体让酒精毁了,挺好的领导让金钱毁了,挺好的枪让小姐毁了。'"说着自己先笑了。大家说:"这个短信不行,比张支队说的还操蛋,罚一个,罚一个!"这个人端着小碗自己先干了。张翔站起来说:"不要说这些荤的,说正经的。"便把属下一个个介绍给许乐然。许乐然和每人喝了一点儿啤酒,脸已经红得发紫了。接下来,徐海燕发话了:"谁也不许敬许局长啤酒了,张支队一会儿有安排,请许局长唱歌,许局长唱歌震死你们。"大家又逗徐海燕:"连许局长的歌都听过了,说说是不是老相识啊?"许乐然佯装喝多了,坐在椅子上不睁眼睛。徐海燕冲张翔发嗲:"张队,你不管管他们呀。"张翔冲他们瞪眼睛:"酒喝狗肚子去啦!收摊,收摊!去唱歌。"许乐然被拉扯着,去了练歌房。真是心里明白腿打飘,他心里骂:张翔,你他妈这不是害我吗!可张翔这小子噔噔地在一旁走着,气势汹汹的。

许乐然酒不行,唱歌在行,在学校时就有"小费玉清"的美称。喝杯茶,徐海燕又递过一块哈密瓜,感觉清爽些了。张翔说:"露一手吧,在兄弟们面前别装啦。"许乐然点了首《一剪梅》。徐海燕马上输进歌名,旋律起来,许乐然一亮嗓,便是一片掌声。一曲又一曲,张翔的嗓子差些。徐海燕笑他,他也不恼,反而声音又高了些。到凌晨一点,许乐然又唱了首《南屏晚钟》收尾,一堆人闹哄哄地散了。张翔开了房间,陪许乐然住在宾馆里,其他人各自打车回家。

第二天,唱歌的事就传到了局长王浩的耳朵里,王浩把张翔叫到办公室一顿臭骂:"猪脑子,谁让你们去歌厅的?都什么时候了,还歌舞升平!"王浩局长批评人从来注意用词,粗话很少,今天他第一次这样严厉。张翔嘴里不敢说什么,心里不服气,嘴里像是在嘟囔。王浩局长火气更大了:"不懂政治!素质哪去了?上级领导怎么看我们?破案子没能耐,乱七八糟的倒不少。给我写检查！"张翔回到办公室撒脾气，徐海燕顶他一句，啪的一声，张翔把茶杯摔在地上。这会儿电话响了，他接电话也没好声："喂！"一听是许乐然打来的，让他去一趟，他气冲冲地说："没工夫！"然后重重地挂了电话。

徐海燕把碎茶杯片收拾妥当，许乐然推门进来了。徐海燕要开溜，许乐然看看张翔脸色不对，说："别走，他跟谁甩脸子？"徐海燕在一旁不敢言声，忙替许乐然倒了杯茶。张翔站起身，懒懒地说："我敢给谁甩脸子呀，谁不比我脑袋大。"徐海燕站在一旁，小声说："让局长给训了。"张翔瞪了她一眼，许乐然说："局长训你，是瞧得上你。海燕想挨训，那还够不着边呢。"张翔说："行了，别宽我的心了。许副局长大驾光临，说吧，有什么吩咐？"许乐然笑笑："还这副德行。"坐在张翔对面说，"听说你负责追捕苏强和肖氏兄弟？"张翔看了看徐海燕，徐海燕找个理由说："我还有事。"便推门出去了。

"提起这件事，我心里就堵。先是苏强、肖二力，紧跟着肖大力，好几层检查站和卡点都查了，连影子都没瞧着。全市搜捕，这三人就跟他妈的上天入地一般，到现在还没有一条有价值的线索。"张翔情绪很坏，低沉地说："祸不单行啊，接着又是滦南公交车爆炸，全让我摊上了。爆炸用的又是岩石二号炸药，是矿山用的。你说，脸上贴金的事怎么遇不着？我真是运气背到家了。"

许乐然表情凝重："咱们是遇到对手了。"张翔看着许乐然，愣了会儿神儿，像是想起什么："哎，听说，你不是留校读研了吗？怎么不干专业，去干督察了？"许乐然笑笑："多少年了，那是老皇历。这不，想干专业就下来了嘛！"然后话锋一转，"你小子，都是孩儿他爹了吧？"张翔也不多言："你来了好，咱们把这几个案子给端了，也让哥们儿长长志气。"

六

古文辉随着省安监局工作组到滦阳市检查安全生产情况。滦阳市是全省矿业大市，古文辉以国家安监局安全生产监督处副处长的身份加入，在检查组任副组长，充实安全检查组的力量，加大检查监督力度。

古文辉喝酒是海量。有纪律约束，工作期间不许饮酒，不过晚上还是可以喝一点儿。酒越喝感情越厚，老话一点儿没错，酒桌上也交了不少朋友。

市安监局行动监察支队王强支队长便是古文辉在酒桌上认识的朋友。这天晚上到滦阳的接风酒，古文辉是来者不拒，按王强的话说是"不捏着！"二人有相似的经历，都是部队团职转业。王强直率慷慨，酒风见作风，说话办事干脆利索，雷厉风行。古文辉没有上级摆架子的毛病，端起酒杯是"感情深，一口闷！"二人接连干了三碗。他们用的是喝茶水的白色瓷碗，每碗约二两。感情的基础打牢了，王强说："像电焊一样，铁哥们儿！"

第二天一早，王强就去宾馆候着，拉着古文辉一行人去吃特色早点——老三羊汤。王强介绍：这羊汤古代叫羊羹，有讲究，上得了席面。苏东坡的诗里都提到过。点了四个菜：一个羊头肉，一盘羊肝，两样青菜。王强还要了两个"扁二"（牛栏山二锅头，因玻璃瓶是扁的、装二两而得名）。古文辉说："得干活儿呢，早晨酒就免了。"王强说："入乡随俗，先休息一天，转转滦阳市的风景。"看了一眼与古文辉同行的几个人，又说："这是……"古文辉接过了话："这是规矩？你就蒙我们吧。"王强哈哈笑了："其实我也不想喝，昨天有酒底，今天早晨投投，胃里好受些。"古文辉也不在乎了："听你的，就一个扁二！"二人拧开瓶盖，也不用杯子。古文辉喝了几口羊汤，一扬脖子，把"扁二"倒了下去，自嘲地说："辣一下得了。"王强一口一口慢慢地喝了。

吃完早饭，王强把几个人拉到单位，喝完茶，又让队里司机开上"海狮"面包车拉几个人出去转转。他吹嘘道："滦阳是国际旅游城市，不看不知道，一看全是妙（庙）。"古文辉被他留下了单独活动。王强从办公桌下面拽出一条"软中华"扔给古文辉，古文辉欣然笑纳。从手包里拿出一盒极品"黄鹤楼"扔给王强，让他尝尝。二人在办公桌对面喷云吐雾起来。

这盒"黄鹤楼"是古文辉检查一个矿山时，矿主"孝敬"的。据说一盒就一百二十多元。一根烟古文辉抽掉一半了。在这点上，他比许乐然活泛，烟酒不分家嘛！许乐然是学者型，原则性永远是第一位的，他没有古文辉的江湖气。汪碧菡认同古文辉的"多面性"，侦查员需要灵活，只要不涉及法律的规定和原则，这些灵活性是复杂环境所必需的，不然人家一眼就能认出你来，还搞什么秘密侦查？汪碧菡也有这种灵活性和侠气，这在女子中不多见。二人常常联手挤兑许乐然，但对许乐然的博学和能力还是佩服的。

王强说："中午带你去个地方！"古文辉是悉听尊便，大有一切交给"组织"般的信任。王强亲自驾车，一辆白色"丰田霸道"很是耀眼。古文辉说："还是在下面好，土皇帝一般。"王强嘿嘿笑着："你们也风光啊，走遍祖国的山山水水。"二人说笑着，向市郊奔去。

"云雾山庄"是一处别墅，投资者是谁，有好几个版本。现在是由一位姓杜的女人打理。王强同这位杜老板很熟，在车上通电话时，语气很亲热。古文辉专心看着两边的风景，一副见怪不怪的样子。车一到，一位姓安的经理迎了出来，说杜总已安排好，并等候多时了。王强带着古文辉上楼，径直去了总经理办公室。杜总笑容满面地迎出来，王强把古文辉介绍给她，又加一句："我哥们儿！"古文辉笑着，不说什么，摇着杜总的手。杜总属于那种看不出年龄的人，笑得很开却不热情，倒像是例行公事一样。古文辉察觉出这是一位很有阅历的女人，风雨不见痕迹。

云雾山庄依山而建，背靠着燕山的最高峰——云雾山。山庄建筑仿古，房脊用的是琉璃瓦，很有气势。

杜总问安经理客人是否都到齐了，安经理说早就妥当了。杜总埋怨他："见到领导就害怕，备好了告诉我呀。"安经理羞涩地笑着。二人随着杜总七拐八绕的，到了间装修得金碧辉煌的餐厅。王强说："我可是沾了部里领导的光啦！"杜总不饶他："没良心。古处长，你可得好好管他。"古文辉说："哪里，是王支队长令我开眼哪。"大家说笑着入席，还有二位不认识，王强一一作了介绍，都是矿上的老总。古文辉记住一位姓刘，一位姓赵。刘、赵二位老总点头握手，身上的肉一弹一坠的。杜总不饮白酒，倒了一点儿红的，上酒的服务员马上倒满苏打水。白酒是茅台十年窖藏，四个人平分，正好每人一玻璃杯，都是有酒量的人。杜总笑语盈盈地致词："今天是大领导和大老板南北大团聚。感谢四位赏光，给咱脸上添彩，喝好啊！"菜很讲究，海参、虾、蟹、山鸡、黄羊肉，还有野菌煲汤。

刘、赵二位矿老板，一位是浙江宁波人，一位是福建莆田人，和古文辉喝酒是杯杯见底，这倒让古文辉暗暗惊讶，南方人少有的好酒量。古文辉来了豪情，作自我介绍："兰州人，三十有八，从小在军营长大。兰州上小学，西安上中学，高中毕业参军，东西南北，四处为家，正团职转业，在北京落脚。"四个男人举杯同饮——好男人四海为家！

古文辉借着酒劲，敬杜总一杯："杜总经理，不知叫你妹妹对不对？"这话说得杜总笑了："叫姐姐，你才多大！"古文辉说："不像，叫妹妹才对，你也该告诉我点儿情况啊。"杜总的目光飘到古文辉身后，微笑不语。

饭后，杜总安排了节目，足疗、松骨。四个人每人一个房间，不知从哪里冒出的服务小姐，穿着有些稀奇古怪的服装。刘、赵二位在隔壁房间被捏得咿咿呀呀，很享受地嚷着。王强和古文辉的房间里没那么热闹，王强居然打起了呼噜。古文辉东一句西一句地与按摩小姐扯着，小姐猜他是领导、老板。古文辉说这两样我全不是，叫我先生就对了。小姐说："您拿我开心，我还不知你是先生？您知道在麻将桌上和歌厅里叫先生是什么意思吗？"古文辉真的不知道，问："什么意思？"小姐贴着他的耳朵说："就是付账买单的。""那我就不当先生了。"古文辉回答得很快，把小姐逗得哈哈笑。

洗、搓、蒸，全套下来，然后每人换上一件休闲服，在休息厅聚齐。王强带着古文辉上了麻将桌，古文辉见动真格的，小声对王强说："没多少子弹。"王强小声嘱咐："我充足，有备用弹夹。"

拉开抽屉，里面是纸牌，古文辉心里轻松了，不动钱还行，便放开了玩。他的手气不错，屡战屡胜，边、夹、吊，有如神助。鬼麻将，麻将鬼，有时候运气二字让麻将牌诠释得很清楚。几圈下来，古文辉抽屉里的纸牌快盛不下了，到晚饭前，他大获全胜。一张纸牌500元，古文辉居然赢了三万多。王强也赢了一万多。两位老板输了。古文辉不想要，说随便玩玩，不当真的。王强把钱算清，硬塞进古文辉包里。

回市里的路上，古文辉斜眼看王强，见他吹着口哨，心情很好，问道："常和他们玩吗？""这二人奸得很，才不愿和咱们玩。"古文辉佯装不明地问："为什么，赌钱还挑人？"王强说："和咱们玩，明摆着，赢了拿不走，输了不甘心呗。"接着又说："咱们钱薄，他们玩着不过瘾。"

第二天上午，召开全市安全生产工作会议。与会的有公安、矿山、环保、安监等部门。古文辉、许乐然在主席台就座。二人像是互相不认识，各自翻看着文件，有模有样的。会议由主管副市长主持，各县区主管安全生产的领导率相关部门的负责人到会。会议内容单一，安排开展安全生产大检查。对存在安全隐患的企业、矿山，该关的关，该罚的罚，严惩不贷。

许乐然是代表王浩局长出席会议的，市局领导原本一正六副，算上许乐然共有七位副职，可依然忙不过来。今天主管治安的副局长和王浩一起去参加市里组织的"护城河"工作会议，其他副局长也都脱不开身，只好派许乐然代表市公安局参加。许乐然知道古文辉已到滦阳，正好可以见个面，便欣然领命。

按照安排，古文辉和王强各率一个工作组深入到一线展开检查。

古文辉率领的检查组有王强手下的一位副职和省里的一名同志，三个人一辆越野车，重点查矿山和矿业加工点。几天下来，酒喝了不少，土特产塞满了后备箱，一名矿点老板借去卫生间的机会，塞给了古文辉一个文件袋，沉甸甸的。古文辉来不及提上裤子，矿老板已经没了踪影。文件袋里有五万元，一张纸上写着矿点名称。古文辉回到市里，把这五万元和上次打麻将赢的三万多元一起存进银行，银行卡用挂号信寄回了部纪委办公室。

有问题的矿点不少，关、停、整改通知书发了三十多张。一路上，酒话、脏话、气话、狠话甩了一路。古文辉骂人的话不用教，训练新兵时，什么话都说过。管理得好的企业多是外来老板经营的，远方的和尚会念经啊。

<h2 style="text-align:center">七</h2>

郑楠翔连续五天在滨河公园闲逛。没有归属感让他觉得落寞无聊。以前影视剧中的人调侃的话，他如今算是深深体会了——找不着组织！他真的是没有组织的人了。以前忙时，总想停下来休息几天，甚至有提前离岗回家干点儿什么的念头。可真正离开了工作岗位，失去了固定的生活来

源，却让他烦躁、失眠，看什么都不顺眼。肖大力脱逃，让他蒙屈入狱，从看守警察变成被警察看守，如果没有老领导为他说话，没准儿会追究他渎职责任，判个一两年也说不定。现在辞退他是开恩了。没有工作，没有接收单位，奔五的人了，让他再一次找工作，真有些力不从心。这个王八羔子！要是能倒回几年，郑楠翔一定会当独行侠，亲手把肖大力逮回来。

他又到凉亭上，找昨天下棋的两个老头。今天棋桌上换人了，四个人打扑克。牌技都不错，一、二、四块的赌注，几个人玩得很投入。

郑楠翔看相邻的两家牌，很有意思，忘记了时间。他看牌看出了感慨。一手好牌并不一定会赢，需要对家的配合。有时候，不怕对手厉害，就怕对家捣蛋。一个人牌再好，如果对家老是出错牌，或者配合不好，完了，一局牌就输了。牌运也像时运啊！郑楠翔感慨着。

回家路上，路灯亮了，天居然一下黑了。郑楠翔忘记做饭了！真是不该。妻子郝玲在市实验小学当老师，这个学期兼任班主任，很忙，比通常下班的时间推迟了一小时。郑楠翔出事，郝玲度过了一段担惊受怕期，如今心情平静了些。她嘱咐郑楠翔好好休息一段时间，再联系工作单位。

郑楠翔明白，妻子是在安慰他。人到中年，这种打击很容易让人心里憋屈，落下毛病。他们的女儿小铃铛上高一，很懂事，长得像郝玲，秀气、白净。

几天过去，不知是郑楠翔失魂落魄的样子让她不开心了，还是工作太累的原因，郝玲变得不温柔了，再也不哄他劝他了。他既不是孩子也不是小学生，是男人，是家里的顶梁柱！郑楠翔也觉得自己不能像小孩子一样，等着妻子安慰。

郑楠翔进家，房间灯关着。打开灯，见郝玲靠着沙发坐着，一脸冰冷。郑楠翔脱掉外套，到厨房里叮叮当当地忙活。饭菜好了，郑楠翔盛好饭，朝客厅喊："开饭喽，老伴儿！"不见回应。郑楠翔到客厅找，见郝玲已回到卧室。他推门进去，郝玲黑着灯，盖着薄被躺着。郑楠翔像是做错事的学生，轻手轻脚地来到床边，见郝玲在假睡，轻轻拉了一下她的胳膊，轻声说："郝老师，我作业做好了！"郝玲不理他，他又伸手从郝玲的脖子下穿过去，把郝玲抱起来，说："好老师，你放'狗屁'吧！"郝玲"扑哧"一声笑了，推他一下："我不饿！"声音不冷了。郑楠翔低声说：

"别价儿，请赏脸尝一点儿吧。"

放"狗屁"是郑楠翔给郝玲讲的笑话。说从前有两个学生是哥俩儿，一个叫狗闻，一个叫狗屁，狗屁学习不用功，私塾先生总是罚他。这天狗屁的功课又没做完，被先生留下罚扫地，狗闻知道晚上家里吃面条，狗屁回不去，他也吃不上，就不停地向老师求情："好老师，好老师，你就放狗屁吧！"

一顿饭下来，郝玲阴转晴，郑楠翔又抢着收拾碗筷。忙活完，坐到沙发上，他看了眼郝玲，说："我想好了，此处不留爷，自有留爷处！我也不想托人去什么单位了，太累心！我想自己干点儿啥。"见郝玲在认真听，又说："我找找战友，趁年龄还行，干点儿适合自己的事儿！"郝玲终于开口了："不管你干啥，自己想开就行。孩子也上高中了，很快就会上大学，咱们家不会有什么大负担。咱不和别人比，自己过自己的，干什么不是一辈子！"

郑楠翔心里敞亮不少，他暗暗对自己说："郑楠翔啊，这两个女人是你生命中的最爱，你要让她们开心、幸福！"

第二天一早，郝玲出门上班，郑楠翔就翻出通讯录，找战友们的联系电话。此时，电话却响了，他不愿理睬。自从被辞退，他的手机卡就抽出扔了。家里的电话固执地响，停了一小会儿，又响起来。他走到电话机旁，看到显示的是同一个陌生的手机号。他拿起话筒，话未出口，里面传出了粗粗的声音："你个郑三炮，干啥呢，不快点儿接！"是战友王庆峰。这小子和他一同转业一同进公安局，分到分局刑警大队，现在是副大队长了。郑楠翔有些不耐烦："啥事？"王庆峰也不恼："咋的，连战友也不理啦？"见没回音，又说："想你了，咱们聚聚。"郑楠翔想想，没有想出推掉的理由，反正这样了，聚就聚，让这小子帮帮忙也好，顺便说说工作的事，便问："在哪儿啊？""重庆火锅城，准时到啊，都是战友。"

郑楠翔去的不晚，却是最后一个到的。王庆峰拉住他在挨着自己的位子上落座："瞧瞧，清一色，战友战友喝大酒！"还真是，郑楠翔有些感动，找话问一句："你不上班了？上班时间不允许喝酒，有'五条禁令'！"郑楠翔对违规违纪敏感，王庆峰却不耐烦地说："别扯这些，好好喝酒。"

一顿饭，几个人喝得是横七竖八。之后，又闹哄哄地进了棋牌室。从棋牌室出来，王庆峰把郑楠翔拉住说道："咱们喝茶去！"二人又去了"玉壶春"茶楼。王庆峰跟老板熟，喊了声："照旧！"一会儿，上了壶龙井。老板加一句："新茶！王大队慢用，有事您吩咐！"便退下去了。王庆峰问他有什么打算，郑楠翔想想，胡侃起来："搞矿！""搞矿？怎么搞？说说！"王庆峰很感兴趣。郑楠翔硬扛上了："开矿呗！"王庆峰眼睛一亮，"跟战友还保密。"

第二天上班，王庆峰去了趟市局，把与郑楠翔聚会的事情向老领导汇报了。老领导先他们两年转业，任市公安局副局长，主管消防、监管、巡特警等部门。老领导说："我们不能忘了他。"便向王庆峰做了交代。晚上王庆峰给郑楠翔家里打电话，郝玲接的，说老郑还没有回来，又问他，昨天你让老郑喝了多少，他回来时骂骂咧咧的。王庆峰说："都是平喝的，谁也没灌他，你还不信我。"郝玲又说："是他自己心里放不下，你们战友多多开导他，他是个认死理的。"王庆峰说："那还用说，战友情比你们只差一点点，回来后，让他给我回电话。"郝玲笑了："你就贫吧！"

郑楠翔去了双峰铁矿保安部。走的头一天，王庆峰把他请到市里的贵宾楼为他送行。老领导在桌上，见郑楠翔惊愕的样子，说："没有别人。你去双峰铁矿，我都知道。"郑楠翔张大了嘴巴，老领导继续说："你虽不穿这身衣服了，但是不要忘了，自己曾经是警察。"这话说得郑楠翔眼圈红了。老领导又说："肖氏兄弟和苏强脱逃，是有预谋、有组织的，现在还没有线索，你要多留心，从哪儿跌倒要从哪儿爬起来。"

八

汪碧菡随公安部的齐副局长一同到滦阳，在滦阳大酒店，齐副局长召集王浩、许乐然、古文辉了解前期工作进展。

汪碧菡将在华峰矿业集团掌握的情况进行了通报。

华峰矿业集团有境外林氏集团49%的股份。林氏集团已有近百年历史，由港口货运起家，后涉足房地产业、影视业、餐饮业等，企业遍及东南亚、南美和我国台湾、香港等地。这次到中国大陆投资，首选便是矿山，进行矿产品开发。因为中国一些政策的限制，他们选择了与华峰矿业集团合作。位于滦阳市的铅锌矿和双峰铁矿是林氏集团以李山、李河兄弟的名义进行投资的。滦阳市郊的云雾山庄是林氏集团以杜梅的名义投资的。这两处企业，先后在2004年和2005年以林氏集团名义注册，又以李山、李河和杜梅的名义分别成立了投资公司。在中国这三个人没有犯罪记录。林氏集团内部枝蔓繁多，总部在A国，鱼龙混杂。

王浩局长介绍了滦南区"6·09"公交车爆炸案调查情况和对苏强、肖氏兄弟的追逃工作。

"6·09"爆炸案，是有人将爆炸物带上的公交车，现在死者的身份还没有确定，认定说死者就是这起爆炸案的嫌疑人还缺少有力的证据。八名伤者中一名重伤者还没有苏醒，另一名重伤者仍在治疗，其他六名轻伤者在住院观察，调查工作还在继续。

对苏强及肖氏兄弟的追逃工作，由市局一名副局长负责，抽调治安支队和武警支队配合，工作正在有序地进行。

许乐然说："这起爆炸案，犯罪嫌疑人使用了计时装置，从技术上看，专业性较强。现在说这起案件是恐怖组织所为，还需要证据。但是要加强群众公共安全常识的宣传，增强公众安全意识是必要的。我们的公交系统和主要街道的重要场所已经安装了摄像头，从技术上讲，如何发挥视频监控系统的作用，在公共场所不留监控死角，对防范犯罪有重要作用，但对自杀式袭击可能是无效的。"许乐然看看齐副局长，又扫视了一眼其他人，眼神有点儿焦虑。

他继续说："城市人口都比较稠密，如果犯罪分子选择公共场所作为袭击目标，后果将是不堪设想的，要加强群众的防范意识，加大这方面的宣传，提醒人们在乘坐交通工具时留意遗留的包囊、玩具，或者其他物品，防止藏有自制爆炸装置。教会人们识别危险物品，提高警惕，不要靠近可疑物品，更不要擅自打开。简单的辨认方法是，查看其有无导线、绝缘条、电池等，或者听有无异样声音，如钟表的滴答声。发现这些，一方面要马上报警，另一方面要把这种危险性告知周围的人，我们警方也要加强专业知识培训，吸收一些专业人才。"

齐副局长对大家的发言进行了简单总结，提出的要求让每一个人心里都很沉重。他严肃地说："前一段的工作有进展，但没有突破。部领导对境外恐怖组织准备实施的'玫瑰计划'高度重视，指示我们必须限期破案。这起爆炸案从手段上看专业性很强，使用的爆炸物是我们矿山常用的'岩石二号'炸药。这说明什么？是不是境外恐怖组织实施计划的一个步骤？需要我们迅速查清楚。

"目前，打击恐怖主义已成为各国当务之急。我们要消除'恐怖主义离我们很远'的麻痹思想。美国的同行们就很清醒，这方面的工作走在了前头。纽约市警察委员会首席发言人介绍过，早在2004年西班牙马德里发生爆炸案后，纽约警方就派遣人员到马德里实地考察，了解恐怖分子运输和隐藏炸弹的常用方法。纽约公交系统安保工作的经验是搜集恐怖分子的相关情报进行及时的研判，在此基础上做好防范工作。他们认为，临时性的安保措施效果有限，关键要把安保工作常态化，要把人力监控和技术监控结合起来。"齐副局长把目光停在了王浩身上："滦阳市公交车这起爆炸案警示我们，公共交通系统安保工作需要总结经验和不足，走出一条新路，我们要从破获这起案件开好这个头。"

最后，齐副局长对王浩交代了许乐然、汪碧菡、古文辉三个人的工作。汪碧菡将常驻滦阳市，和古文辉一样，以秘密调查配合你们的工作，希望能尽快有所突破。案件侦破工作仍然要像调查一起普通的爆炸案件一样，不要引起公众的恐慌，造成负面影响。

布置完工作，齐副局长想连夜赶回部里。王浩想留他吃顿饭，说道："首长难得到滦阳来，许乐然他们仨人聚在一起也不容易。"齐副局长说的话和钟厅长一样："我等着喝你们的庆功酒！"这让王浩觉得，领导们有一样的急切心情。古文辉看齐副局长下楼了，对许乐然说："局领导走了，处领导安排吧！"汪碧菡在一边纠正道："许副局长，古文辉把你的官叫小了，你请客自然应该算局领导安排的了。"二人嘻嘻哈哈正说着，王浩从电梯间出来，板着脸说："齐副局长走了，你们也不送送。"三人相互看看，憋不住笑了，许乐然解释说："我们有不成文的规矩，尽量减少一起露面的机会，习惯了。"王浩把一个拉杆箱拿上来，说是汪碧菡的。汪碧菡说声谢谢。王浩问："用不用我请客？"汪碧菡看一眼许乐然，许乐然说："我请客，您埋单！"王浩点一下他，笑了："你小子，这么会算计！

好吧，不影响你们。"说着也下楼去了。

三人到西餐厅，要了雅间。汪碧菡转向古文辉："交代吧，寄回去的钱，怎么回事，腐败了？"古文辉笑呵呵地说："我啊，算明白了，这个案子结了，我真到下面挂职去，金钱大大的！"许乐然说："这小子，学坏了，别案子没结了，检察院先把你给留下了。"三人开了几句玩笑，许乐然说："碧菡，谈谈你的想法，我心里压力很大。"汪碧菡说："林氏集团在大陆投资的企业，滦阳这两家嫌疑最大，这起爆炸案有几处疑点，值得探究：一是起爆方式的专业性；二是如果是恐怖组织所为，选择的时机让人费解；三是爆炸物的来源是矿山上常用的'岩石二号'；四是爆炸中心点死者的身份没有查清。这些疑点让案件蒙上了许多不确定性。"

古文辉说："你提到'云雾山庄'的杜梅，这个人我倒是有短时间的接触。滦阳爆炸物运输、储存、使用，总体上说比较规范。前一阶段，警方查缴力度较大，处理了一批非法使用爆炸物的人员，震动不小，在这个背景下，有人携爆炸物品肇事的可能性不大。这起案件如果是恐怖组织所为，那么，我们更需要注意的是对手如何吸引了警方的注意力，这样做对他们下一步动作有什么好处？"

汪碧菡说："这就是我说的不确定性之一，我想，死者的身份能揭开这个疑问。"汪碧菡停顿了一下，问许乐然："对两起越狱、脱逃案件的调查有结论了吗？"许乐然说："具体负责这起案件的是我大学同学，叫张翔，由他们行动大队负责，相关部门配合。重头戏是爆炸案，主要警力都在这个案子上，对越狱、脱逃案件调查现在也陷入僵局，没有任何进展。"许乐然停了一下继续说："滦阳市的经济支柱是矿山，大小矿山和矿产品加工点近千个，流动人口和暂住人口多。张翔怀疑，这两起案件是有组织有预谋的，外面接应的人具备一定反侦查能力，脱逃成功后，这些人就近潜伏，潜伏的地点有可能就是矿山。如果爆炸案和这起案件有关联，那么我们的对手是很可怕了。"

"我有一个不成熟的想法。"汪碧菡说道，"如果存在这种关联，那么我们的对手也暴露了他们的能力，从另一角度划定了范围。我一直在想，这起爆炸案是不是他们进行的一次试验。"汪碧菡的话，让许乐然一震："你是说，他们已经有了混过安检的伪装能力，这次是有意进行的一次实战演习？"

汪碧菡说："这正是我担心的，这次爆炸成功，他们或许已无所顾忌了。"

许乐然陷入沉思。

对于西餐，古文辉一直以来都不喜欢吃，他见气氛太闷了，说："快十二点了，许副局长还不尽尽地主之谊，带我们汪小姐出去转转。"汪碧菡也不推让："别太假模假式，还真端局长架子，太郁闷了。古文辉说的话听见没有？"

许乐然说："我还真有个地儿，合二位的胃口。"古文辉和汪碧菡对望一眼，都笑了："那还等什么。"

在车上，汪碧菡问古文辉："你刚才说，和杜梅有过接触，说说吧，那可不是你检查组的工作范围。"古文辉说："你不问倒忘了，你问我寄回部纪委的钱是怎么回事，就在她那儿赢的。"许乐然开着车，速度一下子减了，大声说："什么，你说赢的？"古文辉敲一下他的车门："别嚷好不好，吓着咱们女士！"汪碧菡笑了："快交代，杜梅的山庄有什么好玩的？"古文辉说："是安监局的王强带我去的，打麻将，赢了两个矿主的。"汪碧菡一听觉得没劲："没意思，我还以为有赌场呢。"许乐然敲敲方向盘："哎，怎么不想工作，总说些乱七八糟的啊！"古文辉和汪碧菡一齐发出"嘘"声："累不累，我们也该让脑子休息一会儿吧。"许乐然笑了："好吧，一会儿有大补的给你们补补脑。"说完加大油门，车子向前蹿去。

车子在滦阳市转了小半圈，停在一条古建筑街上，"哎，是火锅呀！大热的天，你害我们吧。"古文辉发难。汪碧菡附和，推许乐然一把："就是，这算啥好地方？"见许乐然打愣，汪碧菡妥协了："好吧，只好将就啦！"又对古文辉说："你有好地方哈，明天不迟啊。"三人进了一个包间。

许乐然点了几样菜，名字挺新鲜，铁雀、凤翅、龙角，许乐然又介绍火锅："纯铜锅、炭火、山珍、山禽啊。""噢，真残忍，吃过这次，我想吃素了。"汪碧菡很认真地说。

"得了吧，这话我听得都像一道家常菜了。"古文辉反驳。

汪碧菡夹起一只铁雀，深咬一口，许乐然说："慢点儿吃，当心烫！"又接着说，"这道菜有讲究。"

汪碧菡只顾吃，用手抓着一条腿，吃完了问："什么讲究？"

古文辉也吃下一只，跟着问："对呀，什么讲究？"许乐然不好意思了，自己笑笑，说："这菜适合男人吃。"汪碧菡说："嗨！真是，你就说壮阳不就得了。不行，你得点适合女人吃的。"一只油手在许乐然面前比画。许乐然忙说："有，有啊，凤翅嘛。"说着从火锅里夹出一只"凤翅"放在汪碧菡的碟子里。汪碧菡仔细看，恍然说："这不就是鸡翅嘛！"许乐然说："这不是一般的鸡翅，而是一种'沙半鸡'的翅尖，你尝尝，一尝便知。"

古文辉吃了一会儿，想起了酒，便嚷嚷："没酒呀？"汪碧菡跟着起哄："对呀，没酒不成席啊。"许乐然叫来白酒，介绍道："这是本地名酒，滦阳老酒。"古文辉给汪碧菡满上一杯，又给许乐然倒酒，许乐然说："开车呢，你们喝。"古文辉将酒杯移到自己面前，说："都当局长了，也没人管你。"许乐然说："听听，奴性！"古文辉傻笑，汪碧菡附和："就是，没觉悟，你就一辈子当处长吧！"三人哈哈笑着，碰杯。

一瓶酒，古文辉喝了一多半。汪碧菡喝少半杯，不想喝了，说："滦阳的名酒，确实不如全国名酒。"许乐然说："早说呀，现在上哪儿搞去。"汪碧菡也不强求："凑合吧，改天再换。"许乐然知道上当了，说："古文辉管矿，送钱送酒，没准还送别的。"汪碧菡一听便追问："送过别的吗？"古文辉说："送过！现在有钱就是草头王，这些矿主，机器一转，一天几万。要什么有什么，怎么样，带你们认识认识？"汪碧菡说："认识没有用呀，还是你留着吧。"说得古文辉笑得合不拢嘴。

许乐然问汪碧菡："明天怎么安排？"汪碧菡说："刘董事长已给杜梅打了招呼，我在宾馆等他们接。"古文辉在一旁感慨："真是侯门一入深似海，从此刘郎是路人。"三个人哈哈大笑。

九

张翔第二次到看守所，肖大力前后与律师会见过两次，会见监控录像刻成光盘保存了起来。

律师是滦川一家律师事务所的主任，滦阳市律师协会副会长，一个很谨慎的人。张翔到事务所找他时，他很客气，说："这两天有开庭的案子，不然的话，我会主动到公安局说明一下。"张翔不答话，静静听着。他恰到好处地不说了，等着张翔问话。张翔耐不住了，问他："说明什么？"他说："说明会见的情况。"张翔知道，从他身上问不出什么。便说："你两次会见肖大力，没发现些什么？"他说："你指什么？是不是有什么异常？"张翔说："你怎么理解就怎么说吧。"律师嘿嘿笑了，说："我们别绕圈子了，我是律师，维护法律、惩治犯罪也是我们的职责。我两次会见他，确实没有觉察出他情绪有什么异常。肖大力是个见过世面的人，但他脱逃，我也很震惊。"他从桌上的塑料盒里拿出一张名片："这儿有我的电话，需要的话，我随叫随到。"这等于下了逐客令。张翔接过名片，说声："打扰了。"走出了主任办公室。

张翔和新任的林所长事先约好，想与肖大力的管教见面，了解一下同监室在押人员的情况。管教是军转干部，姓刘，转业后就到看守所工作，当了一年看守，转管教工作做了一年多。

刘管教说，肖大力聪明，眼珠子一转就一个主意。在他身上没少下工夫，总想挖点案子出来。这小子检举的案件线索最多，涉及被盗车辆十多辆。说着就找出一些谈话记录，递给了张翔。张翔看着材料，刘管教说："我没有把这些材料归档，也总是琢磨，转递出去那些线索没有回音，这小子是不是一开始就哄我玩儿呢？"他停了停，见张翔在注意听，又说："那天他说肚子疼，按规定，我也该去医院，但因为我监区还有一个闹事的，需要谈话做材料，就派老郑去了，反倒把老郑毁了。我要是去，受处理的就该是我了。"

在张翔的印象里，前两次接触，刘管教话很少，问一句，说一句，这次像是打开话匣子了。

张翔说："你要是去，肖大力没准儿跑不了啦，你知道他鬼主意多。"

刘管教说："老郑是看守所工作最负责的人，碰上肖大力这个主儿，就算认命吧，谁遇上谁倒霉。"

张翔看他不往下说了，便问："我想和他同监室的在押人员聊聊，这是手续，有所长签字，还得劳驾你。"刘管教很爽快："没问题。"便去提人了。管教室在监区一侧，监区像铁网笼子，想在这里跑可不容易，张翔向四面看着，刘管教又返回来，说："这个监室现有 16 人，还是原班人，张队是不是都见？"张翔说："听你安排。"

张翔用了两整天时间，与肖大力同监室的人逐个见面，他们聊的内容很简单——说肖大力一天的吃喝拉撒睡，说肖大力这个人说过的话，聊过的事，甚至是搞过的女人。张翔是一根又一根地给这些人上烟，两天抽掉近两条"红猫"。这些人回去后笑眯眯的，一个告诉一个："多说话，多得烟啊。"

一个在押人员无意中说出的事还是有点儿价值的。他说："肖大力这个人开始很能侃，后来好像话少了。"张翔机警地问："后来话少因为什么？是因为什么事话少了，还是有别的原因？"这名在押人员想了想，说："没什么原因，没什么事啊。"张翔故意什么也不问，让他想，静悄悄地想，到最后也没有想起什么。张翔又问："肖大力和同监室里谁关系近？""我们铺挨着，他和我关系就不错。"张翔说："你们在监室里吃的用的包括穿的都靠政府吗，家里送不送？"这名在押人员想了想说："不许家里送，衣服不让。不过……"他又停下不说了。张翔把一盒烟扔过去："放心，你说的话，我会保密，对我们有帮助，我还会为你办立功。"这个人立刻说："我想起来了，是那一天有人从外面捎进来衣服后，肖大力话就少了。"张翔猛地问："谁捎进来的衣服？""这个……我不知道。"这名在押人员拿起烟，"我真不知道。"张翔一拍桌子，把这个人吓得一激灵，他嚷一声："你不说，我给你加刑，你知道包庇罪吧？"这名在押人员向外看看，低声道："说了，您千万保密。"张翔盯着他，"政府会骗你吗？"

张翔把了解到的情况和林所长沟通后，以商量的口吻说："这名在押人员反映的情况，其他在押人员也证实了，你怎么看？"林所长沉着脸说："所里明确规定，不许为在押人员送衣物，谁惹事谁担着！"张翔说："话是这么说，但肖大力脱逃与送来的衣物有没有直接关系，现在还无法证实。关键是，是谁让把衣物捎给肖大力的，这很重要。为稳妥起见，我是否找相关人员谈谈？让他们知道这件事的轻重。"林所长的气还没消，"肖大力脱逃，我们全所上下辞退的辞退，处分的处分，老所长还给免了。给市局这次丢人丢狠了，你查吧，查清了，把他抓起来算了。"张翔看他一眼，"你要是不在乎，我当然也不在乎。既然这样，我这就回去向领导汇报。"张翔起身便走，林所长立刻又挤出笑容，"张老弟，我是气呀，要是谁敢吃里爬外，我亲自找领导汇报，先拘了他!"

张翔也笑了，"理解，我等你的消息。"

张翔带领几名下属，马不停蹄，又走进滦阳第五监狱。这几天，他同监狱大门站岗的武警门卫也混熟了，见了证件就放行。接待科的两名女警察说："张支队，你们跑来跑去的也真不容易啊。"张翔说："命苦啊，破不了案子，跑断了腿也不顶事，不像你们，风吹不着，雨淋不着的，天天看家属们给的笑脸多自在呀。""头一回听到还有人说我们工作好，人家都说我们是判了无期徒刑的，一辈子在监狱里圈着。"一名女警察说。"我和说这样话的人理论去，替你们免费打官司。"张翔说得两名女警察直乐。

会见苏强、肖二力的录像光盘，张翔手里有了备份。看守所的座谈让张翔看见了一丝光亮。苏强、肖二力会见客人一个月共有四次。每个礼拜一次，最后两个星期会见的监控录像还保存着，前几次的都顶没了。除会见苏强的两个人还没有找到，会见肖二力的人张翔全部见过面。今天来，他是找接待科的两名女警核实情况的，希望她们帮助查找会见苏强的两名神秘男子的线索。这二人是在苏强越狱前三天来会见的，时间是5月30日。监控录像还保存着，登记名字是苏卫、孙东阳，亲属关系是弟弟和表弟，证件一栏写着身份证号，是苏卫的。身份证号张翔查过，是假的。苏卫、孙东阳成为接应策划苏强、肖二力越狱的重要嫌疑人。一名女警说："这些事，翻腾了多少次啦，还问，快把我俩查烦了。"张翔说："美女，帮帮忙吧! 心疼一下老哥，老哥请你们客怎么样。"女警笑道："这么大领导也嘴贫，请客就免了，需要帮什么忙，请讲。"张翔笑了："这才像话。"

张翔接着说："这两个人，都戴着旅行帽，显然是有备而来。摄像头在上面，帽檐罩住了他们的脸。"两名女警察看着录像，惊讶地说："还真是，当时可没在意。"

张翔问："这两个人给你们留下什么印象?"她俩想想，一个说："实话说，会见的人太多，根本就想不起谁是谁。你呀，就别在这儿下工夫了，咱们都是干这行的，有什么线索，我们还会瞒着? 再说，他们越狱，是我们的耻辱。"这名女警察说得动情了，有些激动，"人都跑了多少天了，你们还查问这些事儿，真是不知怎么想的。"张翔的手下徐海燕不耐烦了："什么话，我们查什么还用你教？"张翔喝住了她："怎么说话呢？"又把笑脸转向两名女警，"谢谢，你们这样想，也是为工作负责，说实话，我们来就是想弄清楚他们越狱后，可能的去处。"

两名女警被徐海燕呛了一下后，脸色有些难看，过了会儿，爱说话的女警说："走吧，我领你们去见二监区的管教。"张翔说："那就不劳你们了，上次已经和管教见过，我们自己去就行了。"

出了接待室，徐海燕的气还没有消，说张翔："什么时候你成了绅士了。"张翔瞪她一眼。徐海燕假装没看见，回头看监狱修整后厚重的大铁门："简直是上演美国大片啊，这样的地方，开着车就冲出去了。"

向左拐，进入二监区，就是苏强原先待过的监区，有几名犯人身着灰色囚服正在推砖，看到张翔他们过来，眼睛都盯在徐海燕身上。张翔喝了一声："看什么看！"这几个犯人嘻嘻笑着，眼睛没有挪开。张翔明白没有穿警服，喊也白喊。徐海燕没有当回事，冲这几个人走过去，到这几个犯人跟前说："看够没？"这几个犯人马上散了，徐海燕转回身，看见有一个狱警正走过来。张翔也看见了，正是二监区的管教。

管教姓马，张翔忘了名字。马管教说："我去接你们了，不想没迎见。"张翔笑道："我们走近道过来的。"马管教是苏强越狱后新换的，原管教被追究责任，还在押着。张翔曾提出去看看这个在押的管教，和他聊聊。检察院的人说，该问的都问了，没什么新鲜的，他要是知道情况，又纵容他们越狱，罪过更大了。

张翔知道，警察对检察院有抵触情绪是常事，明天还得去见见原管教，对线索的敏感，人和人是有差异的。马管教把张翔他们带到办公室，对张翔说："苏强原监室犯人的情况我都摸了，没有人事前知道他们的行动。"张翔听他这样说，觉得路子不对，便问："有没有人发觉苏强有异常？"马管教说："没有什么异常的，苏强原先表现不好，出事前一段，表现非常好，几次受表扬，管教正准备为他报积分减刑呢。"张翔笑了："由表现不好到表现非常好，这就是异常。"马管教不解地看着张翔。张翔问："这个大队，有犯人和苏强走得近吗？"马管教摇头，"没有一个说苏强好的。"徐海燕听不下去了，走出屋子，站在屋外的阳光下。监狱大墙五六米高，有电网围着，岗楼上站着荷枪实弹的武警战士。越过大墙是高耸的楼房，楼房后面，是长满松树的山冈。最高的山脊上，有航空铁架，铁架上挂着一只断了线的风筝。

张翔出来，看徐海燕手遮着眼在张望，顺着她的目光望去他也看到了航空架上挂着的风筝，像是一只哀伤的鸟。

<h1 style="text-align:center">十</h1>

杨华住在办公室有一个星期了。每天晚上九点召开各个组的情况汇总会。他让分局食堂多雇了两个师傅，食堂二十四小时开着。所有人员一律住在单位，总务科新增置了五十张折叠床，被褥齐全。总务科就是后勤保障组，科长一人，副科长四人，加上两个会计和水暖等技术人员还有司机，成为分局最大的科室，归政委直管。杨华用民警狠，也对民警亲。他的口头禅是"喂好料，可劲跑！"他的做法很让王浩欣赏，在市局以及各县局长会上给吹捧过。所以杨华的队伍一声令下，地动山摇。此时的分局大楼，每间办公室都亮着灯光。

市里来的刑侦、技侦、治安等部门抽调的人员就近住在对面的新华宾馆。对于市局下来的人，杨华有自己的看法：说不得也指望不上。每个组，组长都是市局部门的领导，副组长全部由分局相应的大队长担任。

爆炸案当日，按照突发事件紧急预案，各个组在第一时间全部到位。杨华对第一时间的解释是：城区半小时，郊区一小时。"110"和辖区派出所要在五至十分钟到达现场，先期处置。

重点调查组和外围查证组分别由刑警大队长和副大队长率领，对公交车和乘客以最快的速度进行摸排调查。技术大队对公交车的监控录像和各个站台上下车的乘客进行录像刻盘等技术处理，对5路公交车行驶路线的监控录像进行技术分析。治安大队对爆炸物来源和辖区爆炸物品使用、运输、储藏等环节进行严格检查。巡警大队对负责救治的医院采取保护措施，对重伤员进行严密的护理。由特警、交警对现场进行严密的封锁，控制人员、车辆进入。

各项工作有条不紊，各个组正副组长每天九点准时在分局会议室进行汇总沟通，确定下一步工作的重点和调查方向。

重点调查组杜国飞大队长率先发言："5路公交车司机王明，男，29岁。已查清当时车上乘客36人。其中男性21人，女性15人，受伤八人，死亡一人。除死者和两名重伤人员不明身份外，其余33人身份已查清。爆炸物在车内，爆炸中心点在重伤者和死者所处的汽车左侧正数第七排的座位。六名轻伤者未提供有价值的线索。"

技术大队吕瑞春大队长介绍了现场情况和监控录像技术处理情况："5路车是从火车站停车场开往市技工学校的，全程站点共有35个。爆炸是在第17个站点与18站点的中间位置。前17个站点，每个站点上下人员情况都汇制成表，已分发到各位手中。"

其他组陆续进行汇报。市局刑侦支队方副支队长讲了侦破原则：查清死者的身份是当务之急，下一步工作重点是围绕这名死者开展工作。杨华局长没有总结，各个组干什么工作，自己都清楚。会议室四十张椅子坐得很满，杨华扫视一遍，语调平稳地宣布散会，然后带上主管刑侦治安的两名副局长去了医院。

医院里，巡警大队于东大队长率领八名民警看护着八名伤员。两名重伤员由他和一名副大队长各带一名民警重点守护，剩余六人各自在一个病房。医生征求于东意见，想把六名轻伤员放在一间病房里，于东没有同意。他和医生协商，每人一个病房，两张空余床位，给家属和看护的民警。事后于东向主管局长汇报，主管局长表扬了他："你小子，长脑子了。要从这六名轻伤员嘴里了解到情况，这是第一手材料。"惊魂初定后，民警要掌握最初的线索。杨华在医生办公室把于东和副大队长招呼过来，对他们说安全和保密是第一位的。护理要积极，多替家属做工作。

从医院出来，杨华三人又驱车来到现场。警戒线外，两辆警车一东一西，特警中队长从车里出来，向杨华局长敬礼。杨华吩咐他们，要轮流休息，保持充沛的精力。回到机关大楼，会议室里灯还亮着，五名老同志带着领两名女警在汇总有关材料。这是杨华局长的能力。这五名老同志，是已经退下来的老警察，有过去主管刑侦工作的副局长、老刑警队长、治安科长和两名技术人员。一有大案子，办公室不用请示杨华，自然就把几名老同志请来，请他们听情况，一同分析案情。平时，杨华也爱把他们请回来，滦南分局的老干部活动室设施是局里最好的，还建立医护室专门聘请医护人员，一般疾病的诊疗和检查，分局自己就能进行。

今天晚上的案情汇报会，分局机关中层干部、各派出所正副所长、指导员全部参加。这已形成惯例，不用单独通知。杨华的作风就是这样，而且对重特大案件，不管是谁，先获取重要线索，只要对破案有功，一案一奖。非专案组人员重奖，落实奖金，马上兑现。在他手下干活儿，大家不觉得委屈，他是论功行赏，该提拔的提拔，该破格重用的破格重用。他说，当警察就该凭能耐吃饭，公安局不用闲人。为这，有好几个版本，有说杨华耿直和磊落的，说有领导找他，想把自己军转的什么人安排在分局任治安大队长，杨华反问领导，这个人懂业务吗？领导说，他会领导懂业务的人不就行嘛。杨华说："那就在调令上直接写上任命不就得了，不用找我。"领导拿他没办法，几次找理由调换他。可杨华是全国优秀公安局长，公安部的领导都知道他。这名领导只好"化敌为友"，顺着他。杨华呢，对上如此，对下属也是一视同仁，只看工作，不论关系。说杨华有一次到派出所检查工作，指导员想在他面前表现表现，抢着回答提问，这名指导员是某位区委领导的公子，汇报治安积极分子人数时，把治保主任给算上了，杨华气愤地说："你怎么不把你爹也算上！"指导员愣在那儿，半天没回过神儿。杨华的直率有时是过头了，为此在分局党委民主生活会上，多次做过自我批评。他对自己有一个公正的评价，说自己只配当县区级的公安局长，脾气不好，说话爱抬杠，火气上来，总忍不住要说过头的话。好在现在政治清明，要是搁以前遇上"运动"，一定是死无葬身之地。

他这样说，往往让弟兄们惭愧。刑警大队的几名队领导有意无意地在学他。尤其是大队长杜国飞，活脱脱一个杨华的翻版。有好事者，便把刑警大队叫成杨华的御林军。杜国飞听到了一点儿都不恼。只是有时惭愧，不能把辖区的重大刑事案件破案率提升到百分之百，那要是有一起破一起，多爽啊。一次酒桌上，杜国飞流露出这种沮丧，杨华啪地把筷子摔在桌子上："你是神仙啊，不知天高地厚！"骂过了，自己也笑了，"酒话，不算数，是酒后说的！"

杜国飞确实在苦恼。这起爆炸案，出的可真是时候。围绕死者和两名重伤人员的调查一刻也没有放松。死者脸部复原照片在电视台滚动播出了一星期，热线电话一个接一个。调查组忙了七天，还没有成型的线索。两名重伤者刚脱离危险，其中一名还没有苏醒。而围绕爆炸物的调查更让人心急。杜国飞有疑惑，这起案件不是一般的爆炸案件。以往有大案子，杜国飞兴奋，调查起来心里也有谱，像局工会搞"寻宝"游戏，那"宝"跑不出这座山，费点儿辛苦罢了。这次的案子却让他心里没底，自信不起来。

王浩局长带着许乐然一连几个晚上到滦南分局参加案情调度会。许乐然几次向王浩局长请示，想加入杨华的专案组，王浩局长说："你是市局副局长，到杨华手下，工作起来关系不顺，再者，外围的调查任务量会更大。"许乐然只好服从了。

十一

按照计划，汪碧菡住进云雾山庄。华峰矿业刘董事长签发给杜总经理的传真，通报汪碧菡到滦阳市开展房地产市场研发工作，让杜总经理给予力所能及的配合。

杜梅随即打电话到华峰总部，刘董事长接过电话，说是董事会的决定，你执行就是了。杜梅问："怎么理解力所能及？"刘董事长说得很生硬："怎么理解你查查字典！"

刘董事长显然是不高兴了，这些人一点儿也不会变通，只要涉及各自利益便斤斤计较。汪碧菡到华峰求职，是省国资委主任亲自安排的。嘱咐了两遍："要落实好职位和待遇。"主管领导的话落实了，还要有回音，听听领导是否满意。办事嘛，领导的指示就是方向，口气轻重要去悟。你问我怎么理解，亏你问得出口！

汪碧菡驻华峰矿业几天后，提出要到滦阳搞房地产可行性研究。年轻人有闯劲儿，请示上报后，刘董事长就签批下来了。刘董事长在董事会上表扬汪碧菡有魄力、有眼光。董事们一个个紧跟着赞同。一个董事还把刘董事长的话展开了，说滦阳是国际旅游城市，有北京后花园之称，高速公路和城际列车开通后，势必引发房地产热。汪主任超前策划可谓顺应天时地利。刘董事长欣赏地看了这位董事和汪碧菡一眼，说："汪主任要不负众望，尽快拿出可行性报告啊。"

刘董事长说的话让汪碧菡一阵阵脸热。在场的人都听得出来，对于汪碧菡，刘董事长欣赏、宠爱有加，分明是拍汪碧菡身后那个人的马屁。

杜梅和汪碧菡见面对视一眼，两个女人心里都有所触动。汪碧菡素面朝天，一双眼睛清澈透明，像是秋水，一眼到底。杜梅眼神深邃，颔首轻笑，眼角、嘴角只一颤便恢复了平静。

这时，门外响了两下敲门声，很轻，略微有些胆怯似的。门开了，进来一位身材高挑的姑娘。杜梅向她交代，把汪主任带到贵宾区标准套房。姑娘声音清脆："好的，请跟我来。"有一点儿掩饰不住的东北味儿。杜梅又发话："还有，通知各部门经理，今天中午为汪主任接风。"汪碧菡轻轻一笑："太麻烦了，那多谢啦！"

贵宾区在 B 楼。这位姑娘自我介绍："叫我小黄就行。"她把汪碧菡带到楼下大厅，说声稍等，到前台说了句什么，服务员看了看汪碧菡，把房门卡交给小黄，小黄提着汪碧菡的拉杆箱，将汪碧菡送到三楼 302 房。

房间落地窗子正对着南面的大山。山顶青翠，淡淡的烟岚让人陶醉。山上有松树夹杂着的阔叶树木，汪碧菡叫不上名字。树木遮盖不住的地方露出了大块的岩石。天气好能看到西北面的山峦，距离仿佛一下子拉近了。汪碧菡从小在北京长大，上五年级时，父母亲带她去过香山，第一次近距离看山，她有种莫名其妙的冲动，感觉大山又威严又亲切，很想拥抱一下。

门铃响了，她竟然没有听到，又响了一遍，是服务小姐，服务小姐问她有什么需要，她摆摆手示意不要打扰她，又走到窗前继续观赏山景。

窗子采光好，汪碧菡拉开纱窗，推开窗子。空气中飘过一丝清新的树木气味，这种气味是松树发出的，汪碧菡颇为熟悉。在香山，她采松果时，手上就留下了这种气味，还有一种透明的东西，父亲说是树脂。树脂的气味留在她的印象里，一存就是二十年。

窗下是花坛，红的黄的花朵正开着。天色湛蓝，云朵洁白，这个山庄一下子让汪碧菡喜欢起来。

房间电话响了，是小黄打来的，让她准备一下，半小时后杜总经理为她接风洗尘。在落地窗前站的时间不短了，她竟有些意犹未尽的感觉。

接风宴安排在一间装潢讲究的房间里。杜总经理将各部门经理一一介绍给她，她一个都没有记住。小黄是总经理助理，也在桌上。汪碧菡对宾馆饭店的部门名称不熟，听起来就有些隔膜，记不清楚。

菜很讲究，八凉八热还有汤，盘子摆成一朵花瓣的样式，有几道菜还有白萝卜和胡萝卜的雕花。菜名挺文雅，"南山积雪"、"四面云山"、"芝径云堤"……那意境美得叫人舍不得动筷子。

杜梅先举杯敬酒，说："汪主任从总部到山庄下榻，给我们山庄添光彩了。大家都端起来敬一杯。"杜梅先举杯，大家便一一敬酒。面点有野菜小笼包子、玉米太阳饼和豆沙黏饼。汪碧菡每一样都想尝尝。杜梅在一旁冷眼看着她，她只当没有看见。你沉你的脸子，我吃我的美食。回到房间，汪碧菡还忍不住想笑。

结束时，杜梅又端起红酒杯，说："接待不周，还请汪主任海涵。"汪碧菡假模假式地客套着："让您费心了！"

汪碧菡关好房门，舒舒服服地洗个热水澡，把自己埋在被子里，很快睡着了。

杜梅却没有睡意。多年来，她没有午睡的习惯。在阳光正好的晌午，她拉上窗帘，上网看电影。以前没有网络的时候，她看碟、听音乐。这会儿，她在电脑前，把声音放大。她想事情的时候，习惯声音吵些，这样她才能躲进自己的心里。她在想这个汪碧菡是什么人？杜梅给总部的李山副总裁通过电话，李山说他也不清楚，只知道她有来头，像是上层有人。杜梅凭直觉，也觉得汪碧菡不是一般人，她身上有种气势，很逼人。

黄助理管着贵宾楼，汪碧菡的到来，让她觉得新奇。来云雾山庄的客人很多，她喜欢把女客人和杜总比较。杜总让她觉出女人强势的一面，什么都懂，特别能干，经营能力很强，挣钱的事情像是总围着杜总转。而这个汪碧菡也不简单，听说还是海外读完学位回来的，和杜总一样不简单。黄助理到云雾山庄五年了，是杜梅从滦阳宾馆挖来的。先是当宾馆大堂主管，后来杜梅又任她做助理，兼贵宾楼经理，算是山庄的管理层骨干了。她是哈尔滨市阿城人，皮肤白皙、身材高挑，长得颇有几分像影视明星许晴。杜梅就是相中了她的酒窝和笑容。黄助理高中毕业后，没有上大学，出来谋生才觉得没文凭没学历就业的范围很窄。这些年，她没少挨白眼和忍受男人们充满欲望的目光。她固守着凭能力不凭脸蛋吃饭的信条。杜总看中了她，她也庆幸遇到了一个有能力的女老板。杜总成了她人生路上的榜样。

但是，没有读大学，还是让她有些自卑。见到谈吐不凡的女性，就心存仰慕。杜总对她有知遇之恩，她对杜总心存感激又有几分敬畏，有一种说不清楚的感觉。杜总说话温柔中夹杂着一种力量，一字一句，有种韵律。说话没有多余的，也绝不再说第二遍。目光望着你，又像盯着你身后某个地方。听你说话时，直视你的眼睛，让你把知道的都说出来。山庄上下，一百余人，没有谁不敬佩她。

而在黄助理看来，汪主任身上多了些清爽之气，虽是一两次接触，却让人亲近，像是置身在阳光下，连影子里都没有阴暗。后来，黄助理把自己的感觉告诉汪碧菡，汪碧菡笑着："想不到你还挺诗情画意。看人的感觉挺独特呀。"

汪碧菡离家的头一个晚上，回家和父母道别。想到这次会离家久些，便想把父母请出去吃顿饭。家里原先请过厨师，是汪碧菡力主的。父亲是研究员，母亲是教授。两个人各自埋头在书房里，往往是午饭、晚饭胡乱对付。厨师做了几个月，说啥也不干了。两个人饭都不一起吃，喊了这个，那个说等会儿，生把厨师给气跑了。只有汪碧菡回家，两个人才舍得扔下手里的书籍，双双围着汪碧菡像欣赏一篇美文一样，眼里充满爱意。

父母的学究气没有遗传到汪碧菡身上，这样的家庭氛围却让她敢说敢做，假小子一般。思想独立，性情直爽，说话办事决不拖泥带水。从上大学到硕士毕业，一气呵成。那时她是刑侦专业最年轻的女硕士。

看到父母两鬓花白，汪碧菡心里生出一丝依依不舍的感情。这一晚，她又改了主意，没有去外边下馆子，而是亲自做了一桌"汪氏"美餐。又翻出一瓶"干红解百纳"，给父母斟满，一家人欢欢喜喜吃了顿团圆饭，整个晚上父母亲的笑容一直挂在脸上。

父母亲都是学者，对待女儿的选择，态度却不尽相同。母亲从不问她的工作，人一直在外面忙，就说明工作需要她，母亲喜欢敬业的人。只是汪碧菡一直没有把男朋友带回来，让母亲有一丝担忧。但母亲从来不催、不问，她明白缘份天定、水到渠成的道理。父亲呢，什么都满意就是对她选择的专业耿耿于怀。不过，女儿回来了，就是节日！节日还有什么不高兴的呢?

汪碧菡美美睡了一觉,顿觉神清气爽,充满活力。她沿着石板路在山庄漫步。云雾山庄山青峰秀,树木蓊郁,空气潮湿清新,一阵云带来一阵雨。云雾山有各种植物80余种,珍稀植物十余种,是省师范大学生物系的联系点,总有教授带着研究生来实地考察。山庄设计独具匠心,随山就势,呼应着后面和两侧的山势走向,错落有致。建筑风格是吸收江南园林的玲珑秀美,结合北方建筑的厚重大气。游泳馆在一幢造型颇为现代的红顶房子里。院子是一座喷泉,几个男孩儿戏水姿态的雕塑引人发笑。汪碧菡从小喜欢游泳,是遇水就乐的天性,新疆的赛里木、喀纳斯湖都留下过她的泳姿,西藏的纳木错是她今年锁定的目标。

游泳馆里人不多,不是节假日,来的游人稀少,泳池里一位姑娘的泳姿不错,她四肢修长,一看就是块游泳的材料。这位姑娘也看到了她,在爬梯上向她挥手,汪碧菡认出是黄助理,便向她微笑招手。

黄助理款款地走到休息椅旁,在汪碧菡对面坐下,落落大方地递过来一瓶农夫山泉,笑问:"汪主任喜欢游泳?"汪碧菡逗她,"游泳可不是年轻人的专利。"黄助理笑得愈发灿烂,"你才多大,没准还比我年龄小呢。"汪碧菡也笑了,"会说话是不是你们的必修课?"黄助理邀请汪碧菡下水同泳。汪碧菡的旅行箱里带着泳装,便说:"明早或是晚饭后一定奉陪。"黄助理也不坚持,又回到泳池里。

十二

郑楠翔来到双峰铁矿保安部。办公室主任姓白,是位戴眼镜的女士。三十岁上下,长得白净,身材匀称,见郑楠翔盯着她看,在眼镜后面,狠狠地瞪了郑楠翔一眼。郑楠翔有些走神,这位白主任,像是面熟,一时又想不起在哪儿见过。

白主任"啪"的一声把文件夹放在办公桌上,声音很大。郑楠翔醒过神儿,白主任大声说:"填表!"郑楠翔细看是企业用工登记表。郑楠翔填好基本情况,白主任在一旁声音生硬地说:"工资一栏也填上吧,基本工资两千元。"郑楠翔来之前谈好了是每月三千五百元,想问,看白主任神情像是在和谁生气，又忍下了。填好表后，双手递给那个白主任，过一会儿才平心静气地问："来时，说的是三千多元呀？"白主任白他一眼："那是加上三险和奖金。"

郑楠翔安顿好后，给妻子郝玲报了平安。郝玲像是不高兴，冷冷应了几句便没话了。放下电话，郑楠翔心里也有些堵。想想，又没什么具体的事儿。这些年，是有些对不住妻子，先是当兵在外面漂着，好容易安顿了，在滦阳市里安了家，女儿小铃铛也上高中了。家里前些年把郝玲拖累得够呛，谁承想又出了肖大力脱逃的事儿，前半辈子端得好好的铁饭碗，一瞬间竟然给砸了。先是让妻子女儿担惊受怕，人没有被判刑，算是个安慰，不想又得外出打工寄人篱下。太明白的话不能和郝玲讲，这是秘密，卧底的活儿，弄不好会把这条命都搭上了。老领导为他争取这个机会，干好了能够重回警营，干不好就两说了。这话也没法儿和郝玲说，男人嘛，有事只能自己扛！

到双峰铁矿担任保安部主任，老领导说没有具体的任务，有工作会随时通知他。嘱咐他事事留心，注意安全。不知是让他珍惜这份工作，还是另有含义，在分手时，只说找这份工作很费周折。

郑楠翔心里不痛快，晚上查岗时，对不坚守岗位的保安小刚训斥了一顿。小刚是附近村里的，初中毕业没上高中就到矿上当起了保安。工资每月一千元，整天笑呵呵的，被郑楠翔训斥后就躲着，不敢在郑楠翔面前露头儿，害得郑楠翔还得自己往办公室打热水。

双峰铁矿有保安三十人，场部十人，两个矿上各十人，统归郑楠翔管理。除双峰铁矿外，滦北县铅锌矿和两个选矿也在李山名下，华峰矿业集团有限公司是总公司。双峰铁矿聘何小峰为总经理。何小峰是滦北县检察院何检察长的弟弟，曾在滦北县城经营过酒店、歌厅，因经营不善，赔光了本钱。因歌厅涉嫌窝藏贩卖毒品，何小峰曾被公安局刑事拘留，后免予刑事处罚。李山以华峰矿业集团的名义到滦北县投资矿山，何小峰近水楼台，到矿上谋了个总经理位置，年薪五十万元，在滦北县也算是高级白领了。

郑楠翔到矿上任保安部主任，算是头面人物，平常酒局不少。他很节制，不该去的场合，任是谁劝也不去，非去不可的，也很少饮酒。他有自己的原则，那就是绝不再犯错误，何况他有任务在身。从家里出来时，他流泪了，找没人的地方吼了几声。他暗暗下决心，一定要雪耻。心里憋着劲儿，要做出样儿来。人活一口气，不能憋着这口闷气到死啊！没转业前，自己也单独执行过任务，可哪一次也没有这次情况特殊。他有心理准备，不管这次任务多么艰难，多么危险，甚至多么委屈，也要坚持到底，甚至不惜献出生命。

何小峰三十出头，年纪不大，经历不少。平时脸上很平和，戴一副近视眼镜。骂人嘴很损，一点儿不讲情面。私人企业，老板就是皇帝。郑楠翔心里暗想，这是一个笑面虎，要留心。

早饭刚过，办公室打来电话，让郑楠翔去何总办公室，不等郑楠翔问什么事，电话就挂了。保安部在前面一栋楼，何小峰的办公室在后面一栋，占了整个二层，一层是办公室、财务、副总经理办公室。

郑楠翔在一楼办公室候着，等白主任安排。一会儿白主任叫他上去，郑楠翔按门铃，门里传出一声"请进"。推门进去，见何小峰把自己埋在高大的靠背椅上，背对着门口，郑楠翔等着，等了几秒钟，也不见他转过来，便轻轻咳一声。何小峰的靠背椅这才转过来，看了郑楠翔一眼，示意他坐在办公桌对面。

何小峰没开腔，郑楠翔便静候着。这之前，在会议室开会时，他见过何小峰几面，单独接触还是第一次。郑楠翔心里盘算，何小峰的谱够大的，把自己当多大的官儿了！

何小峰终于开腔了："到矿上多长时间了？"郑楠翔答道："不到一周。"何小峰脸上很平静，举着眼镜晃了晃："都去过哪儿了？"郑楠翔不明白他的意思，便实话实说："去过炸药库，还在熟悉情况。"何小峰说话不紧不慢："炸药库有事吗？"郑楠翔说："没有。"何小峰停停又问："没事去干什么，视察啊？"郑楠翔不知道该回答什么。过了一会儿，何小峰又说："听说你以前在武警干过？当过什么官？"郑楠翔觉得血往头上涌，何小峰又问了什么，他没有听清，他在暗暗告诫自己："忍着，忍着。"何小峰也没有继续追问，说了声："梁前村的道儿又堵了，这才是你分内的事，下午道路要通，你去办吧。"郑楠翔从何小峰办公室出来，心里响着一个声音："去你妈的，狗娘养的！"

梁前村是进出樱桃沟矿点必经的村庄。近三十户人家，没有一户旁姓，清一色姓隋。村民很抱团儿，都是本家，一家有事，家家来人帮忙。以前因为大车进出碰了谁家的院墙，轧了谁家的鸡狗什么的，也堵过。矿上找村里的组长说说，赔几个钱也就行了，可这次听说不太好办，这家是"蒿子"（村里不好惹的人）。车把院墙刮倒了，这家一张口就要十万元，少了免谈。这纯粹是敲竹杠，道堵了一天多了，进出车辆全堵在村庄两边。

郑楠翔想，由派出所出面解决，把这户人家拘几天不就结了？何小峰在县里又有人，一个电话的事嘛。事情却不这么简单，郑楠翔找到村民小组组长一说，组长就火了："你们矿上也太过分了，隋福家的院墙被刮倒了，一开始人家也没说别的，可来了你们两个矿上的人，上来就把隋福打了，当时就掉了一颗牙。这叫什么事？要是这样，以后你们矿上自己修条天上的大道，开飞机得了，别从我们村子走。"郑楠翔不知道这些情况，忙给组长赔不是，让组长给做做工作。"怎么做？把钱拿来，好说。不拿钱，我没法儿去说。"郑楠翔让组长带他到隋福家看看。刚进院，隋福家里有人喊了声："来人了！"里面屋子便传来"哼哼"声。郑楠翔问什么，隋福也不说，一劲儿地"唉哟"。隋福媳妇气哼哼地说："谁来说都白搭，不治好病没完！"待了半个多小时，也没有说一句正题的话。村民小组长说："你就说给多少钱治病吧，别的先甭说。"郑楠翔为自己找个台阶，说："回去商量一下。"隋福媳妇就开腔骂上了，让郑楠翔出大门时，险些被木头绊倒。

回到矿上，白主任说："正好，何总刚还问呢，你快上去吧。何总等结果呢。"郑楠翔咕哝一句："等个屁！"

何小峰一听没结果，开口就训上了，说他就是个"秧子"，"你能干什么？狗屁也干不了。"

郑楠翔是"耗子进风箱"两头儿受气。没有地方诉苦啊，真他妈的是虎落平阳遭犬欺。给战友打电话，战友说："这会儿有事，一会儿给你打过去。"

郑楠翔气得把手机扔在床上，手机弹了一下，掉在地上，后盖摔开了，电池滚落在床底下。过了会儿，觉得胸口不堵了，才趴在地上掏床下的电池，把自己累得直喘粗气。

安上电池，电话立马响了，是战友，战友问他刚才电话怎么无法接通。他支吾一下，说起了何小峰训他的事儿。战友说："你长话短说，别婆婆妈妈的。"郑楠翔的火气又要上来，想想和战友撒气没道理，鼻子便有些酸。战友听出来他的情绪不对，便说："我道歉我道歉，你也别太放在心上。没什么大不了的。再说……"郑楠翔想想也是，便接战友的话："再说什么？"战友笑了，"给你讲个小故事吧。说一个人很要脸面，一天走路时，因为想事儿，没注意跌了一跤。这下可坏了，在大街上摔倒了，多没面子，便自嘲地说：'老啦，老啦。'说着站了起来，边拍打身上的土边看看左右。一看，根本就没人看他，他摇摇头又笑了，自言自语：'唉！年轻时也扯鸡巴蛋啊。'"战友说完说哈哈笑了。郑楠翔也笑了："你小子编排我呢。"

郑楠翔晚上没有睡好，总在想该如何处理隋福的事情。想了几套方法，最后觉得有一套方法可行，才放心地睡了。

第二天早上，没顾上吃饭，郑楠翔便带着保安小刚再去梁前村。走时，他让小刚到办公室说一声。小刚回来说："秘书说不用去了。"郑楠翔不明因由，上去找秘书问，秘书头也不抬："不为什么，不用去就不去了呗，真麻烦。"弄得郑楠翔心里别扭，他不能和一个孩子发脾气。真是豆腐掉灰堆，拍不得，擦不得。小刚拽上他出办公室，回头给秘书关上门，小声说："你知道他是谁的亲戚？"郑楠翔瞪了他一眼，小刚不再说了，但拽着他的手没撒开，郑楠翔是越想越气，手一甩把小刚弄个趔趄，自己站不稳也跟跄几步。回到保安部，郑楠翔忍不住了，骂开了娘："都是怎么了？一个个都是天王老子啊，邪气冲天！"保安部副部长老王原是附近村里的村干部，劝郑楠翔："消消气吧，事情处理了，省得你受累了。"郑楠翔纳闷："处理啦？怎么处理的？""是村里的组长早晨来说的，还给何总赔不是呢。"郑楠翔更奇怪了："不可能啊，昨儿个隋福媳妇还骂街呢。"老王说："我看见组长来的，这假不了。"

郑楠翔是死活不信。午饭后，自己又骑摩托车去了趟梁前村，找到组长。组长生怕被人看见，忙躲进屋里，和郑楠翔关着门说了几句："隋福想通了，不要钱啦。"郑楠翔想问个究竟，这个组长小声地说："解决了，你快走吧，快走吧。"生生地把郑楠翔撵了出去。

郑楠翔又去了隋福家，大门上锁了，没人！他骑上车去矿点。樱桃沟是东西走向的山沟，郑楠翔往前走步步上坡，摩托车减成二挡，勉强上去。路两侧的树叶被尘土污染了，山上却葱绿一片。

郑楠翔将车放在山脚下，徒步上山。矿点在半山腰，他是山里长大的，家乡在围场。小时候一年四季都是好季节。吃青杏的春天，山上有羊妈妈、婆婆丁、粘粘角儿。夏天有河的地方，洗澡、抓鱼，增添不少少年时特有的喜悦。秋天更好，到处都是山里红、山梨、山丁子等各色野果。冬天大雪封山，可以套山鸡、捉野兔、熏獾子、逮麻雀，等等。山里长大的孩子，尽情享受大山的各种乐趣。

高中毕业后，他没有考上大学，当兵进了军营。一晃就是二十年。当战士、班长，考进军校，总算圆了大学梦。部队的生活已把他锻造成严守纪律、循规守矩的人。他会时时想起家乡的大山和少年伙伴。想起雪天的场院，许多小伙伴撒上谷糠，等着一群群山麻雀下山觅食，那种捕获的等待和喜悦，让他难以忘怀。小伙伴在一起淘气，惹了祸一起被责骂，也结下了纯真的友谊。他和邻家二小儿捅马蜂窝，用上衣蒙住头，肚皮和胳膊被蜇出一个个红肿的包。为了报仇，他们火烧蜂窝险些引起山火。还有捅蛇洞，又被蛇撵得狂跑，膝盖上至今还有一块当时摔倒留下的伤疤。年少的这些经历后来都成了谈资，成了美好的回忆。

郑楠翔选了一条小道，避开拉矿石的卡车卷起的尘土。半人高的榛柴和野山楂间杂着，野山楂白色的花朵很醒目。走走停停，赶了不到一半的山路，他竟气喘吁吁了。

从中队长提拔到支队作训参谋，再到大队任大队长，他一直是业务尖子，代表支队参加总队的大比武，获得全能季军，手枪射击单项冠军。他有射手的天赋，新兵连时，第一次摸枪就打出了四十九环的优秀成绩。新兵连连长像发现宝贝一般，重点培养他。下连队时郑楠翔被分配到支队的直属中队，年年被评为先进，为考军校奠定了基础。

转业时，他原本冲着防暴支队去的。不想一刀切，全部人都分到市看守所，他还没有来得及脱颖而出便被夺去了锋芒。在邻县羁押期间，同监室的一位倒卖文物的嫌疑人劝慰他："一切都是命运，一切都是烟云。"这小子在外面时喜爱舞文弄墨，知道郑楠翔是行武的，两个人很说得来，落了喜文乐武相互吸引的俗套。郑楠翔出来后，曾梦见他好几回。

山里的天空还像小时候，蓝得让人安静，没有狂躁，没有邪念。阳光是黄的，有质地的，敲一敲像是有金属的声响。叶子饱含着汁液，青翠欲滴，山里的树叶是这个词最好的注释。

郑楠翔走到半山腰矿点，走了一个多小时。红色彩钢的屋顶，鲜艳夺目。重型卡车沉重的轰鸣提示着这是矿山，不然还以为这是什么景点呢。

他敲敲矿长办公室的门，没有人。隔壁屋里走出一位女同志，戴着眼镜，说是这里的主任，姓兰。问他找谁，郑楠翔自报家门。兰主任说矿长下山了，还没有回来。郑楠翔问："是不是下山处理道路的事儿了？"兰主任扶了扶眼镜反问道："什么道路？他没说啊。"郑楠翔觉得和她三言两语也说不明白，便说："我随便看看，你忙吧。"

郑楠翔到一个坑口，向里面看看，有电灯照着，里面不远处便小得像嗓子眼了。洞里面很安静，什么声音也没有。这儿的矿山品位高，矿线不宽。几个坑口在一面坡上，相隔几百米。

这时，有一辆白色的越野车开上来，隔得远，郑楠翔看不清楚车上的人是谁。太阳下山，快五点了，郑楠翔向办公区走去。

白色越野车又下山了，他问兰主任是不是矿长回来了？兰主任摇摇头说："场部来电话叫你回去。"郑楠翔问："谁打来的？我没说到这儿啊。"兰主任一脸漠然地看着他。

十三

齐副局长和韩副厅长一同到滦阳听取案件侦破进展情况汇报。王浩局长和许乐然提前赶到滦南专案组等候。听杨华讲没有什么进展，王浩局长急了："一会儿领导们到了，你就这样说吗？"杨华不解："就是这么个情况呀！"气得王浩嚷上了："查人，排查了多少，获得线索多少，现在重点在查什么？查物，炸药的可能渠道、爆炸物的药量、起爆的方式，下一步的排查重点是什么……啊？你脑子进水啦！"王浩吼叫着，眼里喷火。几起案子压着，让王浩脾气大了。杨华望着王浩局长，表情没有一点儿变化，好像挨批评的不是他。

王浩局长的手机响了，是办公室打来的，说领导们已进入滦阳地界，半个小时内就到。王浩局长气哼哼地说："知道了。"

杨华看王浩局长生气了，说："我不是向你报告实情嘛，做的工作还没说呢。"

王浩局长说："领导们都是行家，细节决定成败，要好好理顺一下，看我们工作有什么不足和失误的地方，确定下一步工作怎么做，汇报要细致，一会儿还是我主说吧。许局长有什么指示？"许乐然摆摆手。

办公室主任端上来水果，说："王局长尝一个。"王浩鼻子"哼"了一声。

不到半小时，迎接的人打来电话，说领导已进滦南区域了。王浩、许乐然、杨华等马上下楼在分局门口等候。

杨华被王浩批评一顿，心里盘算着，下定主意，有一说一。上级领导都是业务专家，汇报工作应该实打实，花里胡哨的话半句都不能说。杨华年近四十，说话嗓门大，人称"杨大炮"。从市局刑侦支队长调任滦南分局不到一年，破获了"3·16"碎尸案和"4·29"无头案，名声大振。顺势又提出"命案必破"的工作目标，在省刑侦系统热闹了一回。至今刑警支队长的位子还空着，由政委暂时代理。有他比着，谁也显不出本事。这次，王浩索性把刑警支队的骨干力量都抽过来，交给杨华，由他支配。也可以说，王浩之所以着急，是因为对杨华的期望值太高了。

齐副局长和韩副厅长的车进了分局大门。看到王浩、许乐然、杨华在院里迎接，两位领导似乎不大高兴，握握手便走进办公楼。在会议室，韩副厅长语气严厉地说："以后我们常来常往，就别再搞欢迎这一套！"王浩局长嘴唇抽动想说什么，韩副厅长说："说案子吧。"

杨华看着王浩，王浩说："具体案情我就不汇报了，我简要说一下侦破工作进展情况。一是围绕死者和重伤人员的调查情况。死者为女性，24岁左右，不是本地常住人口，是外来人员或没有办理暂住户口的暂住人员，对死者的调查工作下一步要加大力度。两名重伤人员已经确认，一名叫郝忠，辽宁人，在滦南百货大楼蹬三轮车送货，现在还没有清醒，但已脱离生命危险。另一名叫李国有，本市人，是华天玻璃厂的工人。六名轻伤人员，现已全部出院。二是围绕爆炸物的调查，经模拟试验和现场取样分析，爆炸物是二号岩石炸药，药量一公斤左右，放在帆布包里，爆炸物来源正在调查。起爆方式是定时引爆。爆炸物是有人事先放进或者带上了公交车，死者有重大嫌疑。"王浩停了停，喝口茶水又继续说，"调查工作下一步的重点是，继续查人，查物！相关工作正在有序进行中。"

韩副厅长侧过脸看了眼齐副局长，说道："我先讲，最后请齐副局长作指示。"齐副局长表情凝重地点点头。

韩副厅长说："钟厅长向我交代三句话。"看到有人记录，说道，"大家不必记录。三句话，第一句，形势紧迫，要按时破案。第二句，查清爆炸物来源，清缴流失和散存的爆炸物品和危险品，还滦阳百姓一片安宁。第三句是，他等着来滦阳喝庆功酒。王浩，我不多说什么，下次来我也不参加什么汇报会。我要和一线的侦查员一起，参加案情分析会！"韩副厅长的脸色不好看。

齐副局长语气缓和，没有寒暄，简单讲了讲当前国际社会的反恐形势，提醒大家要正确认识面临的问题，选准突破点："把对手的意图分析准了，有利于确定我们的侦查方向。要发动群众，积极提供线索，可以悬赏，重奖有价值的线索。必要的时候要对以前的工作重新梳理，不放过任何一个细节。要对侦查员们讲清楚，查清楚每一个疑点和每一条线索。决不可麻痹大意，不能想当然。"

韩副厅长看着杨华嘴唇上的一层水泡，说："急是没用的，要调动每一个人的智慧。这次可别让人家给震哑喽！杨华你说说吧。"

杨华苦涩地笑笑："王局长说得很全面了，请领导们放心，我'杨大炮'会瞄准目标的！"

会后，"杨大炮"的段子又添了新内容，说炮口多了俩眼儿——杨华的眼睛每天都在冒火。民警们平时遇见他全都躲着走。

被炸得走形的公交车放在公安局办公楼后面的车库里。公交车的玻璃全碎了，看上去空洞洞的。杨华让车库门敞着，这样从会议室的后窗户就能望见。

杨华感到从警以来从未有过的沮丧，他面容黝黑，日渐消瘦，整个人愈发显得憔悴。民警躲着他，是怕他的眼神，恶狼一样。中层干部躲着他，是怕他莫名其妙地发火，一点事儿都能引来他火药味十足的批评。在这大院里，大家躲他就像躲瘟疫一样。

杨华自己觉察不到，也没人敢提醒他，就算是提醒了，也根本不起作用。他的大脑装满了"6·09"案子。对其他的事情他不由自主地采取粗暴方式，仿佛只有这样才能维系他内心的平衡。

他理出了几个头绪亟待查实：重伤的郝忠和死者处在最近的位置，他们是否存在什么关系？现在郝忠没有苏醒，只能先查郝忠周边的人，必要时到郝忠家中走一趟。包括他上车的站点，现在还没有查实。

死者已炸得面目全非，复原的样貌会有多大差异？这一点影响了尸源的确定。此人像是天外来客，只留下了一具焦黑的头颅，存在警队技术室的冷柜里，其他信息一概不知，带给滦南乃至滦阳全市无数版本的谣言和恐惧。

爆炸案的阴影像是黑色的云彩，笼罩在滦南上空。就连结婚、开业庆典的鞭炮声也让人们心里颤动，神经过敏了。

滦阳全市的爆炸物品使用点、运输、储存等环节一次次清查，近百人被不同程度地处理。关闭整顿爆炸物品使用点二十余家，矿山老板们很配合，生怕牵扯到自己头上。这是滦阳历史上第一次爆炸案，惊天动地啊！

杨华主抓的案情碰头会成了分析会，开到凌晨一点。有的人打起了哈欠，杨华让办公室打来几盆凉水摆在一边，谁困了就去洗把脸醒醒神。

杨华提出几点，涉及的几个组长立马精神了。"第一，死者和两名重伤者，尤其是郝忠是否存在什么特殊关系，这点要查实，到郝忠工作的地方、住的地方、交往的圈子和老家辽宁去查。第二，爆炸方式是定时引爆，公交车早晨几点开始跑的，沿途经过的站点有哪些，中午是否休息要再核查一次，哪些地方让犯罪分子有机可乘？大家思路要开阔，如果爆炸物是停车时安置在座椅上的，这种可能性有多大？如果是行车时带上车的，作案的人又下了车，那么这个爆炸物是放在座位上的，这种可能性又有多大？第三，可能就是作案人把爆炸物带上车，又不知道这是一个定时炸弹。还有一种可能是自杀式爆炸，如果是这样，问题就更不一般了，这是警方最不愿看到的。另外，所有办案人员要回过头重新理一理。今天上级领导督导案件侦破情况，向我们提出要重视的细节。每一个组都要回过头，认真地检查一下，我们有没有自认为不重要的线索，有没有由于想当然而疏忽的地方。同志们，我有时脾气急躁，说话不讲究方式，大家别往心里去。我在这里向大家做个检讨，你们要把我的道歉带回去，不要截留哦。"杨华最后来一点儿小幽默，在座的几名老同志眼圈竟红了，技术大队的陈东华法医眼泪止不住，噼里啪啦地掉了下来，她用一只手去擦，眼泪却不听使唤，流得更欢了。她一落泪，跟着好几个人的眼泪也掉下来了。最后杨华向大家许诺："案子破了，请大家去度假，我杨华掏腰包。"

回到市局，王浩让许乐然直接到自己的办公室。王浩心里没底了，问许乐然，是否要调换杨华这个组长？许乐然知道王浩局长急，但是，侦查工作可以好几条线索齐头并进。在滦南区的调查工作没有比杨华更合适的人选了。许乐然提出，围绕死者的调查，我们的面是否窄了点儿？我们全市都要动起来。发通告，利用新闻媒体播报刊发，这项工作要延伸到滦阳市以外。我们所有的辖区都要查流动人口，查服务场所的外出人员，包括歌厅、洗浴的服务小姐。

王浩局长当即拍板，这项工作直接由许乐然负责，全市治安部门抽调骨干力量全力清查。许乐然问市局是否可以考虑把张翔抽出来。王浩局长说："张翔这小子破案有一手，滦阳是矿山大市，涉及治安部门的刑事案件没有行家抓不起来呀。现在他负责调查越狱和看守所脱逃的案子。刑警主力都在爆炸案子上，抽他的另一个原因，是因为怀疑这三个人依然潜伏在本市，矿山是最有可能的落脚点。这样吧，追逃的案子不用交，兼顾起来。行动大队警力全部抽出来。"

最后，王浩局长说："乐然，你是反恐的行家，说一句天真的话，我真希望这起爆炸案与恐怖组织无关，只是一起普通的爆炸案子，我心里有压力太大了！"许乐然沉默了，这个问题确实不好回答。他到滦阳之所以身份不公开，就是不想引起不必要的传言。他又不能不回答，王浩局长的所谓希望显然有他的狭隘性，也像他说的很天真，但是他们是一个战壕的战友，他能理解他的压力。他含糊地说一句："一切皆有可能！"王浩局长不自然地笑笑，"这可是广告词。"

六名伤愈出院的乘客和5路车上的"幸运"乘客又经历了一次可怕的回忆。其实，那声震耳欲聋的爆炸声在许多人的记忆里一直轰响着，谁会轻易地忘记那些生死攸关的瞬间呢？

杨华命令各个组，对乘客逐一定位，逐一检查，不许遗漏一丝一毫的细节。经过上次的调查，这些乘客对上次问到没说到的，或是没问到也没有回想起来的，经过这些天在脑海中"放电影"又重新叙述了一遍。

有一名乘客说死者好像接过一个电话，因车上吵，说什么没有听清。"口音？没听清说什么，怎么听出口音？"这名乘客没有猜测，说得很实在。

车上监控录像对下车乘客有记录，但上车口没有装摄像头。许多乘客对上下车站点都记得清楚，但上下多少名乘客没人记得清，一名乘客说："除非这名乘客特殊。"侦查员对"特殊"这个词加个注解——口音、长相、穿戴、携带什么物品。

司机吓坏了，至今还没有上班。杨华在侦查员提出的"特殊"一词的注解里又加上声响、气味，有什么异常，如吵架等。

前期的调查工作是细致的。常住和暂住人口，对外出打工符合年龄段的女性，各派出所已登记造册。有的注明见面，有的注明通电话，来滦南的暂住人口包括从事歌厅、洗浴等服务行业的，做到了人在见面，人走知道去处。对联系不上的人员已派出警力到家里核查。杨华说过："人来有声，人走知踪，就是落下一片羽毛，也要查出是什么鸟。"

滨河路周围，"乔治白"服装店站点，看到过爆炸场面的人也访查了一大半。

滦阳市电视台和日报、晚报、广播电视报连续播出、刊出悬赏公告。滦南城区街谈巷议一直在增温。许多分局民警的家属，把听到的议论，自认为对破案有帮助的，打电话告诉一直在加班的民警。

后来，杨华局长在案件侦破总结大会上，说家属们的功劳不可埋没，我们打了一场人民战争啊。所有党委成员都要到分管部门的民警家里去一趟，诚挚地说一声谢谢。

十四

张翔埋怨许乐然："你不是害我吗？我这边案子刚刚有了眉目。"许乐然把张翔看穿了："得，我再选别人，你还上你的追逃。"张翔便笑："我得听局长的，兼顾吧。"

张翔说的话，有些是真的。苏强和肖氏兄弟脱逃近十天了，还没有踪影。最有可能的是他们就近藏匿，这种说法占了上风。让张翔负责追逃是源于这种说法。全局的警察都扑在"6·09"爆炸案子上，这让张翔心里有些不痛快，显得自己受冷落，靠边了。工作上张翔是把好手，要么不干，干就干出个样来，这也是王浩看中他的地方。滦阳是矿山大市，治安支队长这个美差，被传得很神，有人说没有百八十万的想也别想。张翔不这么看，支队长年底就到站，退二线了，王浩局长还是很器重他的。先是全市治理危爆物品专项行动，挂名的不少，但干具体工作的还是他。这次又让他牵头"追逃"工作，说明在领导心里他还是占有一定的位置。

经过几天的工作，可以证实，苏强和肖氏兄弟的脱逃确实是内外勾结。而且外面的人具备一定的反侦查能力，熟悉侦查工作套路。人家说，风暴中心最平静，那么好，就在中心藏匿，等待风暴过去。会见苏强的那两个人嫌疑最大。苏强家在滦阳郊区，属城乡接合部。父母早亡，他从小在叔叔家长大，十几岁就在外面游荡，没有兄弟姐妹。肖家父母年事已高，肖母承认去看守所送过钱，却没有送过衣服。肖大力脱逃后，监区监室录像被全部调看了，没有发现可疑之处。谁送的衣服始终没有查清。同监室在押人员提供的线索被查否了。为这件事，张翔把看守所林所长弄得不高兴。林所长说看守所真是破鼓众人捶！

在第五监狱，张翔也看到了挂在航空架子上的风筝，看着可疑，但没证据把这个风筝认定成"信号"，如果真是这样，苏强和肖二力的越狱，那个策划人的智商接近美国《越狱》片中的"迈克"了。张翔信服的是证据，这让徐海燕不服气。这个浪漫的姑娘，一脑袋奇思妙想。她是学表演艺术的，家境好，父亲在市委任副秘书长，母亲在机关事务局当会计，但她没有干部子弟的娇气。毕业后，半是关系半是考录，进了市公安局。几年工作，表现不错，泼辣能吃苦。张翔拿她开过玩笑："当警察，可惜你这个人了。"徐海燕无论长相身材气质，从事表演都是块材料。

徐海燕回敬张翔："千金难买我乐意。再说，这警察队伍也不能长得都像你呀，黑包公似的。为什么咱们单位评比靠后？就是有人太有损队伍形象嘛。"徐海燕出了气，笑呵呵地跑了出去。

为收集情报，张翔启用了几个道上混的关系人。探望苏强的两个人，以及苏强和肖氏兄弟，却像是人间蒸发了一般，一点儿消息也没有。公安部向全国发出了 B 级通缉令，想逃出去，没那么容易！已经有另一种声音，说肖大力是"盗车专家"，这些人早就预谋好了，没准已经出境了。张翔不愿意反驳，心想"专家"这个词用瞎了。

许乐然看张翔若有所思的样子，拍他一下："伤自尊了？"张翔回过神儿，明白他是指徐海燕说过的话，"笑话，我是谁呀！"

张翔带着行动组，对滦阳市区的宾馆、洗浴中心、饭店、歌厅等场所的服务人员，以及登记的、没登记的暂住人口，造表登记，一一见面。重点摸排符合年龄的女性去向。清查是否有去向不明的、联系不上的，或者"6·09"爆炸案后失踪的。对于去外地的，一律要与本人通话。

许乐然想亲自参与，张翔说，领导怎么能干这些，您等消息做指示就行了。听说去云雾山庄，许乐然说这名字听起来就神秘，得去看看。

汪碧菡和黄助理一身泳装正在游泳。许乐然坐在休息椅上，看得不转眼珠，徐海燕碰了一下张翔的胳膊："瞧你同学，色迷迷的。"张翔同样嘴不饶人："不是徐、许一家子啦？"二人笑笑，忙着去干活儿了。

许乐然一身警服吸引不少目光，因走时怕张翔不等他，便没来得及换衣服。许多游泳的人放慢了速度，有的干脆不游了，上来休息。汪碧菡和黄助理也上来了，在一丛凤尾竹后边的休息椅上坐下。黄助理递给汪碧菡一瓶水，二人说着什么，看也没看坐在一旁的许乐然。

一位服务员领着徐海燕二人径直走向黄助理，听说是两名警察，黄助理略感惊异，一丝慌乱的眼神闪过。徐海燕说："方便吗？有事想和你谈谈。"黄助理点点头："我去换一下衣服。"徐海燕的眼睛打量着汪碧菡，汪碧菡冲她笑笑。黄助理很快回来了，问："在这儿吗？"徐海燕说："去你办公的地方吧。"汪碧菡的目光将二人送走，回头见许乐然正在一旁看着自己。汪碧菡举起水瓶，想提示一下，又改变了主意，喝一口水，目光转向了别处。许乐然站起身，出了游泳馆。

吃晚饭时，汪碧菡在餐厅见到了黄助理，汪碧菡招手示意她一起吃。黄助理端着餐盘过来了，二人边吃边说话，汪碧菡把话题引到两名找她的警察身上。黄助理说："来了解有没有外出的服务员。"汪碧菡不解："外出?""唉,闹不清。她们问有没有不知道去向的女服务员。"汪碧菡明白了,是为了调查爆炸案的尸源。便问:"有吗?""没有,警察跟抽风似的。"黄助理说。

第二天中午,黄助理早早换好了泳装,来敲门。二人相约中午去游泳已坚持了几天。汪碧菡换了件颜色艳丽、样式很怪的泳装,黄助理在一旁连连夸好,问是从哪儿买的。汪碧菡笑笑:"很远,英国货。"黄助理叹口气:"我说呢。"两人游了五个来回,五百米,然后到休息椅上半躺着。黄助理还是不忘夸泳装:"外国货就是不一样,把你的皮肤映衬得白白嫩嫩。"汪碧菡笑着夸她:"你是自然美,不用雕饰。"黄助理也笑了,很娇艳。

汪碧菡清楚,黄助理想和她接近,这个姑娘很精明。汪碧菡已经深深吸引了她。黄助理又为她准备了矿泉水,拧开瓶盖递了过来。黄助理自己也纳闷,本来自己在姐妹堆里是最有主意的,可碰到杜总和汪主任却变了,变得像个乡下丫头,总是喋喋不休的,什么都愿意说出来。杜总曾告诫过她管住嘴巴,不该说的要像没这回事。黄助理嘴上应承,心里还嘀咕着,自己说什么了?但还是不自觉地说些鸡零狗碎的事,让杜总白她几眼,才住嘴。半躺在休息椅上,黄助理又夸汪碧菡的游泳技术了,说她比小丽游得好。汪碧菡听着她絮叨小丽游泳好,长得好。汪碧菡便问:"谁是小丽?""方小丽啊,我姐妹,去广州了。"黄助理像是想起了什么:"这两个警察,问我有没有姐妹去外地,有没有失去联系的,他们问这些干吗?烦人不烦,怎么什么都管了。"汪碧菡看她的样子像是有些伤感,便激她:"生警察气了?"黄助理马上说:"才没有,我是想小丽。哎,你说,人该不该信命呀?""怎么了?""方小丽就命好,生个好身材,长个好脸蛋,从小学健美操。真的和你一样皮肤好。前些天,处了个男朋友,带上她去广州上大学了,这就是命啊。""你也不错呀,身材好,长相好,游泳好。"汪碧菡不谈方小丽,却顺着黄助理的话说。黄助理听出来了,笑着,手在空中挥舞一下,像是要打人一下似的。汪碧菡安慰她:"相信自己,命运在自己手中。"说得黄助理目光迷茫了好一会儿。汪碧菡不信方小丽现在上什么大学,说:"骗人吧,现在不是大学招生的时间啊。"黄助理辩道："她的男朋友是大老板，门路广呗，杜总还认识他呢，是小丽告诉我的。"汪碧菡还是不信："现在冒牌的老板多，都在骗你们这些漂亮的女孩子。"黄助理没听懂似的："你更漂亮啊，汪主任，你去过广州吗？"汪碧菡灵机一动："去过，过几天还要去。你要想小丽，和我一道去啊。""真的？"黄助理兴奋了一下，马上就泄气了。汪碧菡便说："别泄气，我去时带上你就是了，你有她的电话吗？"黄助理马上说："有，电话和 QQ号都有。"

晚上，汪碧菡把方小丽的情况通知了许乐然。许乐然由此想到，这些"方小丽"们不知漏查了多少。调查特殊场所的服务员，常规做法不奏效了。

许乐然让张翔将行动大队的警力召集到一起，搞一次群策群力，大家发言很积极。提到群众配合，大家的话匣子一下子打开了——人家说了，雇人还有报酬呢，你们给多少钱？这算好的，还有难听的呢，说知道也不告诉你，牛逼抓我呀！讨论最后变成了大家发牢骚，唉，这年头，警察太难干啦。前些天"110"出警，被围攻了，一个警员受了伤。有人喊："打的就是警察！"现在警察是弱势群体啦。

张翔最后做总结："这些告诉我们，工作要转换方式和选好切入角度。我们不要指望别人应该如何、要怎么样，不要说群众觉悟低之类的话。要从自身找毛病和不足，要俯下身子，老老实实、心甘情愿地做好自己的工作，赢得群众的理解和支持。否则，你能怎么办？难道一天哭丧着脸乞求别人，像个叫花子，等别人可怜施舍？我们要自强！"

许乐然率先鼓掌："很有水准，这才像一个领导者，自信，老道。"徐海燕起哄："在哪本书上偷着背的？平时属你骂得欢！"张翔一瞪眼睛，逗得她哈哈大笑。

许乐然提议："所有辖区派出所，要来一次回头看，要对所长们讲清楚，出现漏查的，要倒查，追究相关人员责任！"

十五

肖大力的父亲突然病倒了。家中只有肖大力母亲一人，急得团团转。

"120"急救车把人拉走，肖大力母亲忘了问在哪家医院，下楼时，把门钥匙又落在了屋里，急蒙了，脑子里一片混乱。到站点坐公交车，兜里没有装钱。幸亏遇上司机心肠好，让她上了车，又问她在哪一个站点下。她说不清哪家医院，车上带电话的乘客拨打了"120"急救中心电话，问清后，告诉她在人民商场站点下车，再坐7路到市第二医院。

老人家赶到医院急救室，看到老伴儿插着管子，嘴上罩着塑料壳，医生用熨斗一样的东西击打着老头的胸脯子，心里一急，也晕了过去。

医院又急着抢救老太太。好在老太太是急的，没有大碍。护士问家里人呢，老太太摇头。护士让她签字，还得交费。老太太说，坐车钱都没带。于是那边的抢救停下来了。

老太太急了："有钱，家里有，我去取，你们先给治着。"老太太从急救床上下来，往外走。在大厅，她的衣角被一个小伙子拽住了，叫他"大婶"，老太太一瞧并不认识。小伙子说："大婶，我是小三儿啊。""小三儿？不认识！"老太太一边摇头一边急忙往外走。小三儿问："怎么了？"肖大妈顾不上细说，只说了"老头子"，就跌跌撞撞地下楼了。

不等老太太出楼门，护士撵了出来，喊她："先别走啊，家里别人呢？"老太太问："不是让交钱吗？""先别拿了，让家里来人吧。"老太太急了："怎么了？"护士走在前面，也不说话。

急救室里，老头儿蒙上了白单子。肖大妈又晕了过去。

多亏了小三儿跟着忙活。肖大妈在医院里打了一晚上点滴，清醒过来时，老头子已被推走了。护士进来问她："家里别人呢？"肖大妈又气又急："我是绝户！"护士以为她着急，说："气归气，事归事，你得补上费用啊。"肖大妈是真的生气了："我说不交了吗？你催命似的，人都死了，还钱钱钱的。"护士还想说什么，一个小伙子上去就推她一把："你他妈还有完吗？"吓得护士躲在了一边。这个小伙子还要说什么，却突然住口了。

门外进来两个人，喊"大娘！"肖大妈认出是派出所民警小赵，一把抓住小赵的胳膊，"哇"的一声又哭起来。

肖大爷被急救车拉走，小区保安向派出所报告了情况，值班副所长马上派片儿警小赵和实习生小马到医院帮忙。肖大妈又急又悲伤，哭得颤抖着。自从大力、二力出事，邻居们知道后，都不和他们家来往。常到他们家去的，就是派出所的小赵和居委会的王大妈。王大妈一来，总先做工作，让老两口大义灭亲，有情况及时报告，再帮肖大妈做些家务，还常常带来物业办公室的人，现场办公一样，换煤气、接水嘴、换灯泡什么的，并嘱咐老两口，有登高爬梯子的事，别逞能，有年轻人不用，你就是犯傻。小赵做群众工作很专业，总来家问老两口有什么困难，还干些力所能及的事。更主要的是了解些情况，做好布控工作。到家里次数多了，老两口渐渐打消了抵触情绪。时间一长，小赵不来还觉得空落呢。肖大爷和肖大妈是千斤顶厂的退休职工，摊上两个惹是生非的儿子，总觉得没有脸面，自打他俩儿子出事后，肖大爷就很少出门，一天天地把自己关在家里。看电视，老两口看不到一块儿，老头儿爱看动物世界、自然类节目，肖大妈喜欢看韩剧，半天半天地坐在电视机前，随着韩剧抹眼泪。肖大爷骂她："假的你也当真，吃饱撑的！"肖大妈顶他："甭管，比你看些血糊糊的节目强。"今天早晨起来，老头说后背沉，打开《夕阳红》节目没看几眼，就在沙发上歪倒了。起初肖大妈没在意，想人老了，身体这儿疼那儿疼的是常事，哪还能像年轻人那样，活蹦乱跳的，过一会儿，觉得不对劲儿，问什么老头儿也不答应。上前一看，已流了一片口水，汗水把衣服都湿透了。肖大妈赶紧打"120"急救电话，还是晚了。肖大妈和小赵哭诉着，埋怨自己没有及时打"120"急救，把人给耽误了。

护士对小赵说："还没有交费呢。"肖大妈有了主心骨，白了护士一眼："告状也不给。"小赵对护士挥挥手："我一会儿办。"护士看了一眼推自己的小伙子，出去了。

小三儿上前说："大婶，那我就走了。"肖大妈说："多亏了这个小伙子，小赵，帮我记着人情。"小赵说："大娘，带着钱没有，我去交。"肖大妈埋怨自己什么都忘了，钱都没带。"我带了，先交上。"小赵一边说一边急忙出去交费了。

出去看那个小伙子已不见了踪影。补交完费用，小赵问肖大妈："那个小伙子是您亲戚啊？""哪是什么亲戚，我也不认识他，他说他叫什么来着？嗯，小三儿。"小赵扶着肖大妈问："肖大爷都有什么亲戚，我们帮着告诉一声。"肖大妈一听，眼圈就红了："谁也不用告诉，就靠你们帮大妈了。那两个冤家是指望不上了，老头子就是为他们糟心才搭上命的，我饶不了他们。唉，我上辈子没积德啊。"

小赵叫小马在医院等着，自己开车拉着肖大妈回家一趟，取存折，办后事用，也把肖大爷去世的消息告诉所里。到了楼门口，肖大妈才想起忘了带家门钥匙。好在是二楼，小赵沿着排水管爬进窗户打开了屋门。肖大妈对小赵说："我们单位早就没了。谁也不用告诉，我就靠你了，孩子。你们的心思大妈也懂，我不糊涂。"小赵和小马在肖大妈身边陪着，晚上也住在肖大妈家里，怕肖大妈再有什么意外。所长把情况向分局做了汇报。分局从巡警大队抽调十名警力归所长指挥。领导指示：一旦有情况，马上汇报，发现肖氏兄弟即刻抓捕。

肖大爷的后事由居委会王大妈一手操办。所长在火葬场周围提前布置了警力。所长、指导员、民警小赵、小马和居委会几名工作人员，为肖大爷举行了简单的告别仪式。肖大妈情绪很平稳，看着肖大爷遗体进了火化炉，感叹着："老头子，我把你送走了，你省心了，好好去享福吧。"说得大家心里酸溜溜的。

小赵和小马陪着肖大妈回到了家里，所长率领布控的警力等到天黑也没有发现肖氏兄弟的踪影，向局里汇报后，全撤了下来。

刚回到所里，就接到指挥中心的出警命令："火葬场骨灰陈列馆被盗，肖大爷的骨灰盒不见了。"肖大妈原本要把骨灰盒取走放在家里的，后来又改变了主意，说等肖大爷遗像放大做上框，家里布置妥当再来取。不想，当晚就不见了。

分局抽调警力设卡盘查，对宾馆酒店等可能落脚的地方进行清查。局长对所长劈头盖脸一顿暴训："给分局丢脸！谁那么傻，等着你去抓，你给我长点儿脑子。"所长被训得有些蒙："警力撤下来，我请示了。"听他这样辩解，局长火气又冒上来："请示，你请示什么了？你干多少年警察了，谁让你把警力全撤走的？肖氏哥儿俩是什么人？抓不着人，你自己把所长的帽子摘了！"

所长安排小赵、小马继续住在肖大妈家里，两名便衣换上保安服住进小区门卫室，自己率领剩下的几名民警，三人一组，又是一晚上清查，毫无收获。第二天，所长被撤换，由分局治安大队副大队长接任。

小赵在肖大妈家里得知，那名自称小三儿的人，给肖大妈家里打过电话，问候了几句。小三儿本人的信息迅速被查清，大名王全利，23岁，住在市里双山区新华街道。他的手机一周内和十三个电话有过联系。昨天与一个机主叫王月强的手机通话九次。

一年前，王全利因涉嫌抢夺被分局刑事拘留，其犯罪情节轻微，判刑一年。后因检举他人立功，提前三个月释放。现在在市区一洗浴中心打工。

王全利在市看守所羁押期间，与肖大力有两个月的交集。与肖氏兄弟以前是否熟识有待进一步调查。新上任的宋所长头脑正热，建议拘传王全利。局长批评他："急功近利，小家子气！"命令他对肖大妈家的监控要内紧外松，住家小区门卫室的警力不要撤。不许再出差错！

王月强的电话再没有出现过。小三儿在洗浴中心很安分地打工。肖大爷的骨灰盒静悄悄地消失了。肖大妈对小赵说："一准儿是那两个不孝儿子干的，爹死了，也不让安生。"

十六

派往哈尔滨的调查组由许乐然亲自带队。通过方小丽来往的电话，他们很快查到了在哈尔滨市呼兰区居住的方小丽父母家。许乐然同呼兰区公安分局取得联系，城区派出所户籍警很快调出方小丽一家的基本信息：父母在粮食局下属的企业上班，现已下岗；方小丽高中毕业后，没有参加高考，南下打工；弟弟方小天正在读高中。为了不引起方家父母猜忌，由当地派出所的片儿警小王带着徐海燕去方小丽父母家，查清方小丽近期情况。

方小丽父母刚好在家，看派出所小王和一位女同志进了院子，便热情地把二人迎进屋里。一番闲聊后，话题扯到了方小丽身上。方母讲："小丽这孩子懂事，挣钱都寄回家里。"小王挺好奇："挣了大钱吧？寄回多少？"方母不说了，方父很老实："没多少，两万块。"小王惊讶："两万块还没多少？在哪儿挣这么多？"方母笑了："在广州，都是孩子的辛苦钱。"小王感慨着："广州是国际大都市，听说，发财好容易。"方母看着徐海燕："这小妹怪俊的，也是你们派出所的？"徐海燕上前搭话："方大娘，我是市里来的，实习生。"看家里墙上有镶照片的镜子，徐海燕指着上面的一位姑娘："这是小丽吧？真漂亮。"方母很得意，指着那几张照片说："都是她，前些天来电话，到广州上大学了。"徐海燕很惊讶："上大学也能挣钱呀，您老可真有福气！"方母继续说："这丫头爱跳舞，说是跳舞获大奖了，给的奖金。"照片中有一张跳健美操的演出照。小王接着问："大娘，小丽在广州上什么大学啊？"方母像是有所警觉，问小王："你们俩有事吧？"小王看看徐海燕，徐海燕说："方大娘，您别着急，也没什么，不是北京要开世界级的运动会吗，对在外人员都要登记。"方母低语道："这么回事儿啊。她也没说上什么大学。"小王跟着问："那有她在广州的地址吗？住在哪儿呀？""她也没细说呀，我们小丽是老实孩子，在外面惹不出事。"徐海燕见方母不想说什么了，忙说："我们都要登记全呢，那说一下她的电话吧。"

方母拿出电话记录本，找到方小丽的名字，将电话号码告诉了徐海燕。徐海燕见是手机号码，便问有没有固定电话。方母讲："这儿有一个。"小王和徐海燕从方家出来，去了呼兰区邮政局，很快查出方小丽给家中汇款的时间是 6 月 16 日，地点是广州。方家电话记录显示有方小丽与家里的通话记录，方小丽父母说的情况属实。

方小丽在广州的固定电话是一家名为越秀蓝天大厦宾馆的，手机已停用。通过方家电话记录，方小丽在滦阳市的移动电话号码查了出来。通过这个号码，查出有与哈尔滨固定电话的通话记录。共有五个，两个是呼兰区的公用电话，另外三个，两个是城郊，一个是署名为阿城的电话。

这三个号码很快查清，阿城的是云雾山庄的黄助理家，另两个分别是叫小慧和小华的家里的号码，这两人都在滦阳市洗浴中心工作。

许乐然让徐海燕和片儿警小王再去方家，务必查清方小丽上大学的相关情况，以求查出那个"资助"她上大学的人。另三个人由派出所派人，找理由去他们家中走访一次，对相关工作进行布置。

方家大门锁着，看来是有意躲了。二人又到方小天上学的呼兰一中。徐海燕有意隐瞒警察身份，向他的班主任说自己是他姐方小丽的朋友。方小天被叫到办公室，见到徐海燕时有些腼腆。方小天眉清目秀的，提到姐姐，话多起来。他说姐姐在广州体育学院，今年刚入学，是因跳舞获奖破格招录的。前几天他们还在网上聊天呢。徐海燕要方小丽的 QQ 号，方小天说记不清了，得回去查，不过姐姐总不在线。方小天答应查到后就给她，然后大眼睛眨一下，问徐海燕怎么告诉她。徐海燕让他告诉班主任就行了。

晚上小王又去了趟方家，方小天晚自习还没回来。方母对小王的再次造访有些不高兴："我们小丽在外面究竟有什么事儿？你们三番五次地来，有完没完，让邻居怎么看我们家！"小王解释："大娘，您误会了，我们就想知道小丽上大学的情况。"方母气冲冲的："上大学犯什么法啦？"小王只好实话实说："大娘，我们没有说清楚，滦阳市发生了爆炸案，死了一个姑娘，小丽不是在滦阳工作过吗，对近期不在滦阳的人，我们都要查一查。"方母一听急了："哎呀，你怎么不早说，让我疑神疑鬼的，什么时候的事儿呀？"小王说："你就告诉我她在什么地方吧，其他的由我们核实就行。""我只知道小丽在广州上大学，别的她没说。"小王嘱咐："小丽再来电话，您老务必问清楚，通知我们一声。"

广州方面很快把信息反馈回来。广州体育学院今年没有破格招录新生，更没有方小丽这个人。

黄助理几天没有到游泳馆了。汪碧茵一如既往，每天午睡后游泳一小时，每次都更换泳装的样式。

十七

王月强的电话再次出现。晚上九点多，小三儿的手机响了，他正和一帮朋友在火锅城喝啤酒。电话第一次响，他没有听见，到第二遍响起时，他一看号码便到饭店外面接听。电话是王月强打来的，约他第二天到滦阳市郊双山镇会面。小三儿说好，还要说什么，电话已经挂了。小三儿很兴奋，回到房间爽快地干了一杯。小三儿爱喝啤酒掺白酒，能喝出花样来：小杯白酒放在啤酒大杯里，叫作深水炸弹。不用手端，而是探头用嘴叼住杯沿，慢慢起身，头微仰，再一点点扬起来，只到仰脖把白酒啤酒一起灌下去。单喝啤酒时，把啤酒瓶倒插进嘴里，瓶底朝天一灌到底，这种喝法叫黄河壶口。还有一种喝法叫喜马拉雅，是三杯啤酒放在女孩子两个颈窝和头顶上，先左后右，最后头顶，还是不能用手，只能用嘴叼住啤酒杯，一杯杯叼起喝下去，酒不能洒，喝完后，嘴唇上留一层白沫。今天小三儿有兴致，做东又玩酷，桌上的女孩子又是惊叫又是鼓掌。

双山镇在市郊东三十里外，因镇子外边平地上凭空突出的两座小山得名。这两座小山的来历，传说有好几个版本。一种说法是当年玉皇大帝派二郎神杨戬下界，捉拿闹事的孙猴子，打斗中，二郎神左右两鞭打在大山上，大山被抽出两个窟窿，对面的平地便多出两座小山。还有一种说法是，二郎神担山，为凡间的百姓搭桥躲避洪灾。各个版本都源于双山镇的两座小山，对应几里外高山上的两个通透的山洞。大自然造化神奇，便在民间留下许多传说。

小三儿坐 11 路公交车到市郊双山镇。时间尚早，不到八点。镇子不大，一万余人口，曾经是康熙皇帝御驾围场狩猎时的行宫驻地。现今行宫遗址尚在，为了开发旅游，仿造了一座行宫。

双山镇是滦阳市通往内蒙古和辽宁的门户。镇北边有五条山川小河汇聚在一起，河流起名鹦鹉河，流经滦阳市区。滦河从市区南面流过，鹦鹉河在此注入滦河。河流交汇处有面积较大的冲积平原——说是平原，只是相对滦阳的山地而言比较开阔而已。

小三儿下了公交车，沿着柏油路向镇里走着。他起得早，早饭没顾上吃。镇子里有一家烧饼铺，羊汤烧饼有名。小三儿的肚子响了，是想起烧饼勾引出了饥饿。这时候，手机也响了，小三儿看看是固定电话，"3"字开头，很生。接通电话是王月强的声音："放下电话，去接前面路边的公用电话。"小三儿有些蒙，看到前边路旁有公用电话淡绿色的塑料罩。小三儿走到跟前，公用电话也响了。他抓起话筒，听出王月强压低了声音："十一点，在镇北铁路桥下见面，注意尾巴。"不等小三答话，电话又挂了。小三儿看看后面，没有人注意他。他的嘴角抽动了几下，笑了。去往双山镇的车很多，除了 11 路，还有私人经营的长途客车。都是过站车，十多分钟一辆，售票员多是车主，沿途接人，看到小三儿在路旁，售票员喊着招揽乘客，声音沙哑。

这些客车，小三儿以前常坐，靠在车上掏包过活。如今这一行不好干了，车多，乘客少，可乘之机不多。即使得手了，也容易很快被发现，一车人很齐心地对付他这样的人。司机还会顺势把车开到公安局，来一个关门抓贼。往往是偷鸡不成蚀把米，轻则被拘，重则判刑。

这年头，干什么都不容易，抢银行来得快但会掉脑袋。想想真是没有好干的，哪碗饭都不好吃。做贼也得研究法律，偷没有死罪。倒霉了让人家逮住，别施暴，就不会转成抢劫，没多大罪过。为了吃口饭，不能把吃饭的家伙弄丢了，这是底线。小三儿想。

肖家哥儿俩，二力不如大力，大力"玩车"有技术。那是好买卖，一年做成几单，吃香的喝辣的，东南西北中想去哪儿就去哪儿，活得滋润。小三儿早有拜在大力门下认师学徒的想法。这次通过关系送去四条中华烟，想肖大力不会不领情。人要是走运气，上天都帮。先是滦北的老九托自己接应苏强，后又关系巧合，用上了自己在看守所时结下的"关系"，"罩"了肖大力一段。肖大力进了看守所，自己是"劳动号"，还有近两个月时间刑满到期。这两个月，小三可是没少照顾他。从在监室里不被欺负，到打开水，泡盒面，进进出出，比侍候亲爹还周到。

算是巧了，肖大力在苏强跑出那天，"犯"了病，从医院跑了出来。没有小三帮忙，他们几个谁也别想顺当。他原想送出他们，和他们一起走。苏强却答应一个哥们儿，在矿上帮一阵子忙，躲一阵子，又把小三打发回来了。

他回来就赶上肖家老爷子病死，他又帮忙把骨灰盒抱了出来。肖大力很迷信，要尽孝。这样的尽孝，不吃饭不侍候的，倒是省事。

肖大力也算是有良心，终于约见自己，没有免费的午餐嘛。江湖上讲快意恩仇，小三在想肖大力怎么还他这个情。

小三不认识肖大力时，也想过，这次出去，找个正当营生，过安分日子。可遇到了肖大力，他的想法又转变了。正当营生以前也找过，自己要文化没文化，不过有文化又怎样，大学毕业的，又有几个找到工作了。当苦力，自己干不了，看看周围混出来的，有钱有车，吃香泡肥，谁屁股底下干净。从古到今，笑贫不笑娼，大学生当妓女的有的是，偷又算什么？人活一世，不成功，也不成仁，该豁还得豁出去。

肖二力做梦也没想到，苏强带他逃了出来。十三年刑期加上越狱，逮回去还不得无期。在接应的车上，肖二力恨不能叫苏强一声"亲爹"！在监狱时，贴上苏强是想没人敢欺负他。不承想苏强还把他带了出来。不然在狱中度过十三年，出来也就小四十了。肖二力说了句硬话："强哥，我的命今后就交给您了，这辈子就听您招呼。"苏强不说话，一双眯眼死死地盯着车外面。

肖二力不知道，苏强带他撞开监狱大门是精心设计的。设计人是苏强过去的狱友罗立天，二人在狱中拜了把子。罗立天长苏强五岁，是大哥。罗立天让手下的弟兄老九化名苏卫，做了假身份证，一次次会见苏强，秘密策划了越狱行动。

罗立天出狱后，混得不顺心，干啥啥不成。看别人住豪宅开好车，身边随从一帮，心里不平衡。这年头，撑死胆大的，饿死胆小的。想活出样儿就得拼，豁出去。他想到了苏强，苏强有一帮人，在滦阳算是人物。掌握他们就算有了一片天地。更主要的是为了用苏强的势力占一块矿山。前一段时间，罗立天帮人谈了一个矿，那个老板答应给他百分之十的股份。只是因为势力小，没能办妥。这件事让他受刺激了，下了决心：活就活个龙摆尾，玩就玩个心跳。

老九和小三有交情，让小三在监狱外面的一条胡同里开着面包车等候接应。为此，小三得了五千元报酬。老九答应事成后，还有五千元的酬劳。肖大力能"出来"，让苏强吃了一惊，问罗立天，收不收他。罗立天知道肖大力的"手艺"，不假思索就答应了。罗立天说这个人有用处，肖大力便过来了。

肖大力的"手艺"是偷车。对于车，肖大力是个天才。他从小就迷恋车，从玩具车、遥控车到盗车。肖大力高中只念到二年级，就和几个小哥们儿去外面闯荡了。偷第一辆时是顺手：一台红色桑塔纳2000，停放在饭店门前，车门没锁，钥匙插着，一个哥们儿顺手拎走了副驾驶座上的提包，还真有货，一整沓大红票。哥们儿喜不自禁，当场一人分了几张。肖大力回头看，觉得那辆红色的车在撩拨他，车灯还一闪一闪的。他返回去，钻进车里，几经捣鼓，把这辆桑塔纳2000开到了路上。哥儿几个钻进去，左拐右拐的，开出了城。在邻近城市的旧车黑市上一卖，三万元就到手了。旧车黑市，前些天肖大力他们来过，因为喜欢车，对有关车辆的信息他便十分留意。现在手机短信、电线杆上的小广告、黑车二手车的信息多得比皮肤病广告还难整。

哥儿几个发了这笔"大财"，从此一发而不可收。从顺手牵羊到剜撬车锁，肖大力技术越来越纯熟。不出半年，他的神奇搞车本事便在道上扬名了。他成为京津一带有名的"肖爷"。国产车一分钟，进口车一分半钟，车门锁在他手里，形同虚设一般。所有这些，是肖二力不知道的。肖大力钱没少挣，但他手松，来得容易，花得痛快。在女人身上，他是一掷万金，所以手头没存下多少钱。

肖二力的聪明是另一路。从小父母疼爱他，他嘴甜，有眼力头。加上在家是老小，肖大力也事事让着他。这就把肖二力惯坏了，好吃懒做，一上学就头痛，整天泡网吧。先从家里偷，后来在网吧、学校门口抢，从小钱到大钱，提前把自己送进了监狱。肖大力在外面，为二力攒了笔钱，也没派到上学的用场。年前回家交到了父母手里。

肖父活活被这哥儿俩气死了。人老了，心事就重，惦记这个又惦记那个，结果哥儿俩又前后脚进了监狱，急火攻心，一命归天。肖母孤单一人，哥儿俩想回家看看，或者回去一个人也行。肖二力刚和苏强漏了个口风，就遭到了苏强的一顿暴骂，最后狠狠地说："想要死得快你就回去，警察正他妈的等着你呢。"看肖二力的念头还没有打消，发狠说："再提这件事，我就让你消失，别在老子面前碍眼。"这才把肖二力镇住。肖二力相信苏强的能量，在滦阳地面，苏强是一跺脚地就颤的主儿。

几天过去，苏强见肖二力发蔫，总躲着自己，觉得前几天话说重了。想想又过意不去，有孝心还是对的，便寻思让肖大力约小三见个面，给小三点儿钱托付托付，但一定要小心，现在警察盯人的技术也高了，手机能不用就不用，本·拉登都用人送信了。本·拉登是苏强的超级偶像，有关本·拉登的消息，填满了苏强的脑袋。

十点半，小三向镇北面溜达，隔几米他就钻进路旁的门市，向大街上瞄瞄，确定没有人跟着，再出来继续走，这样到镇北面也快十一点了。

铁路桥横跨镇北面东西两座土梁，桥高有40多米。桥下是进入镇北山沟的一条土路，很空旷，周围是河滩和荒地，没有人家。选中这个地方，还真用了心思，这儿几乎没有能藏人的地方。这里离镇子有三四里路，镇子里出来人、车，老远就能看见。

肖大力的担心并非多余。张翔安排手下两名便衣悄悄地跟着小三。是因为请示了王浩局长，才没有实施抓捕行动。王浩局长指示："不要因小失大，要把他们的胆子养大。目光长远，胸怀全局。见过网鸟吗？一只鸟进来不能动网，这样会把其他鸟惊跑的。"

见小三出了镇子，两名便衣没有再跟。张翔跟两名手下说："他跑不了。"

王月强是肖大力编的名字。肖大力给小三上支烟又给点上，拿出一沓钱扔过来。小三也没客气，放进贴身的衣兜里，把包递给肖大力，沉沉的，肖大力知道里面是骨灰盒，鼻子便发酸。小三拍拍他的肩膀，二人狠狠地抽了一口烟。肖大力问："我妈怎么样？"小三说："有我呢，你妈也是我妈。"肖大力便不言声了。最后肖大力说："老大让我捎话给你，道上的规矩我就不重复了。他说，消停一段，你愿意出来再过来，但还得等一段。"小三说："大力，我怎么对你的，哥们儿不废话了，我不想别的，只想跟着你混。老大不老大的，我不稀罕，只要你别把兄弟忘了就行。"小三说出了自己最想说的。

小三往回走，身子轻快不少，摸摸兜，硬货。厚厚的一沓子钱，应该是一万。他心中畅快，吼了一嗓子：哥哥我坐炕头，摸着妹妹的手……这是他胡诌的歌词。

小三到镇里的一家砂锅铺，点了一个砂锅排骨、一个肥肠尖椒、两个扁二，店老板又给加了一个砂锅带鱼。这个主儿，店主知道惹不起。他以前也常来，没少给小店添乱。开小馆子，没有靠山，只好自己脸面低贱些，不就是笑脸和好话嘛。

今天小三吃饭付了钱，怀里揣着货，求顺。两瓶扁二下肚，有些迷糊。这点儿酒原本不算什么，但昨晚酒喝得兴奋了，晚上没睡好，今天又起得早。小三到里间服务员的床上睡了会儿，一放松，竟睡到天黑。

店主没敢惊动他，11路车没了，小三索性又喝了两瓶啤酒，点了两个砂锅，这次店主说什么也不收费。吃完后，小三到镇上的迎宾旅馆要个单间，自己睡有点儿孤单，便有些心思。想想，不能惹事，便忍下了。他第二天睡到十点多钟，脸也没洗，就直接返回市里。

十八

徐海燕最终说服了方家父母，答应一有小丽的消息，马上告知。还抽走了一管血，做 DNA 检测。徐海燕承诺，做完试验，马上把结果告诉他们。那具被炸烂的女尸确实不是方小丽。但必须查清方小丽的去向，这是找出她身后那个男人的一条途径。

许乐然一行南下广州。找到广州越秀蓝天大厦，五星级宾馆。徐海燕逗趣说："办案需要，看来我们得住在这里。"许乐然幽默起来："允许你想想。"电脑记录显示，电话是从 18 层套房打出来的，当日的登记人是刘兰，女，21 岁，身份证是珠海市的。这部房间的电话，住宿当天与方小丽父母的电话、滦阳市的一个固定电话，还有一部手机有过通话记录。

许乐然把滦阳的固定电话和手机号通知张翔，张翔带队查清固定电话是市区梦美歌厅吧台的。手机机主叫王燕，现已停机。王燕的身份证是哈尔滨阿城的，从上月 10 号至今，没有通话记录。

许乐然又赶到珠海，刘兰在珠海的身份登记底卡上没有照片，居住地是编造的。登记时间在一年前，没有其他信息。

刘兰是谁？和方小丽有什么关系？

在梦美歌厅，老板于虹，人称虹姐，30 岁左右，脸色苍白，被一头黑发衬托得更显眼。听说问王燕，她回答得很干脆："早就不在这里了。""去哪儿了，什么时间走的？"张翔手下问得急，于虹不耐烦了："记不清了。"张翔使个眼色，上前说："于老板，我们想找她问点儿事，不是什么大事，你不想让我的人天天在这里查吧。"于虹想想："有十多天了。""把她的电话给我也行。""这帮人，手机号几天一换，我还要找她呢。"张翔摆出查不清决不罢休的架势："那我们一个一个地问吧。"于虹只好喊来领班，这个叫小丹的姑娘看张翔的眼光凶巴巴的，一点儿也不示弱。张翔有气，问话声音很大："你认识王燕？她人呢？"小丹飞快地说："走啦。""去哪儿了？""谁知道！""什么时间走的？""我管得着吗？"张翔的火气又来了："全带回去问话。"于虹一看这架势，上前扇了小丹一个耳光："反了你，跟谁说话呢。"又给张翔赔不是："您别和这帮人一般见识。"小丹见于虹生气了，忙对张翔说："小燕去广州了，去了十多天了。"于虹一听，更生气了："去广州了，那还不和我明说，还说回老家了，攀高枝我管不着，可这不是埋汰我吗，我哪一点对不住她了？"小丹害怕了，躲在一边不敢言声。张翔问她："去广州干什么？是自己去的吗？"小丹说："她说找她姐去了，和谁去的我不知道。可能有她的几个姐妹。"小丹说话看着于虹，总是不敢多说。张翔看一眼几名手下，王大队长会意："别废话了，把她带回去。"于虹见事不好，说小丹："快说，都什么时候了，净给我找麻烦。"王大队长带着小丹出了大厅。张翔和一名手下留下继续了解情况。

王大队长就是王庆峰，郑楠翔的战友，这次抽调到张翔手下，参加专案组。王大队长把小丹带上车，问："你是什么地方人？""就本市的。""王燕以前住哪儿？""她们租的房子，我去打过麻将。"小丹带着王大队长去了王燕的住处。离开于虹，小丹的话多了，不时地对王大队长笑笑。王燕和一个山西姑娘合租的房子，王燕走时，山西姑娘去送站了，时间是上个月26日。因为那天是山西姑娘的生日，陪她过完生日王燕才走的。山西姑娘的住处没人，小丹很快从手机上查到了号码，拨过去，山西姑娘在逛街，说过一会儿回来。小丹催她："快点儿，我在楼下等着呢。"

张翔说："于老板，脾气这么大呀。"于虹笑笑："您可别生气，这帮孩子，不严点儿，不好管。"张翔有同感："我们不严点儿，你们这些老板也不好管。"于虹不知道张翔的意思，只好赔笑脸。张翔说："把她们的暂住证都拿来。"于虹怕张翔动真格的，忙出去找证件。

过了一会儿，于虹拿着几本暂住证过来，递给张翔，又递上一个信封。张翔不知道是什么，问："里面装的什么？"于虹笑道："证件啊。"张翔打开，见是沓钱。就在这会儿，分局的一位退休的民警老于气喘吁吁地进来了。老于退休前在分局治安大队工作，算是张翔的下级，都认识。老于上前打招呼："张支队，把您惊动了。"张翔不习惯这么客气，说道："老于，老哥们儿了，别客气。"老于递上一支烟，张翔摆摆手。老于说："这是我叔伯妹子，啥地方不对，您别和她一般见识。"张翔不便直说便应承着："没有什么大事儿，例行检查。"

山西姑娘很快就回来了，见楼下站着几个警察，转身就走。小丹叫住她："找你呢。"她只好回来了。警察跟她进到二楼房间，屋里很乱，南卧室有一张大床，北卧室有一张小床，像是没人住。客厅桌子上堆着麻将牌。山西姑娘有些慌乱。王大队长各屋看看，问她："几个人住？""两个。""那个人呢？"山西姑娘愣了一下："现在就我一个。那个人搬走了。""搬哪去了？""广州，上个月去的。""谁？谁去了广州？""王燕。""王燕是谁？"山西姑娘竟开始绕车轱辘话了："和我一起住的。""她在这儿住了多长时间了？平时都和谁有交往？"王大队长把话挑明了。"也就一年吧。我们一起搬进来的。她平时就和她们的东北老乡来往多。"山西姑娘这会儿答话顺溜了。王大队长接着问："她的东北老乡都有谁？""有小慧、小华，以前有小丽，还有……也没谁了。""怎么找她们？""她们都走了，这次王燕和小慧就是去广州找小丽了。小华去没去我就不知道了。"山西姑娘说。"你的证件呢？"山西姑娘翻了几下，找出身份证，"暂住证在歌厅呢。"她解释道。

张翔和老于随便聊着，王大队长带着小丹和山西姑娘回来了。张翔把查到的情况通过电话向许乐然作了汇报。走时把信封扔给于虹："练些正道功夫，别总是旁门左道。这东西不是对谁都管用！"

十九

杨华压力很大，满眼血丝，像孙猴子的火眼，盯住谁，谁心里发毛。滦南区的谣言赶趟儿似的，一拨跟着一拨。有的说这只是小响，还有大响（意思是还有更大的爆炸）在后头。人心惶惶，坐公交车的人都少了，大家都宁愿步行。只有学生，赶着上课，顾不得害怕。有私家车的家长，便接送到校门口。一时间滦南的"学校街"算是热闹了。学校街南北口成为瓶颈，常常交通堵塞。学生是家庭的希望，滦南区感到了来自方方面面的压力。紧张的气氛很快波及滦阳市，市长在电视台公开讲话，安抚市民：要相信公安机关有能力保护全市的平安稳定，让市民安居乐业。市长不露面，紧张情绪还传播得慢些，这次公开讲话后，连幼儿园的小朋友都知道了。退休在家的老人承担起到幼儿园接送孩子的任务。滦阳市人心躁动，怨声四起。有人在网络上喊道："撤换饭桶，呼唤英雄。"

许乐然把广州的情况向王浩局长作了汇报。王浩局长情绪不佳，说声"知道了"，就挂了电话，好像对手下调查的情况不满意似的。

王浩局长受到了方方面面的责问，这样下去，他这个局长该写辞职报告了。

王浩和杨华是省警校的校友。杨华是王浩的小师弟，让他进滦南分局，王浩费了不少周折。杨华到任，不负所望，连续拿下几起积案，算是叫响了，王浩脸上也有光。杨华又率先提出"命案必破"的口号，在省厅也叫响了。一时间，杨华声名鹊起，有点儿"功高盖主"的气势。但这次的"惊天一响"让两个人更加紧密地连在了一起。案子不破，谁也交不了差。公安局不怕有案子，发一起，破一起，不压茬，那是顺。积几起，短期内一提溜，全部搞定，算是本事。否则，老百姓就会骂街，没有安全感，领导也不会有好脸色。

滦南分局，中层以上的领导大半是警校毕业的，算起来都是同门师兄弟。看着杨华日渐消瘦，走路低头沉思，寝食不安的样子，大家心里都难受。如果破案子是闯刀山火海，相信有许多人愿意为杨华去闯。

其间，许乐然陪着王浩几次来到滦南分局，调度案件侦破进度，每次都几乎搞个通宵。滦阳市区快翻了个底朝天了，可尸源查不清，让杨华冒火。

今晚杨华声音嘶哑，让同志们心里发慌。他说："案子破不了，我没脸回家，没脸出这个院子，没脸让人知道我是公安局长。我相信，你们和我一样。你们要查细节，回过头一遍一遍地查。这个人不是从天上掉下来的。我不相信一个见过她的人也没有。政工科办公室再安排一下，把能调动的警力都抽出来，打乱科室界限，全部到派出所，到社区，一网不行就百网千网。我不信，什么也捞不着！"会议室很静，杨华的声音停下了，有回音在嗡嗡响着。

滦南大街小巷遍布警察的身影。一些平时喜欢在街上闲逛的混混儿，闻到气味，都去了别处。歌厅、洗浴中心、游戏厅等地方的治安状况空前地好。在饭店吃霸王餐的、街面上碰瓷的都不见了。就连一些平时警方用的耳目也不见了踪影。机关的警察全挤到了派出所，派出所地方有限，便随着片儿警到社区居委会，居委会里灯火通明。

早晨，杨华接到了刑警大队长杜国飞打来的电话，他心里立刻敞开了一扇门。那名受重伤的郝忠终于醒了，死者是他的女朋友，叫刘飞飞。杜国飞在赶往医院的路上，在车里向杨华报告了这条信息。

杨华的车飞一样赶往医院。

"6·09"爆炸案当天，郝忠和女朋友坐5路车到滦南大桥倒车，想回郊区的住所。刘飞飞和他坐在同一排座位，刘飞飞的座位靠窗户，当时怎么就炸了他一点儿印象也没有。

郝忠昏睡了二十多天。昨天晚上他终于醒了，发现自己躺在病床上。他想问女朋友的情况，又不敢问，直到天亮也没合眼，终于忍不住问起女朋友刘飞飞。两名看护警察早上报告了郝忠醒来的情况，杜国飞立马去医院。两名警察清楚只有刘飞飞这个名字在乘客名单里对不上，她肯定就是死者了。

刘飞飞，23岁，辽宁省朝阳市人。具体地址，郝忠说不上来。她来滦阳市几个月，做酒类推销生意。后来，郝忠随了几个同乡南下到了滦阳。郝忠过日子仔细，在城郊的村里租的房子，平时花钱很小气。他每天开小三轮车送货，早晨能睡到八点多，吃过早饭，带上几个馒头、几袋榨菜和一个大水瓶子就出发了，九点钟早早到商场揽活儿。这几年用三轮车送货的比较少，郝忠勤快，帮助商场里的摊主搬搬货，闲着也是闲着，他有的是力气。他在商场人缘很好，大家帮他揽活儿，只是他不用手机，害得大家得大声喊他，这样耽误了不少生意。郝忠容易满足，一天到晚乐呵呵的。他的口头禅是——不闲着就老好了。于是大家都叫他"老好了"。

郝忠和刘飞飞是在沈阳凑巧认识的。刘飞飞有时得把成件的啤酒送到各个饭店。打车、租车成本都高，只好雇三轮车，这样就认识了郝忠。郝忠不但帮助拉，还楼上楼下地搬。起先刘飞飞过意不去，想给他加钱。郝忠心善，觉得一个姑娘家也不容易，加的钱说什么也不要。刘飞飞一开始还往别处想，怕郝忠有所图。郝忠呢，傻人傻福，什么歪心眼也没有，就是一个活雷锋，结果感动了刘飞飞。一来二去，两个人便走到了一起。每逢节假日的，两个人都不回家，年三十忙完了，两个人还一起过年，快快乐乐。

郝忠看到一屋子警察，腿一蹬，就抽搐起来。值班医生赶过来紧急处置，让杨华他们都出去。杨华一挥手，一屋子警察全都站在了走廊里。

医生出来告诉杨华，郝忠又昏过去了，他大脑受损，惊吓后很容易昏迷。杨华留下看护的人，命令他们二十四小时双人值班看守，不得出现安全问题。其他人按照分工该忙啥忙啥。晚上九点，他要听郝忠和刘飞飞的详细情况。

杨华最后说，要是岔子，就不要回来开会了，该上哪儿上哪儿。

杜国飞带一路人马赶往朝阳市，查清刘飞飞的家庭情况。

其他人迅速调查郝忠和刘飞飞的其他情况。各辖区派出所和分局下派人员到各酒店、房屋中介点以及居委会、城郊村镇，迅速摸排。

"郝忠有一阵子没来了。"听说警察找郝忠，一些开三轮车的围过来。他们都说，没听说郝忠有女朋友。一个上来说："找王彪，他和郝忠最好。"王彪的手机通了，他正在往顾客家搬家具，听说是警察找他，差点儿把家具摔地上。王彪心想：我没犯什么呀？警察问他郝忠的事，王彪答应立刻就回去。王彪长得瘦小枯干，他说郝忠对他说过自己有女朋友，还让他看过照片。他还说郝忠在七道河子村里租房住。

郝忠的住处很快就找到了。房东是农民，把两间房租给了郝忠。房东说："郝忠前些天是领一个姑娘回来过，因为是晚上，长相看不清。"屋子里，两张单人床拼凑成了一张大床，有一台北京牌电视，一个沙发和一个木柜。外间是厨房，煤气灶具都齐全。有半袋大米，一整袋面粉还未拆封。屋子收拾得很整齐，只是落了一层尘土。

刘飞飞在滦南没有暂住人口登记，在歌厅等服务娱乐场所也没有关于她的任何信息。

杜国飞在朝阳市反馈了消息：朝阳市符合刘飞飞情况的共 26 人，正在逐步核查。

杨华像是注射了兴奋剂，两眼放光，立马精神了不少。王浩布置在全市各区县调查有关刘飞飞的情况。可一天过去了，刘飞飞的信息没有上来。从北京请来的脑外科专家对郝忠进行了一次会诊，结论是：随时可能醒来，也许会过一段时间。"狗屁专家！"杨华骂了一句。

二十

郑楠翔和何小峰发生了冲突。午饭后，郑楠翔觉得何小峰故意找事儿羞辱他。此前，郑楠翔忍了几次。今天他忍不住了，想起一句——忍无可忍便无须再忍。他曾告诫自己：大丈夫能屈能伸。但是何小峰身为总经理，故意找事儿，甚至是侮辱人格，他实在受不了。

午饭后，何总把郑楠翔叫到办公室，损他："你是干什么吃的，比我养的一条狗强不了多少。你说你干了几件让我高兴的事？"郑楠翔克制着："何总，我觉得我们之间有点儿误会。"何小峰更加口无遮拦："误会个鸟！你一个要饭的，装什么？你还以为自己是警察啊。其实，警察最他妈的让人瞧不上，给块儿骨头就汪汪叫。"郑楠翔的胸口有什么东西堵着似的，就要炸了。

郑楠翔握紧拳头，何小峰又说了什么，他一句也没听到。他脸色苍白，额头的血管突突地蹦着。

最终，他的拳头还使劲攥着，没有挥起来。听到一个有些颤抖的声音，说到一半时，他知道是自己在说："我有什么地方做错了，你指出来。"不想何小峰站起来，指着他声嘶力竭地骂："我指你个头……"郑楠翔跳了上去，几名保安拖住了他，把他拽回保安部办公室。

郑楠翔大喘粗气。他可以被骂、被打，却受不了这样的屈辱。几名保安都是附近村子的，有的给他倒水，有的给他拍背，劝他消气。他的脑子清醒后，在想何小峰为什么这样发脾气，没理由啊。上次梁前村隋家挡道的事情发生后有传言，夜间隋家去了不少人，屋子里有四五个，院子里还有，进屋后就给隋福两个嘴巴。隋福媳妇吓坏了，没见过这阵势，跪着求情，来人把隋福的一只胳膊打断了，吓得隋福尿了裤子，答应再不要钱不堵车才算了事。传言归传言，隋家第二天就锁了门，好几个月家里没人倒是真的。郑楠翔想查个究竟，但梁前村的人见到何小峰铁矿上的人就像见到了怪物，全部躲开。他和几个小保安闲聊时，想打探点儿消息，这几个小保安也猴精，嘴巴闭得很紧。只有小刚贴乎他，这个传言就是小刚告诉他的。

这件事以后，郑楠翔心里多了点儿弯弯绕，凡事也小心留神起来。难道是何小峰察觉了什么，在试探他？

几天过去，这件事渐渐地在人们心里淡化了。郑楠翔一直在琢磨，想找个机会跟何小峰缓和一下。何小峰却几天没在矿上露面，不知忙什么去了。郑楠翔拿定了主意，先弄清何小峰的用意，再付诸行动。否则，会弄巧成拙。对于这些人，有前科有背景现在又有几个钱的，要是跪在他们面前，那就得永远跪着。他想起看守所里一位二进宫的老江湖说过的粗话："这些人，你不操他妈，他就不管你叫爹！"话虽粗，还是有些道理。随机应变吧。

六月就要过去，天气热得没谱。何小峰回来见到郑楠翔，就像什么也没发生过一样，打几句哈哈，说天气真热什么的就过去了。

上午白主任找他，说何总让他去办公室。路上，郑楠翔想好几条对策，不至于像上次那样，遇上何小峰疯狗似的不好对付。何小峰对上次发生的事情只字未提，问他："晚上有事吗？"郑楠翔不知何意，如实回答："没有。""没事就和我出去办事。"说完挥挥手，让郑楠翔走了。

回到办公室，郑楠翔想何小峰会是让我和他出去办什么事？郑楠翔想不透，索性不想了，还能怎样！上次肖大力的事情发生后，在邻县监所里与在押人关在一起，郑楠翔便想开了。人生一下子跌到了谷底，他就对自己说：还能怎样，不过如此！

何小峰晚上带他去县城参加一个饭局，有县公安局主管治安的副局长、治安大队长、安监局长、国土资源局局长等人参加。县公安局王副局长酒量大，第一杯举起就干，喝水一般。他虽是副局长，但在县里是排上桌面的人物，有影响力，于是，酒桌上的其他人也跟着干了。郑楠翔看了眼何小峰，何小峰没犹豫就干了，他也不能熊，干吧！在部队里，都这样喝酒，军人的牙缸，一缸一斤酒，仰脖就干，绝不含糊。王副局长见大家都干了，才开场："今天何总请大家喝酒，没事求咱们，这兄弟好啊，挣大钱不忘老哥们儿。哥儿几个也够意思，我现在转一圈，圈到底酒到底啊。"

这一晚，白酒喝了整整十一瓶茅台，平均一人快一斤了。王副局长和何小峰喝得最多，两人搭着肩膀一起晃荡着出了饭店。两人在路上画着

"龙"，嘴里还哥呀弟呀地叫着。郑楠翔也喝了不少，酒桌上何小峰嘴上留情，没揭郑楠翔的老底，说他在公安局的经历，只介绍他是团职转业，自谋职业了。何小峰这样说，让郑楠翔的虚荣心上浮了些，心中生出些感激，酒便喝得豪爽。这是他脱掉警服以来，喝得最痛快的一次了。

何小峰和王副局长共同上了"丰田"霸道。治安大队长自己开车，没等车启动，王副局长说："找地儿，请何总吼两嗓子，醒醒酒。"县里没有歌厅洗浴一条龙的地方，何小峰喊着没劲，吩咐郑楠翔："找地儿，找地儿，蒸蒸，松松。"郑楠翔便跟治安大队长说："听何总的，找地方洗澡吧。"何小峰嚷嚷道："什么洗澡，土鳖，那叫轻松。老郑，都得去。"郑楠翔安排其他的人上了出租车，跟着丰田走，去了城南一家"红太阳"洗浴中心。什么名儿都敢起，郑楠翔想。

洗浴中心的老板已在门口候着了。治安大队长对他耳语几句，老板笑眯眯地点了点头。

洗、蒸、搓，最后每人一间房松骨。滦阳市的洗浴中心，郑楠翔没少去过。前三个环节完了，也就行了，个人掏钱松骨显得太奢侈了。滦北县城，这些年靠矿山富的人多了，这种地方也随着多了起来。滦阳市十五个县区，财政收入不到两百个亿，而一个滦北县占了二十个亿，是滦阳的富裕县。县城建设脚步很快，服务娱乐行业跟进也快。"小姐们"也多聚在这里，这里富人多，钱好挣啊。传言有小姐发短信呼朋引伴：这里钱多、人傻，速来！

治安大队长安排好各位进入房间后，剩下郑楠翔他们两个。郑楠翔知趣地让大队长进了房间，自己最后。服务小姐进来问他，需要什么服务，郑楠翔头有些晕，便问她，头晕，有什么服务。小姐笑了，好办，按摩。说着去外边取毛巾热沙袋去了，回来时问他："喝茶吗？"郑楠翔真渴了，实话实说："喝，来点儿好茶。"隔壁房间传来了大队长和小姐的调笑声："手劲不小啊。""劲儿大舒服。""都哪儿舒服？""想哪儿舒服，哪儿就舒服。"二人绕口令一般，越说越深入。屋里热烘烘的，一股尿臊味。郑楠翔迷糊糊地，渐渐睡着了。

过了好一会儿，郑楠翔醒了，服务小姐在推他。他觉得很安静，问人呢，小姐说都去客房了。服务小姐问他开不开房，他明白小姐的意思，便说，我还要洗洗。服务小姐走了。郑楠翔听听，人确实都走了。他去洗浴间，在热水池里泡了起来。洗浴中心好像就他们这些人，也许是治安大队长让老板清场了。郑楠翔泡够了，又到蒸箱，再蒸一次。舀一瓢水倒进电石箱里，热气腾地升起来，火苗一样燎人。郑楠翔忙用毛巾堵住鼻子和嘴，汗水如雨滴一样流下来，爬在身上像是小水流，痒痒的。

郑楠翔好久没蒸了，没那个心情。今天是何小峰请客，他索性就补补课，大洗一把。在洗漱池边上，郑楠翔刮脸、刷牙，看着镜子中的自己，郑楠翔觉得这一个多月来自己黑了、瘦了，目光无神，他想，失魂落魄就是这个样子吧。

他洗漱干净，慢慢磨蹭着，称称体重，吹吹头发，掏掏耳朵，又擦了些"大宝"，才换上休闲的衣服来到休息室。他想早点回去又不知道其他人躺哪儿，如果小姐问是否足疗什么的，他也没法定；晚去又怕人家说他和小姐腻歪，日后成为笑料。

这一晚，送走各位领导后都快凌晨一点了。何小峰让郑楠翔结账，郑楠翔觉得兜里的钱肯定不够，又不好朝何小峰要，急中生智，说送走客人再结。何小峰家在县城，坐上车送王副局长回去了，最后剩下郑楠翔一个人。吧台打出单子四千八百多，郑楠翔兜里不足一千块钱，又不能回矿上，便说，先留间房吧，早晨走时再结。

早上六点钟，郑楠翔醒了，这是在部队养成的习惯。在家时，郑楠翔每天早上六点起来给孩子老婆做早饭，再去早市买菜，回来洗漱吃饭上班，很规律。在矿上，郑楠翔早上六点起床，没什么事，爬山吧。山区的早晨，十分宁静，霞光红红的。站在山顶，看一条沟里的炊烟，慢慢弥漫着。

今早没事，看电视吧，找到电影频道。四十多岁了，郑楠翔还是爱看电影，不管新片老片，都爱看。美国影片《落日以后》，像是007的演员，演一个对奇珍异宝痴迷的大盗故事，英雄加美人。

七点钟，起来洗漱收拾一番，七点四十到一楼餐厅。餐厅里几张桌子，桌布胡乱对着，一个人也没有，看来没有早餐。

在房间里待到八点半，郑楠翔给何小峰的司机打电话，司机还在家里，不耐烦地说："几时走，还没准，何总昨晚喝多了，得多睡一会儿。"

不等郑楠翔说什么，电话就挂了。

到十点了，还没有电话。郑楠翔又给何小峰的司机打电话，打了好一会儿，无人接听。郑楠翔给何小峰打，何小峰说不走了，便放下了电话，像是还没醒酒。

郑楠翔为难了，昨晚的账没结，不然自己坐公交车回去也行。朝何小峰要，显得太那个了，不要，谁付账？司机像是有意不接电话。郑楠翔有种被"抓大头"的感觉，如果兜里有，够付账的，抓也便抓了，钱是人挣的，下次长个心眼就是了。可现在郑楠翔囊中羞涩，不结账又走不了，让他去哪儿搞这几千块钱呢？他又给司机打电话，仍然无人接听。

郑楠翔终于明白了，何小峰这次又是在给他颜色看，不显山不露水的。这小子够损的，让他既吃了亏，又无处说道。走投无路，郑楠翔只好给老领导打电话。尴尬人偏逢尴尬事，老领导让他等着。

何小峰下午回到矿上，让白主任找郑楠翔立刻到办公室。此时郑楠翔刚刚回到矿上。上午老领导让县里武警中队中队长送来了五千块钱，算是解了围。他洗把脸，换上保安服，去敲何总办公室的门。何小峰看到他，平静地给他派了任务。昨晚上的事情像是没有发生过一般。郑楠翔也不再提昨晚的事，心想，几千块钱，就算自己"大洗"了，自己为自己买单。

郑楠翔去办派给他的任务。村里占用土地的赔偿协议，郑楠翔找了半天，文件橱里也没有。问小刚，小刚说："这也不是打架闹纠纷，协议怎么会放在咱们这儿。"郑楠翔便打电话问白主任，白主任说："我怎么知道？"郑楠翔想想也是，便又和白主任说："你给我问一下何总，协议我手里没有啊。"白主任说："你有病啊，让我问，你自己怎么不问？"说得郑楠翔拿着电话愣住了。

二十一

古文辉、王强各率检查组对全市矿山等问题企业进行重点检查，对存在隐患的一律关停，责令企业整顿，直到验收合格为止；对爆炸物品、易燃品和危险品的储存、使用点，来一次回头看，坚决不允许保管部门带病生产、带病储存、违规运输。检查工作要求不留死角，全面细致。一旦发现漏查和查不清、查不出隐患的情况，一律倒查，严厉追究。

古文辉提出南北划片儿，自己带队检查滦南区以北的各县，这样就包括了上次没有查过的滦北李河的铅锌矿和双峰铁矿。他的任务是尽量细致地清查这两座矿点的犄角旮旯儿，找出可能存在的问题。上次是王强分的组，把古文辉划到了南片各县，初来乍到，他没有理由要求去这儿还是去那儿，这样会太明显。这次古文辉的理由很充分，交叉检查能多角度全方位掌握情况，有利于发现各个企业矿点的问题，促进整改。王强提出反对意见，说这样会出现检查夹层，不能一究到底，不利于问题整改。二人的提法都有道理，市安监局顾及古文辉是上面的人，就采纳了古文辉的意见。王强会后找他的事儿："你小子在憋什么坏吧？一点儿口风不漏，来个突然袭击，是不是兄弟哪点做的不周到。"古文辉马上表白："天地良心，我是都想看看，不然回去没法应付领导。这样一来，我回去可以吹：滦阳一千多家的矿山矿点都留下了我的足迹，多牛啊！"王强也不好说什么，勉强笑一下："为了工作，兄弟理解。"

王强虽这样说，心里还是别扭。回到办公室，他把笔记本拍到桌子上，吓得打字员贾小亮"啊"了一声。古文辉听到叫声，进屋看王强站在那儿喘着粗气，便赔笑道："怪哥哥只顾自己了，下不为例。"王强哼一声："下次？下次你早拍屁股走人了。"古文辉见他不消气，便说："兄弟，咱们去趟老地方，这次哥哥请你，咋样？"王强看古文辉真心向自己讨和解，也只好见好就收。

其实，王强生气，是因为上次检查时，他许诺不少矿点，为他们撑着兜事。他觉得古文辉有些故意让他好看。这会儿古文辉放低身段赔笑脸，他又觉得这小子没这方面意思，只好别闹僵，找个机会告诉他，为哥们儿扛着点儿事不就得了。

快到下班时间了，贾小亮打扮得漂漂亮亮跑到车前，对王强发嗲："我也去。"王强努努嘴，指着副驾驶座位上的古文辉。古文辉笑笑，也努努嘴，指回王强，贾小亮笑着上了车。

王强一边开车一边对贾小亮说："请假了吗？我们晚上可不回来。"贾小亮只顾嘿嘿笑，什么也不说。

云雾山庄就在眼前，可能是来过的缘故，这次觉得很快就到了。门卫认出是王强的白色越野，也没拦。没到大厅，黄助理就迎出来了，笑盈盈地把他们让了进去："王哥，是先休息一下，还是去餐厅？""问这位，他说了算。"王强把古文辉推到前边。古文辉上次来时，没记住这位黄助理，黄助理却记得他，热情地招呼"古处长"，点头行礼。古文辉故作客气："别呀，王哥，还是你说了算。"哥字咬得很重。贾小亮扑哧一声笑了。王强怕他再冒坏话，便问："杜总呢？""她有点儿事，处理完就过来。"黄助理答道。"那好，我们先转转。"

贾小亮对这里很熟悉，绕几下便进了健身房，古文辉、王强也随着跟了进去。古文辉练了几下胸大肌，觉得有些生了，肌肉发酸，便向卫生间走去。借洗手的工夫，他查看一下自己装了多少现金，以免再像上次那样动真格时掏不出来。他从镜子里看了一下后边，没有别人。他这是习惯动作。返回健身房时，王强和贾小亮已不在那儿了。他走出大厅来到外面，看喷泉喷射漂亮的水花。左右没人，他想，汪碧菡在哪个窗子里呢？上次从 A 国飞回来，汪碧菡提出要以秘密身份进行调查，他为这个女孩子的选择感到吃惊。A 国被抓获的恐怖分子交代，先期入境的人员依托投资企业，在北京周边潜伏。她可是单枪匹马啊。虽说通讯联系方便，但是对手在暗处，危险重重啊。

他好奇地想，一会儿会不会碰见她呢？碰见了又该以怎样的身份对话呢？

太阳完全落下去了，一抹霞光在东边的山上渐渐退去。山里的傍晚，这种宁静是城里人无法想象的。几只小鸟急忙地飞向树枝，叽叽喳喳叫上几声。

古文辉回到大厅，服务员把他领到一个包间，杜总已经满面笑容地坐在餐桌前，身边是一脸宁静的汪碧菡。杜总站起来，和古文辉轻轻握了一下手，又把汪碧菡介绍给他。汪碧菡此时是汪主任，轻轻"哦"了声算是招呼。古文辉伸出手，汪碧菡与他握了下，古文辉忙说幸会。这时王强和贾小亮也进来了，贾小亮响亮地说："古哥，你怎么自己跑来了，害得我去找你。"杜总把汪碧菡介绍给王强，贾小亮是初生牛犊，不知深浅，抢先说声你好，就贴着王强坐下了。

一顿饭很斯文地吃完了。汪碧菡喝杯红酒，古文辉推辞这几天感冒不喝酒。杜总不劝酒，让他喝了杯白水。倒是贾小亮有酒量，和王强两人包了一瓶白酒。

饭后，古文辉、王强由杜总手下的两个部门经理陪着，热热闹闹地进了棋牌室。杜总问汪碧菡是否有兴趣，汪碧菡摆摆手离开了。

到了十点，古文辉输掉了两千多。贾小亮见王强手气好，贴着他，帮着管钱。古文辉看看表，显得很疲倦，冲王强说："王哥，请我们洗澡吧。"贾小亮在一旁帮腔："就是，洗澡。"王强推了麻将说："走，妹妹。"

两个经理忙去安排。古文辉洗、搓、蒸后，去做足疗。贾小亮已等在那儿了。平时看她小孩儿一个，穿上休闲衣服，显得挺俊。古文辉问王强呢，她说还没出来，洗个没完。古文辉问她："想按摩吗？""想，我可喜欢了。"贾小亮到底是个孩子，说话愣头愣脑的。

王强出来了，这家伙胸毛很厚，休闲服遮挡不住里面的茂盛。贾小亮看他满脸是笑。古文辉心想，这小子窝边草也吃，好像现在很流行。这些女孩子，把傍官傍老板当时髦了。

按摩设在休息厅一角。上次来，酒喝多了，没有细看，这次仔细打量，才觉得这里设计得独具匠心。男女有别，男宾在正面，女宾在拐角里。古文辉被服务小姐领进去，拿杯子准备泡茶，问他喜欢什么茶。"绿茶。"古文辉说罢便躺在按摩床上伸直了胳膊腿。

不一会儿，服务小姐回来了，拿来了毛巾、润肤膏什么的。古文辉闭着眼，任凭她捏来捏去。心里想着，汪碧菡在做什么呢？

汪碧菡是练到了火候，古文辉觉得她就没流露出一点儿表情，真像是毫不相干的陌生人。杜总为什么把她也安排在自己这一桌呢？而且只介绍汪主任，别的不多说一个字。真是难猜啊。

汪碧菡回到房间，也想古文辉来这里的用意，他不会闲得到这里吃饭打麻将吧。杜总又是什么意思呢，这里常来客人，为什么今天让自己作陪呢？

这些天，黄助理到游泳池的次数也少了，好几天才来一回，游几个来回，又匆匆走了。

汪碧菡在这里也是小心谨慎，像林黛玉初到荣国府，不敢多说一句话，多走一步路。杜总这个人很有城府，让人看不透。在华峰总部，杜总的资料是一点儿也查不到，只知道云雾山庄是华峰矿业名下的企业，杜总是一位归国投资的华侨。

古文辉觉察出杜总的冷淡，没有了上次来时的热情周到。服务小姐见他像是睡着了，手法很轻，按头的时候，手指随便抚弄几下就了事了。古文辉流着口水含糊地说："重点儿。"小姐笑了："都睡着流口水了，还知道轻重。"

按摩完，服务小姐领他到了住宿的房间，古文辉很快就睡着了。

这一晚，汪碧菡很久不能入睡。她想起上次齐副局长送她到滦阳与许乐然、古文辉一起制订入住云雾山庄的计划时，定下的调子：靠近、了解、掌控，很像检索时用的关键词。

到山庄一个多星期了，工作并不顺畅。只有方小丽和带她走的客人这一条像样的线索。杜总像是位风轻云淡的人，有些简单，有些透明，有些与世无争。生意好坏，收入高低在她那里无波无澜。她很少大声讲话，也没有见她发过脾气。可黄助理提起她又很敬畏，一点儿也不敢造次。

汪碧菡想自己是华峰总部的策划部主任，不能总在这里游泳，可要是天天往外跑，又与任务相违背。这是开始时没有计划到的一件事。接近和掌控杜总似乎比策划一个项目更难。"玫瑰计划"、"木棉花"多么好的两个词，却让汪碧菡深陷其中。云雾山庄，这个名字起得真有水平。

二十二

从第一天检查滦北王庄的煤矿开始，古文辉都坚持到井下实地了解情况。随行的两位同事只好戴上安全帽紧随其后。已进入六月下旬，地面火热，矿井下却如冰窖一般，身披厚厚的衣服瞬间就如同什么也没穿一样。不时听到水滴落下的声音，凉得如同冰柜。四块石头夹块肉，用来形容矿井里的危险。其实最危险的是瓦斯，全国不时发生煤矿事故，瓦斯爆炸占去大半。对于煤矿检查，要重点查看通风设施和瓦斯检测仪器。要是让外行到井下检查，那就是糊弄人。全国矿难频发，相当一部分是矿主为了经济利益忽略这些。更有瘆人的说法，一些黑心矿主软禁那些外出打工的人，放进井下不让上来。遇到有检查的，矿井一停，谁会到下面查看有没有工人在底下。往往是矿主发财，这些不见天日的矿工，死都不知道葬在了哪里。

假若在矿里藏人，或是干些不可告诉人的勾当，还真是难以调查啊。这井下巷道如网，像蚂蚁洞一样。陪同负责安全的矿长劝说，上去吧，古文辉站在那不吭声。过会儿他问："以前检查，每一层检查几处通风洞，有没有检查每层的瓦斯检测装置是否正常工作？"随行的两名同志见他如此认真，只好一层一层地查，工作很仔细。

"这是科学！"上次在南片儿检查时，一名老瓦斯检查员很认真地说过这句话。当时古文辉接过话，说得很动情："这项工作要有严肃的态度，就像这名老同志说的，要有科学的精神，更要有对人民生命安全认真负责的意识。人命关天，不能儿戏。不要为了挣钱把安全抛在脑后。否则就是犯罪！"他奇怪自己怎么说了这么一大堆官味十足的话。

他问陪同的安全矿长："谁是瓦斯检测员？"这名矿长很实在，说检测员今天有事没下井。"那么今天这项工作谁在做？"业务矿长知道失言了，忙说我做。古文辉也不客气，问他："现在测给我看。"

转业到公安厅工作，古文辉深深体会到，公安工作业务性很强，要想有成绩，就不能当万金油干部。有人说，当领导懂得使用有业务水平的同志就行，管好后勤和做好党代表就是好领导。可公安局领导的位置不懂业务肯定不行。你可以八面玲珑，见风使舵爬到高位，但某些关键的时刻，你也要有智慧能拍板敢担当。像战场上的指挥员，战机瞬息万变，抓不住就要吃败仗，就要牺牲战士们的生命。

古文辉是从武警特警转业的业务型干部，对靠能力吃饭的人有一种亲近和尊重。这个点头哈腰的矿长无形中激起了他的火暴脾气。

古文辉心中有火，便更苛刻些。吊车缆绳破损，个别矿井立柱腐烂，工人不戴安全帽等问题都被他一一记下，从矿井上来签发了停业整顿通知书。

矿长对秘书耳语几句，拉着留古文辉等人再坐会儿。秘书回来时，说饭安排好了。古文辉看看表，确实该吃饭了，在哪儿都得吃，便留下了。古文辉不喝酒，这是工作时间，下午还得继续检查。矿长急得满脑袋汗。

古文辉去洗手间，矿长也跟了进去，上次就是在这样的当口，古文辉的裤兜里被塞进了一个信封，古文辉想，不会都以这样的方式送礼吧。这样想着，矿长就凑了上来，信封向古文辉怀里一塞，便急忙出去了。

古文辉拿着信封回到屋里，矿长看见他手里捏着的信封，脸更红了。古文辉倒提着信封，两沓崭新的红票掉在桌上。他什么也没有说便出去了。

之后几天的检查，古文辉虎着脸，再没有人上前套近乎。接连关了六家矿点。在一处烟花爆竹生产点，陪同的厂领导把香烟打火机放在兜里带了进去。古文辉差点儿打他一个耳光。他建议派出所，立刻对该厂长行政拘留，并对烟花爆竹厂下达停业整顿通知书。

古文辉的严厉迅速传开了，所到之处，有寒潮欲来般的预警。在双峰铁矿，何小峰的耳朵里灌满了来自不同渠道的忠告，这些更激发了何小峰的斗志："都是傻子，看我的！"

他把所有准备都取消了，没事儿一般。古文辉到厂区后，保安来个例行登记，这倒让古文辉觉得轻松了。

办公室白主任接待他们，沏茶倒水简简单单，泰然处之。这确实是何小峰的过人之处，把自己摆在与检查组平等的位置，不搞那些先"下跪"的蠢事。

古文辉是带着目的来双峰铁矿和铅锌矿的，矿上这样做，才让他觉得目标指向是正确的。这些，作为聘任的总经理——何小峰是不知道的。

何小峰自信的是，他觉得这些天天坐在办公室的人，能查出什么？找些鸡毛蒜皮的琐碎事情，做做表面文章就是了。

同行的同志向白主任介绍，这是省、市联合检查组的古组长，白主任点头不言语，等着说下文。古文辉摆摆手："我们看吧。"便带人进了选矿车间。白主任马上汇报何小峰，何小峰并不惊慌："随他们去吧。"郑楠翔带着一名保安过来，自我介绍是保安部主任。古文辉也不客套："正好，我们去各处看看，你带路。"古文辉对尾矿库仔细查了一遍，见郑楠翔不卑不亢的，心想这就对了，点头哈腰让人别扭。

上次，老领导解了郑楠翔洗浴被困之围，电话里嘱咐他：你是一名打工的，不再是警察，更不是武警副支队长，别再干这些蠢事。要接近靠拢、争取信任，这些乱七八糟的事儿多长点儿脑子。

郑楠翔没想到何小峰用这样的损招整他一下。你不是还牛吗？当过警察又怎么样，先给你点儿小花样玩玩你。在这里，就要听话，一心一意听我的，不然就给你传出去：找小姐不给钱，让人家洗浴扣下了。

郑楠翔心疼钱，更在乎名声，险些让这个王八蛋弄个不清不白。

古文辉提出去矿点。郑楠翔说，要请示一下何总才能奉陪。古文辉的随行人员嚷嚷道："你们何总谱大了点儿吧，面也不照。"古文辉不言声，等着郑楠翔请示。

郑楠翔打了个电话，回过头对他们说："何总说了，他安排吃住，车这就派过来。"古文辉这边不买账："我们有车，你坐上来就行了。"

郑楠翔坐着何总的车在前边带道。司机姓赵，对上次打电话不接的事有点儿愧疚似的，嘴巴很甜，先打开了话匣子，说自己是武警复员兵，要是在部队，得叫您首长。这么一说，郑楠翔的后背挺直不少。想想，刚才还让何小峰训了，口气便软了："可别叫首长，在这里，得靠你多关照。"

郑楠翔刚才请示时，何小峰在电话那头嚷："谁让你顶着？你他妈给我好好陪着！"何小峰心里觉得这小子总让人疙疙瘩瘩。上次不知他从滦北洗浴中心怎么回来的？要是他像别人一样找他报账，他的别扭还小些。可这小子不吭不哈的，像是满不在乎，这让何小峰觉得不舒服，也没少找事儿整他，他居然都扛得住，何小峰当时觉得留着没准儿是"祸"，得找事儿打发了他。可从滦北回来后，这小子变了，会看脸色行事了。昨天，县地税局局长还打电话为他说和，让何小峰多多关照，说是市地税局的哥们儿托了他，不罩着点儿说不过去，这倒让何小峰没法办了。

小赵没话找话嘴也不闲着，问东问西的，郑楠翔一问一答地应着。郑楠翔问他，这几天没见到车，忙什么大事？小赵说开了："嗨，命苦，去了三趟内蒙古，不是想搞矿嘛！那地方有矿没水，没法选啊。老百姓穷，听说要开矿，没说出一二三就整事。"郑楠翔想起樱桃沟老隋家堵道的事，便把话题往这上边引，说："何总也不容易，跑三趟，够累的。"小赵顺口说："不是何总，是何总的拜把子哥们儿去了才镇住。""这么神，什么高人哪？""高人倒不是，是他手下一帮哥们儿，都是玩命的主儿。老百姓一见那阵势，就害怕了。"郑楠翔见小赵不往下说了，也不便深问。便说开了别的，"在哪儿当的兵？""铁岭，冬天老受罪了！""干几年？""两年。我叔和何总熟悉，就先来这儿干着。"

樱桃沟矿点到了，越野车性能好，没觉得怎么跑。古文辉一行随着郑楠翔到矿上办公室。兰主任认出是郑楠翔："是郑主任啊，上次来水都没喝。"郑楠翔说话有幽默感了："这次补上，喝双杯。"兰主任给逗笑了："又不是喝酒。"郑楠翔把古文辉一行人介绍一遍，问："矿长呢？"兰主任说："下山了。"古文辉也不啰唆："你带着就行了。"郑楠翔看看时间，午饭得在矿上吃了，便把兰主任叫到一边："得准备午饭。"兰主任说："在食堂吃？条件差啊。""差不要紧，有山货吗？""有，要吃就准备。"

郑楠翔让矿点的保安领着他们去炸药库，自己和兰主任操办伙食。他又给何小峰请示，何小峰干脆地说，你安排。小赵到村里买了两只柴鸡杀了，用高压锅炖上。小鸡蘑菇、排骨粉条、苍术苗熬土豆、哈拉海（山野菜）炖豆腐，凉菜有豆皮菠菜、苦力芽，主食小米饭。古文辉吃得高兴，对郑楠翔话挺多："当过兵？"小赵在一旁抢答了："武警副支队长呢。"古文辉不再追问，心想：副团职到矿上当保安，肯定有什么苦衷。"哪年兵？""85年，老兵了！"

下午去坑口，郑楠翔陪着，和古文辉一前一后，两人说得挺投缘。从坑口出来，古文辉说要找工人们聊聊。郑楠翔不知何意，借口上厕所出来给何总打电话。何小峰问要聊什么？郑楠翔说，弄不准。何总吩咐他，找两个一问三不知的应付一下得了。郑楠翔找兰主任，兰主任说，矿长不在，别惹出事来。郑楠翔看她很实在，便说，随便找两个，装傻充愣。兰主任去找人安排。

古文辉见找来的人应付事，说："给我找放炮员。"兰主任实话实说："放炮员上午干完活儿都走了，得明天才来。"郑楠翔也装："那咱们就住下。"这时何小峰电话打过来了，吩咐郑楠翔晚上把领导们都留下，要好好招待招待。郑楠翔向古文辉转达了何总的意思，古文辉像是没听见，理也没理，随从的人说："你以为我们吃喝来啦！"

在双峰铁矿大门口，车停住了，古文辉在车上没动，随行的人对郑楠翔说："明天让矿上主要领导到县里开会。"不等郑楠翔答话，就上车走了。郑楠翔回矿上复命，何小峰说哪有工夫听他们扯淡？又问郑楠翔想去吗？郑楠翔愣愣："是让主要领导去。"何小峰白他一眼："滚。"

郑楠翔在心里回击："王八羔子，有收拾你的一天。"

何小峰见郑楠翔不敢再和自己叫板，心里松劲儿了，想他也是软蛋一个，没有那身官衣，一样狗屁不是。

何小峰让白主任通知郑楠翔，明天去县里开会。郑楠翔不好再拒绝，又怕何小峰使坏，迟疑着。白主任又说："多大派头啊，何总给你派车，让小赵和你去呢。"

何小峰早就不把开会这些事儿当事儿了。在滦北没有他摆不平的，这次要是王强检查，他这里就是免检单位。

事儿来钱挡。钱可真是好东西，是上天入地的通行证，没有敲不开的地方。以前，为挣钱，何小峰开饭店、搞歌厅，跟三孙子似的，谁他妈的都是爷，连扫大街的都朝你伸手，不给就开单子，关你的门。那时，门路还没有通，干啥赔啥，最后还因为偷税漏税蹲了一段时间，一个字：背。巴掌大的县城谁不偷税？不然还不赔掉裤子。这些年算是鸿运当头，大哥官当上了，自己也顺当了。矿山是暴利，揭开山皮就是钱，就像跑马圈地，谁占有资源谁就是财神爷。真是天上掉馅饼，傻子才等着。滦北地界，眼瞅着大钱都让外人挣去。没法子，谁让人家有钱呢。金钱有势力，越有越往怀里钻，气也白搭。何小峰还算赶上了晚班车，抓住时机，掺和进来了。董事长李山是个人物，占下了地盘，又忙着去别处扩张了。他一口喊出月薪万元，让何小峰出面打理。万元月薪人家是看上了他大哥在县里的势力，没有大哥罩着，何小峰依然是穷光蛋一个。当官是好，难怪大家都去争，送礼都时兴送"棺材"，官财分不开嘛。

靠着上下扑腾，何小峰打下一片天地。有钱了，胃口也大了，心中又有了痛：怎么扑腾也是给别人打天下，大钱给别人了，自己就是一个高级打工的。假如能有自己的矿，给自己受累，那是另一种感觉，像时下说的——爽！

李山是东南亚的华侨。人家的买卖，那才算是不白活一回。他是精明人，处处高看何小峰一眼，许多事情放手让他干。李山深知强龙不压地头蛇，他可算是见过大场面的人。

最近让何小峰心里不爽的是李河，跟李山是亲兄弟，差别就那么大。

总把自己当主子，来了就给何小峰难堪，事事揽权，发号施令。

何小峰心里不高兴，手下人便遭殃。郑楠翔也是不懂眉眼高低的主儿，骂两句还敢顶嘴，握紧拳头。这不是找收拾吗！再不听话就得动真招，拿你给李河祭奠！现在的何小峰不是几年前的何小峰了，双峰矿业，我何小峰有一座"峰"呢，未来的名字，得有姓何的份。

何小峰把自己埋在靠背椅上，想入非非。

二十三

古文辉和县安监局打过招呼，一行人前往滦北铅锌矿。矿点在县城北面五十公里外的苏家店。乡村公路沿着滦河逆流蜿蜒。滦河岸上遍生沙棘树，淡绿的叶子，结满橙黄的果实。果实有麻雀眼睛大小，味酸。经济发展后，苏家店建有沙棘果汁饮料厂。沙棘树珍贵，满山遍野长起来，富了一方。

汽车在路边停下，司机下车方便一下。古文辉看着茂密的沙棘丛，想进去看看，来到跟前，"扑棱棱"飞出一帮山鸡，振翅声响亮有力，像拴着铃铛一般，司机"嗷嗷"地学着叫了几声。

山中多猎物。猎枪火炮收缴后，山鸡野猪随处可见。司机说，晚上行车时常惊起野猪，这东西傻，沿着灯光跑，遇上直道能把它追上撞死。随行的人说，多残忍！司机辩解说："你知道现在这山里有多少野猪吗？都成灾了。一群野猪，一晚上能糟蹋一片玉米，村民请求政府，组织人打呢。野猪太多，打不过来。"古文辉问："这里天天放炮，野猪不怕？""也许怕过，总放就不当回事了。"司机成了百事通，"前些日子在一家矿上，赶上吃野猪肉呢，肉丝粗，有股土腥味。"古文辉好奇："真的？"司机说："可不是，矿上专门给王支队留的，这还有假。"古文辉便说："王强这小子，有好吃的也不想着哥们儿。"两名随从和司机"嘿嘿"笑了。

铅锌矿的彩钢屋顶掩映在一片翠绿的树木里，古文辉问："是不是统一要求的，都是红色屋顶？"司机说："鸿运当头嘛，有讲究。"

铅锌矿办公室主任叫褚永巷，五十岁左右，双腮没肉，精明难斗。褚主任迎出大门，热情相迎。听说是上面的古处长，双手摇得更勤了。

褚主任把一行人迎到办公室，秘书是一名刚毕业的大学生，早已沏好了茶水。古文辉问："李河在家吗?"褚主任忙不迭地说："在，在，刚还问你们到没到呢，我这就喊他过来。"古文辉显得高兴："真不容易，我正好去拜访一下。"

李河是闽南人，瘦小，双眼放光，精气十足。他埋怨褚主任不懂事，劳驾古处长跑上来。李河批评人的话也有味道，像是唱歌一样。

古文辉打哈哈："李总是财神爷，谁不想拜啊。"说得李河满脸笑容："不敢当，不敢当，有事您尽管吩咐。"

古文辉一行人检查得很细，尤其对炸药库，到了苛刻的程度。车停在山下，步行近五百米山路。翻过一个山，炸药库修在半山腰一处向阳的山窝里。院墙两米半高，墙上水泥帽顶插满碎玻璃。大门口有警卫室，两名保安把守。管库员是一名中年男人，又黑又壮，听说检查组来，由褚主任陪同，还是例行查看了保安发的检查卡，很认真，让古文辉表扬了一番。库房账目清楚，进出手续完备。进入库房前，保安让大家交出火源。古文辉问："手机交吗?"管库员愣愣，褚主任说这里没有信号。打开一扇黑铁门，里面是两个山洞。炸药库在一号库里，又一扇铁门。第二个山洞很深，冬暖夏凉。二号铁门里是雷管，铜雷管和纸雷管分放在两侧。铁门里是导火索和电线，分排放在木架子上。

古文辉让随从核查实物和账目。山洞里拉进了电灯，里面照得很亮堂。

检查完，古文辉赞许："不错，井井有条，山洞安全又防潮防热。"同行的同志说："这以前是军用炸药库，李总他们是坐享其成。"褚主任上前解释："这座铅锌矿是驻军修防空洞时就发现了，因为是军用，地方上就没有开采。前几年，军队撤走了，防空洞便空置下来。后来，李总借助华峰集团的名义注册，勘察开采了。"

古文辉说："那李总不是占大便宜了。"随行的同志说："人家有眼光，又舍得投入。部队修的防空洞轻易不允许占用，是华峰集团厉害，跑下来了，让李总给注册了。"

古文辉说："李总是厉害啊!"褚主任在一旁陪着，小脸一直挂着笑。古文辉问："部队修的设施，那一座山还不掏空了?"褚主任搭话说："可不是，防空洞可大了，里面有医院、弹药库，还能停飞机呢，据说能装几千人。"古文辉好奇了："你们进去过吗？以前可没听说啊，是在什么山？""叫磨盘山，没有人进去过。李总说了防空洞不让破坏，平时都是水泥门封着的。""那不影响开矿吗？""绕开从别处开啊，矿都在这面山上。"

中午，李河亲自操办的伙食。吃饭时打开了茅台酒，说："我平时不喝酒，今天也得来点儿。古处长，您可不许说工作不工作的话，给我点儿面子。"古文辉也不推辞，倒满了一玻璃杯，随行的人都满上了。褚主任是主陪。古文辉不拿捏，酒下得顺，一气喝掉了三瓶。李河的脸喝得紫里发黑。

古文辉在县里提议：到铅锌矿开现场会。他对主管县长说："让这些矿长去看看，什么叫规范管理。"副县长很支持古文辉的想法，"以往总是让矿上这样那样，这下好了，身边有样板，让他们比葫芦画瓢。但这是大事，我得请示一下。"

副县长请示了县长，县长原则上同意，说要同书记通下气。书记在市里开会，回来才能定。

古文辉说："这么多程序啊？书记要是在外面待个三五天，也得等三五天了？"副县长看他一眼，说："这是规矩。"

书记晚上回来了。副县长早晨上班后打来电话，说书记很支持，指示：安全生产工作就是要时刻记在心上，抓在手上。要抓活，抓出成效，抓出安全来。还表扬说，上级检查组的同志就是站位高，思路开阔。

古文辉说："还是县领导水平高，工作抓得真是滴水不漏，周全到位。"副县长问："李总那边是否布置一下？"古文辉说："布置什么？我通知就是，现场会就要原汁原味才真实。"

古文辉给李河打电话，告诉他带些人去看看。李河觉得突然，说不是看过了吗？古文辉说："我自己看了不顶用。"弄得李河挺惊讶。

在路上，主管县长和随行秘书说："无知者无畏。古处长不知道李河的怪脾气，李河可是谁的面子都敢驳，去这么多人，李河不欢迎参观怎么办？"秘书捧着领导："上边的人瞎指挥。"副县长沉默一会儿说："不许瞎说。"

李河看一下子来了二十多辆车，场部院子排得满满的，外边还停几辆，心里不高兴，对古文辉爱理不理的。这是干啥，又不是集市。

古文辉吩咐两名部下，按照顺序，分批看，重点看爆炸物品库、尾矿库。主管县长和李总是熟人，李总脸上又见了笑容。参观工作简单，转转，看看，最后让李河讲讲，李河果真来了个不配合：没啥好讲。

古文辉提出让大家随便转转，各取所需。听说有战备洞，大家一致想看看，开开眼。主管县长说：别让大家扫兴。李河就让褚主任陪着，领着几十个人去了那面坡。

古文辉想和爆破员聊聊，李河又让秘书叫来几名爆破员。这几个人都是苏家店村的，问一句答一句。古文辉想知道他们的技术如何，问他们都在哪儿培训过，能掌握几种爆破方法。他们相互看看，几种？不都是这样炸吗？很简单的。

李河站在一旁。几个爆破员简单说几句，古文辉让他们走了。古文辉的随从跟着去看了战备洞，回来对古文辉报告：一座山给掏空了，比小日本当年在东北修的要塞宽敞多了。

全市矿山矿业负责人会议在县政府招待所召开。会议规格很高，县委书记、县长都出席了会议，分别讲话，铅锌矿的典型发言是办公室主任褚永巷讲的，反响不错。李河应邀坐在主席台上，一张瘦脸在肥头大耳的北方面孔映衬下，更成了刀条。古文辉代表上级检查组讲了一个多小时，稿件是随行同志写的，很有针对性。点了几个矿点的名，主管县长主持会议，强调了四个重点、六个方面。会后，会场外的出租司机编出了段子："烟是软中华，酒是成车拉，吃的海陆空，睡了十七八。"矿主们有钱，这次矿主大会，被戏称为滦北论矿，堪比华山论剑。

二十四

汪碧菡穿梭在市政府的几个职能部门里。华峰矿业集团主管这方面工作的副总，通过关系给市里主管副市长通了电话，让汪碧菡奔波的立项工作，少出许多周折。主管副市长让秘书带着她，到处是绿灯。很快，由华峰矿业集团投资的"滨河丽水"项目，从文件的出台到项目落实到了滦阳市一百二十万市民面前，很快成为人们热议的话题。在城南滦河东岸，近百万平方米的商业住宅区开发得像气球一样升到空中。

汪碧菡，一位留洋回来的女博士，像滦阳市的城市封面一样，被越传越神。汪碧菡奇怪自己又成了留洋博士，这是民间授予的，很珍贵。滦阳的新闻媒体追着她，让她一下子体会到，"做名人累，做名女人更累"。双休日，她躲在云雾山庄的套房里睡懒觉。女人为什么爱睡懒觉呢？应该写一篇博士论文来探讨。汪碧菡解释不了，管它呢，喜欢就是了。汪碧菡醒了，还是不愿意起来，许多问题在她的脑子里打转。现在的她仿佛一个猛子扎下去了，溅起的水花在滦阳的空中形成了彩虹。她在等山庄里的反应，这才是她最关心的，是深入接近杜总的切入口，是吸引山庄姑娘们的战略。"玫瑰计划"极有可能就是恐怖组织策划的一次利用这些姑娘们去实施的恐怖行动。号称"黑寡妇"的恐怖组织在俄罗斯的所作所为，让人触目惊心。

需要梳理的事情很多，千头万绪，还得一样样地干。"滨河丽水"投资项目虽说有假戏真演的成分，但在汪碧菡心里，她不愿意蒙骗滦阳市民。她已看到了来自政府官员和善良百姓的热情，这些高涨的热情像是蒸汽火车，越燃越旺，越跑越快，她怕最后停不下来了。她在这奔驰的火车上，自己把自己绑住了。她怕老百姓说她是个骗子，哪怕是工作需要，她也不能接受。这是几十甚至上百万人的热情，她不能冒滦阳之大不韪。

最后，她为自己定了调子：尽心尽力地做好这个项目，全心全意地调查这个案子。如果天不帮她，她也不能怨天，只好当滦阳的一个"骗子"了。最后再找机会谢罪吧！

服务员按响门铃的时候，汪碧菡已梳洗妥当，是黄助理喊她吃饭，她们约好，今天一起爬山。黄助理打扮过了，一身乳白色休闲服，上前叫声："汪姐。"两人像是一对好姐妹。

黄助理吩咐服务员备些水果、矿泉水。汪碧菡一身橘红运动装，总是吸引黄助理的眼球，赞叹她有股明星气质。汪碧菡也捧她："你穿什么都青春靓丽。"

山庄通向山坡是一级级的石阶，蜿蜒伸向山顶。黄助理说这是杜总来山庄后，请人修建的，花掉三十多万呢。沿途景致不错，两人走走停停，不住地说笑。汪碧菡很久没这样悠闲了。黄助理觉得汪主任可亲，一路

"汪姐，汪姐"叫个不停。

云雾山海拔两千一百多米，山中多雾，便得此名。爬到山腰，黄助理问她累不累，汪碧菡久居城市，对大山半是神奇，半是兴奋。何况天蓝、云白、树绿、风轻，都让她感觉浑身是劲儿，便反问黄助理："你是不是爬不动了？"黄助理不示弱："这几年爬山是常事，'五一'、'十一'公司经常组织员工爬山，优秀者还有奖。"汪碧菡很感兴趣，问："奖什么？""手表、运动装、运动鞋什么的，挺好玩。""你得过吗？"黄助理叹道："都让男孩子得去了。男女不分组。"汪碧菡觉得有失公平。黄助理解释道："杜总在这方面，从不偏着我们，她认为男女无别。"汪碧菡笑了："好亏！这些比赛谁组织？""杜总啊，她喜欢组织，更喜欢参与爬山。"

汪碧菡顺着话题探底："她也喜欢运动，你怎么不约上她啊？"黄助理说："我们仨？"表现出很惊讶的样子。"我们仨怎么了？"汪碧菡追问。"我可不敢单独约她，有时她很威严的。"黄助理减了兴致。汪碧菡索性问下去："是不是你们都怕她？""她是老板，谁不怕？""你看我像老板吗？我可怕吗？"汪碧菡原地转一圈。黄助理笑了："你要是老板，我们也怕。""为什么？""不知道，许多姐妹都怕杜总，为什么怕，谁也说不上来。""你也怕吗？""我？我现在不怕了，常接触就不怕了。""山庄有多少员工呢？""男的五十多人，女的八十多人呢。""看不出来，这山庄多幽静呀，你们老乡有多少？""二十来个，还是本地的多。"

两人说着话，便接近了山顶。阳光在树叶上闪光。山顶有细细的风儿，树叶一翻，露出了背面的反白，像绿水里的鱼。

汪碧菡像是突然想起了什么，问："方小丽好吗？"黄助理的回答很平淡："再没联系。你什么时间走呀？"汪碧菡知道她问的是去广州，便淡淡地说："推掉了，先跑开发项目。"

黄助理对房屋开发很有兴趣："汪姐，你可真能干，连杜总都夸你。"汪碧菡听说杜总也关心这件事，便问："杜总也感兴趣？"有些不相信似的。黄助理学着杜总的话，说："汪主任是干大事的。"说得汪碧菡听不出真假。

说话也像爬山，起起伏伏，东飘西荡。黄助理追问开发的事，汪碧菡问她："感兴趣吗？你过来帮我。"黄助理眼睛一亮，瞬间又黯淡了："我可干不了。"

山顶修了直径四五米的平台，镶着防滑大理石，四围圈一排木椅。汪碧菡想，这样有创意的人，应该是热爱生活的人，便问黄助理："是杜总设计的吗？"黄助理点点头，只顾着喘气。

山顶树木矮了，有许多灌木丛，一种开着细碎白花的灌木，本地人叫它蚂蚱腿，因为枝杈细瘦弯曲像蚂蚱腿而得名。汪碧菡凑近闻闻，一丝细弱的香气。看东南不远便是滦阳市区，几幢较高的建筑在阳光下清晰可见，滦河水像是一条白色裙带在城南边捆拢着。

"是那儿吗？汪姐。"黄助理指着那条发亮的河水。"就是那片。"汪碧菡不愿深谈，她心里有一丝隐痛，有意把话题引到杜总身上："杜总家在哪儿？从没听她谈起过。"黄助理对有关杜总的问题话很少。两个人各怀心腹事。

黄助理本想拉汪碧菡坐下，可汪碧菡愿意活动活动，弯腰踢腿的。黄助理也不坐着了，伸胳膊踢腿像跳舞一般。

黄助理同汪碧菡一起游泳的事，传到了杜总耳朵里，杜总批评过她一次，让她干好分内工作，别好高骛远的。说得她一头雾水，弄不明白什么地方不对了。还是姐妹们提醒她：杜总看你总和汪碧菡游泳不高兴了呗。杜总没准儿认为你攀高枝，有意敲打你。弄得黄助理好几天不敢往游泳池跑。杜总也许是看黄助理这几天蔫巴了，又让她问问汪碧菡开发的事，末了还解释："我让你干好工作，没说不让你们交往呀，一根筋。"

汪碧菡觉出黄助理的变化，便接上刚才的话题："小黄，我叫你小黄了啊。"黄助理笑了，很高兴汪碧菡这样称呼她。"我想滦阳有地理优势，离北京又近，房地产一定有市场。你看，滦阳城区四面临山，地盘有限。在滦阳以南，就是那片，建一座新城区，这个策划符合滦阳市发展前景。所以，我开发的'滨河丽水'占天时地利，市里领导支持，老百姓有热情，人和也算有了，运作好坏，是我本人能力问题了。"

黄助理用杜总的话评价汪碧菡："你就是一干大事的。"汪碧菡说："还不够，我要尽快地敲定细节，拿出效益分析，之后就看市场潜力了。我准备做个广告，招聘一批市场公关。"这话让黄助理感兴趣，忙问她："公关得什么条件，要求学历吗？"黄助理很在意这点。"学历不重要，又不是做学问。"黄助理想起来汪碧菡是博士便说："汪姐，一开始听说你是博士，吓得我们都不敢接近你。我们想，那得啥样人呀，说话肯定我们全不懂，还不句句像书里写的。"说的汪碧菡哈哈笑了，半天合不上嘴。

汪碧菡觉得热了，展开双臂要拥抱群山似的，向山下跑去。黄助理受到感染，长长地喊一声"啊"，尖细的声音在白云间飘荡。

二十五

派往朝阳的调查组，调查工作细致辛苦，把朝阳同行的作息时间也弄乱套了。找到真正的刘飞飞的时候，已是第二天晚上九点。之前排查了十八人，行程累计近一千公里。本着由近及远、顺道连片的原则，找到建昌时，晚饭还没有吃。杜国飞心疼杨华局长，瞧他寝食难安，弟兄们谁不急？在建昌镇，见到刘飞飞父母，把刘飞飞、郝忠算是对上号了。杜国飞悬着的心落了肚子，他马上向杨华局长汇报。不等杨华局长深问，杜国飞说了一句正在问着，便挂了电话。

刘飞飞高中毕业，到外面工作快三年了，去滦阳工作刚刚几个月。他父母种植大棚蔬菜，算是菜农，家中还有一个妹妹，正上初中。

取走几张刘飞飞近期照片，又抽了她父亲的血样，为了做 DNA 比对。她父母着急了，不知女儿出了什么事。杜国飞和当地警察说好，为慎重起见，先不告诉刘飞飞被炸死的情况，只说查案需要，答应一经证实，再行通知，这样才离开建昌。

爆炸中心点，被炸死的人正是刘飞飞。刘飞飞的照片经放大后，发放到滦阳、滦南市区娱乐场所，出租车司机人手一张，刘飞飞的照片在滦阳电视台滚动播出。

刘飞飞的情况很快反馈上来。刘飞飞在滦阳市丽日大酒店做酒类推销员，在酒店用的名字是刘佳丽。由于啤酒推销往往是几家饭店同时做，看顾客喜好，哪家业绩好，就在哪家做的时间长些，饭店不太注意她们。

丽日大酒店大堂经理介绍，刘佳丽是一个很本分的女孩子，身材高挑，容貌俊俏很招人喜爱，从不和顾客发生矛盾。有时顾客选她推销的酒，也邀她上桌陪酒，都被她聪明地谢绝了。她气质不错，有些饭店想请她过去帮忙招揽顾客，她说不喜欢像花瓶子一样，结果都没有去。发生这样的事，真难以相信。

在另外几家酒店的调查，情况大体相符，刘佳丽给人的印象都很好，没有特别的事情发生过。

郝忠还没有醒，杨华局长指示，看护的警力只许增不许撤，防止发生什么意外。通过排查电话号码，列出与刘佳丽通话人员名单二十二人，爆炸案当天，只有四条通话记录。

许乐然从广州返回来，追查方小丽的情况一时搁浅。"鸟儿从空中飞过，却没有留下痕迹。"看着许乐然一脸倦怠，汪碧菡想起年少时背的诗，多么像调查的案子。

出入境部门有李山、李河、杜梅的出入境记录，却没有林氏集团其他人到过华峰集团。这个带走方小丽的男人和林氏集团有没有关系？按黄助理的说法，杜梅认识这个人。

如果"玫瑰计划"用这些姑娘们来实施，那么滦南公交车爆炸案仅仅是一次序曲或者实验？

杨华把侦查范围扩展到滦阳，围绕刘飞飞的调查紧锣密鼓，他率领人马入住丽日大酒店，对刘飞飞从到酒店开始，接触过的人一个不落，全部见面。按杨华的说法，吐过的唾沫，对谁笑过都给我问清楚，不许漏，要一勺成。谁再出错，当心扒他的"皮"（辞退的一种说法）。侦查员们听惯了，谁也不觉得刺耳。

丽日大酒店隶属滦阳市旅游局，酒店经理是旅游局办公室一位姓王的副主任调过来的。对杨华率队入住酒店热烈欢迎。头天晚上，王经理要设宴慰问辛苦的民警兄弟。杨华也不拒绝："那就谢了。"要求兄弟们不许碰酒。王经理的致酒辞热情洋溢，大家以水代酒。

入住第五天，到酒店消费过的顾客被传唤过半。按王经理的话说，弄得鸡飞狗跳，甭说来住宿，来酒店吃饭的顾客也一天比一天少，最后只剩下专案组的人了。

王经理婉转地和杨华提过，杨华一心在案子上，别的全听不进去："别和我扯用不着的！"成了杨华的口头禅。王经理向局里诉苦，市旅游局长找市公安局二把手，二把手和他有交情，理解酒店的苦衷，给杨华打电话，杨华听了一会儿，弄明白什么意思，说道："住店交店钱，吃饭给饭钱。他开他的酒店，我办我的案子，影响他什么了？"挂了电话，他又骂一句："妈的！"杨华心里只有案子，出屋门便忘了电话的事。

晚上九点，例行案件碰头会，把其他两个酒店的调查情况汇总：刘飞飞在滦阳改名刘佳丽，是个不爱张扬的女孩子，上桌陪客人喝酒的事情共发生两次。第一次就是在丽日大酒店，和几名搞矿的，这几个人仗着有钱，酒后无德。喝完白酒后，看到推销啤酒的刘佳丽，故意挑逗她，让她打开多少喝多少。刘佳丽不知真假，愣在那儿，不敢打。这些醉酒的人让她能开多少算多少。刘佳丽想想这些有钱人不会不认账，一气打开十箱。看着十箱起开瓶盖的啤酒，瓶嘴流着白沫，这些人让刘佳丽上桌，说喝一瓶给一箱的小费，不喝不结账。最后刘佳丽上桌了，这是第一次。第二次……杨华突然叫停了："等等，这几个矿主是谁啊？"汇报的人吭哧着答不上来。杨华的火气上来了："我让你们编故事哪，这叫查案子吗？"最后，把这组侦查员撵了出去。接着又有人汇报时，会议室的气氛低沉，人们都大气不敢喘。刘飞飞第二次陪客人喝酒是陪一名福建人，在滦阳搞建筑生意的。后来，这个人又到酒店吃过两次饭，都没有找到刘佳丽。这个人还在酒店开过房间，酒店洗浴中心有女性服务员三十多人，男性服务员二十多人，有过色情服务。杨华沉着脸说："说和刘佳丽有关系的。"汇报的人停一下："没有了。"杨华皱着眉头："没有了？"他"啪"地一拍桌子，把身边的同志吓一激灵，"你们就是这样查案子，走过场吗？"一名副大队长站起来忙给杨华上烟，杨华接过来，刚要吸，一掐又把烟折了两截，摔在地上。"你们都查腻歪了不是？"屋子里静得能听到喘气声。杨华的呼吸又粗又急促，胸腔起伏着。"都哑巴了？"杨华踢了一下椅子，椅子晃几下，发出与地面摩擦的"吱吱"声，"都滚蛋！"

在车上，刑警副大队长问大伙儿："知道杨局长为啥发脾气吗？"谁也不言语，等下文。这名副大队长发布消息："上午，杨局长被王浩局长狠训了一顿。"王局长训他："案子破不了，吃喝摆谱有一套。告状信闹到市长办公桌上。你可长能耐了啊。"旁边的人不信，说："吹吧，王局长训斥的话你都听见了？"还有一个帮腔："就是！好像你是王浩局长。"副大队长说："这可是独家新闻，内部发表，不许外传！"完了又自言自语，"谁告咱们杨局呢？招谁惹谁了。"在一旁的人分析，保不齐是酒店，咱们在这里驻扎，谁还敢来？洗浴城的小姐都跑光了。副大队长拍了一下他肩膀："有道理!"

第二天的汇报会，杨华局长脸上依然是阴云密布。弟兄们汇报得精心，除福建的老板没有查清楚，几名矿老板全约谈过。一个调查组提议：对洗浴城展开调查，表面上是查卖淫嫖娼，其实是查与爆炸案有关的事情，这些人中间，可能会有有价值的东西。

最后，杨华局长说："该查谁不查谁不用请示，你们说有价值，就把有价值的给我查出来。"

围绕刘佳丽通话记录的调查没什么进展。大部分是朝阳老家和各酒店餐厅电话，几天的调查，没有什么收获。

二十六

郑楠翔打郝玲手机，一直无人接听。到晚上九点，家里电话有人接了，女儿小铃铛一听是爸爸，很高兴，但没说两句就开始埋怨老爸工作那么忙啊，周末也不回家。郑楠翔鼻子有些酸，和女儿唠几句，问妈妈呢，让她接电话，听到女儿在电话里喊老妈，半晌没动静。过会儿，女儿蔫蔫地说："妈妈洗澡呢。"最后压着嗓子说："妈妈不高兴，你明天回来吧。"

女儿是快乐的，像不知愁的小鸟一样。老爸永远是她心目中的英雄，有一天，这个世界把他抛弃了，遗忘了，他相信，女儿会记得他怀念他。

郝玲开始对郑楠翔冷淡了。前几次电话中，郑楠翔就觉出郝玲没什么话。起初，认为她生自己的气，谁遇到丈夫出这样的事，也不愿接受。女人都是有虚荣心的，伪装的好坏罢了。像男人的英雄梦一样，这也许是天性，或者叫动物性。雄性天生就该高大威猛，有保护意识。郝玲是教师，对丈夫的荣辱比从事其他职业的人看得要重些。郑楠翔清楚这点，受处理后，自己的消沉和苦闷比谁都严重。老领导找到他，让他到矿上，给他一次雪耻的机会。郑楠翔是铆足了劲，在矿上恨不能长出三只眼，发誓要找回尊严，洗刷前冤。他已经忘了几个星期没回家了。自己在矿上的事情不能同郝玲说。男人嘛，打掉牙咽进肚子，胳臂断了得缩在袖筒里。

小赵说的何小峰拜把子哥们儿是谁？这个人手下有一群人，有没有肖大力他们？肖大力是盗车的，和街上的混混不一样，何小峰会用这些人吗？拜把子，什么时候？在滦北时，还是在看守所关押期间？

　　何小峰这几天在忙贴息贷款的事情，国家拉动内需，加大基础产业的投资力度。他知道，好政策是机遇，发财的机会总给那些有准备的人。

　　何小峰开始觉悟了，不断地和有钱人、政府官员打交道，加上有大哥在后面帮衬着，他懂得分寸和拉关系了。县里主管工业的副县长帮他引见市里一位副市长，一切正在对接。

　　前期工作已有良好开端，种瓜得瓜，种豆得豆，种钱得钱啊！黄宏、巩汉林的小品给他许多启发。他喜欢上学习了，知识就是财富，书到用时方恨少，他是真真切切地感受到了。这几年他招了好几名大学生，专科以下免谈。他逢人便讲，自己高中没毕业，要率领一支大学生的团队。

　　李山看中的是何小峰后面的人，自从县里主管工业的副县长推介何小峰，李山便把双峰铁矿交给他，放开手让何小峰管理。李山是有大智慧的人，深知关系的力量。用人不疑，疑人不用，把矿山交给何小峰打理后，自己再不过问，这是大人物的气度。相比之下，李河小气，像个婆婆妈妈的乡下娘们儿，处处抠查他。李河的做法，激活了何小峰深藏的雄心。何小峰想为自己打天下的算盘早就有了，他要尽快积累资金，当名副其实的老板。这是一个英雄辈出的年代，千帆竞渡，群星闪烁啊。"谁掌管资源谁就掌管了未来。"这是在一次矿老板们聚会的酒桌上听到的，听听，酒桌上的话都有战略性，前瞻性。对！就是这两个词，前瞻性，这他妈的是凡人说的吗？

　　现在战略性机遇来了，国家给钱，不是白使，是先使着，有钱就是草头王。何小峰要有自己的资源矿，干矿山几年，他知道这些事情需要马上做，立刻办。现在有一个现成的资源，缺的是一大笔钱。

　　在滦北搞歌厅时，他有一个过命的哥们儿，两人拜了把子。现在他手下有人才能把别人办不到的事情办成。如果再有资金，不出五年，滦北县的矿业老大不是别人，只能是他何小峰！

　　市县两级达成意向。给双峰铁矿三千万，分两期注入。问题在关键的时候出来了，需要法人代表出面办理手续，何小峰是双峰矿业总经理，不是法人代表，自己开渠，给别人浇地，何小峰成了最大的冤大头了。有什么补救的办法？托人找权威人士咨询，方法是有，难度太大了。

需要李河授权！何小峰想，这下是真的给别人拉边套了，养个孩子让猫叼去了！他急急回到县里找大哥商量，大哥批评他："早干什么去了，这事一开始就该想到。"何小峰知道，大哥批评他就是帮他的开始。他静静地等着，等大哥支招儿。大哥说，招儿是有，想办法让李河授权！什么办法？你和他混这些年，自己想去。何小峰回去琢磨了一个晚上。

李山把胞弟李河派到滦北，是因为铅锌矿，滦北铅锌矿的储量很大，据说在全国也能排上名次。双峰铁矿不让李河在管理上插手，还告诫他，要多借助何小峰的关系。李河到了滦北后，把李山的话抛到了脑后，开始插手双峰铁矿的事情。这个娘娘腔，何小峰借助王强的手收拾他一次，才算老实一段。这次让他授权，何小峰又要和他过招了。

李河有钱，却非常小气，他只肯在女人身上花钱。喜欢女人就好，这就是办法。

李河刚来时，何小峰骂他小南蛮子。这话不知怎么传到李河耳朵里，李河很认真地在电话里质问过他。何小峰不承认，反问他："谁告诉你的，我说的是小女蛮子！"气得李河让他公开道歉，把何小峰弄烦了，骂他："去你妈的！"

不想，李河认真了，居然驱车过来和他理论，不道歉就行使执行董事的权力给他好看。两人正闹着，赶上王强下来检查工作，到双峰铁矿看何小峰，才算解了围。后来何小峰让王强抓小辫子狠狠收拾了一次铅锌矿，才算把李河的气势压下去。

何小峰的气算是出了，也和李河结下了怨恨。也是从那天起，何小峰发狠，正儿八经地学习了。什么《操纵术》、《处世智慧》、《给你100个忠告》、《给你带来好运的100个智慧》、《厚黑学》，甚至《三十六计》也摆到了床头。越学越觉得自己狗屁不是，猪狗一般。他的暴戾逐渐少了，阴损招数却多了，说话办事很少骂爹骂娘。他的拜把子哥们儿曾想到矿上和他一起打天下，原本他是想回绝的，不想和哥们儿搅得太深。拜把子的事是当年江湖义气，现在他的想法却变了，要用其所长，避其所短。这些人，关键时候比警察好使。警察是对付坏人的，那些难缠的好人就需要他们。一些事情，真相和传言总有距离。官方叫舆论导向，坊间叫唾沫也能淹死人。说白了就是说的和做的不是一回事。一些事可以做，不可以说，甚至做了，可以往没有做的方向说；一些事可以说，不可以做，越是这样的事，越要大声地说，响亮地说。后来，他在书本上为这些做法找到了依据，也学会了一些文绉绉的词语。他让办公室订报纸，白主任又为他买了书柜，订购了不少装帧精致的书籍。他学会理论结合实践，给自己整出一些座右铭。什么成大事者大处着眼小处着手啊，遇事先安排退路啊，胸怀大钱手撒小钱啊，等等。这些名言当作何氏语录，大会小会给手下人讲过。当然，是穿插在工作中，时不时讲起的。这些话再被手下人传讲几次，传到外来客人耳朵里，就变成"何总很有水平"的结论。

对待郑楠翔便是用了胸怀长远，时不时敲打的策略。他要把郑楠翔拿来为我所用，就要摔打几个来回，让他一心一意，忠心保主。这些土洋结合的做法是从《操纵术》上学来的。

现在该掌控李河了。他要启动一步棋，这颗棋子是李河身边的办公室主任褚永巷。在李河身边安插一个人曾让他费尽心思。李河不要女秘书，帮他选了几个男秘书，一个也不用。这让何小峰费了心思，这个南蛮子，在单位里不喜欢女的了？何小峰在滦阳人才中心挑中了褚永巷。褚永巷是年近五十的企业下岗职工，比李河年龄还大几岁，在企业做过几年劳资人事科长，为人精明又刻薄。这个人合了李河的胃口。起初选中这个人只是为了应付李河高兴，不想工作一段时间，何小峰觉得李河身边没有自己人不行。回过头，再找老褚，老褚早已端着谁的碗就向谁，很难拉过来了。

何小峰有一套自成体系的理论了，正好拿来实践。通过滦阳市的关系，知道老褚有一个相好，开了家棋牌室。这个小姘头是他在企业管事时，从农村招上来的，在厂子里是计件工人。有能力时，养着还行。企业倒闭，自己吃饭成了问题，更难以维持这个女人的开销。他托熟人把她安排到超市当售货员，每月收入不足一千元，交了房钱，没有穿戴的。小姘头跟他闹腾，他怕野火烧到后院，便家里外面两头瞒。过了两年两面夹心的日子。这两年他不好过，不但掏空了小金库，更熬干了残存的花心情感。他常常到麻将桌上玩点儿小麻将，麻醉一下。小情人陪着他出入几次，两人都好玩。有一天老褚开了窍，何不自己开一个棋牌室，让小姘头打理，一举两得。小姘头租住的楼房恰好在那片小区里楼房的一楼，老褚托关系，支几张桌子，棋牌室就开上了。小姘头有点儿厨艺，还能时不时炒几个菜，让这些麻友吃喝完了，连轴转。生意不是太好，但除去房租水电吃喝花销，每月剩下三五千不成问题。

从此，老褚每天大部分时间泡在麻将室里，放纵舒坦了一些日子。不知怎的，这件事传到了老褚媳妇的耳朵里，妻子便瞄上了他。一天晚上，把老褚和小姘头堵个正着，抓着老褚和他小情人的衣服领子，大闹一场。老褚写了三遍保证，亲戚朋友找一桌子，痛批一顿花心贼。老褚再不敢总往小姘头棋牌室跑了，在人才交流中心填了张单子。赶巧被何小峰选上，送去铅锌矿。凭着过去几十年历练，老褚很快成了李河的臂膀，手中掌管一些权力。许多场合，李河愿意把老褚带上，解解围，围围场。何小峰的伎俩人前人后的用在李河身上不少，李河不解官场事情，又不懂拉关系，起初吃过不少亏。老褚到来后，给化解不少。老褚成为何小峰前进路上的绊脚石了。

何小峰让滦阳的朋友进驻老褚小姘头的棋牌室。不出几天，就把棋牌室里的常客杀清堂了。没人再敢上来过招，眼瞅着麻将桌摆不下去了。老褚是在一个周末下午回来的，安排好了矿上的事，两三天可以不回去。老褚先来文的，把这两个"杀手"请到饭店里，好酒好菜敬着。这二人好酒不少喝，好烟不少抽，好话不少说。第二天照去不误。老褚的小情人以为是来捧场了，不想二人故伎重演，一样杀他个干干净净。这下小姘头给老褚哭闹了一晚上，老褚只好请道上的朋友给平事。这两人后台更硬，把老褚请的人给震了回去。老褚只好花大钱请大排场上的人再次说和。这哥儿俩，每人领来一枝花，把老褚的小姘头比成了老妈子。老褚感慨啊，自叹长江后浪推前浪，酒一下子就喝高了。下了这场，又上那场，到歌厅去吼。老褚酒喝多了，但心里清楚，就把小情人撵走。在歌厅里，这哥儿俩大方，让两枝花左右一枝地陪衬老褚。小啤酒又喝了一大排，把老褚灌成了开盖的啤酒瓶子，嘴里往外酿白沫。可怜老褚，五十来岁的半老头子，生生让两个小丫头喝透了。等醒来，老褚躺在了宾馆床上，一丝不挂，身边还有一个一丝不挂的妹子。老褚记不清头天晚上的事了，这小姐也不诳他，说钱早就有人付了。起来伺候老褚洗漱穿衣，老褚知道上了道，把小姐撵走，在床上躺了一上午，下午回到矿上。

老褚怕有什么要挟之类的事情发生，坐卧不宁地熬过一天，不想之后的日子风平浪静。棋牌室也走上正轨。老褚的心慢慢平静下来。

不想，何小峰和李河两人间闹出了矛盾后，李河想把何小峰清出门户。这天，李河又把何小峰找过来，何小峰却来了个一百八十度调头，对李河服服帖帖，倒让李河的狠心没有下成。何小峰走时，拍拍老褚的肩膀，夸他有艳福不想着兄弟。老褚心神不宁，心里似乎明白点儿什么了。

不出所料，早晨上班，何小峰便打电话过来说："发条彩信，资源共享！"一切都像是程序似的，一步一步地演下来。

老褚是明白人，回电话给何小峰，让他有话直说。何小峰打哈哈一阵，说想做哥们儿。老褚不含糊，说绕这么大圈子，做哥们儿是不是辛苦点儿。何小峰笑着，夸老褚就是在场面上混的，心里透亮啊。老褚苦笑了，要是这么透亮，那就成了纸人了。二人你来我往，最后何小峰说，话都讲开了，老褚啊，我就不客气了，这个周末，我在滦阳给哥哥赔不是了。老褚对吃饭是伤了胃口，便说，何总，哥哥不是不给面子，你还是来痛快的，只要不是杀人放火，犯罪进监狱，你就明挑了直说吧。何小峰也不再作序了，说，咱们都是生意人，中国的生意人，我求哥哥不过是小事情，互惠互利，绝不是犯罪的事。

老褚应下了，他明白只要主动权在自己一边，大小分寸由自己把握，就不怕被他左右。从此老褚成了"双料"的人。日子风平浪静了一阵。

这次，何小峰要用他了。他需要老褚配合他，把李河的法人授权书搞到手。何小峰自己拟了制式样本，一切妥当后，他约了褚永巷，让他盖上矿业公司的公章，再让李河签上名字。

老褚说，这事不是小事，弄不好还不得"进去"（进监狱）。何小峰说，咱们往好了弄啊。说着把一个大信封推过来，说这是劳务费，事情办完了，还有重谢。见老褚迟疑着，何小峰又说，不到万不得已，兄弟不会下大力气。褚永巷知道，事已至此，不办也不行了。拿着信封走了。

周末时，郑楠翔回了趟市里，和战友王庆峰约好，在茶楼边喝边聊。王庆峰从市局过来，说自己抽调到专案组，总能和老领导见面。老领导知道我们会面的事，嘱咐你一定注意安全。

郑楠翔把掌控到的何小峰拜把子哥们儿，以及手下一帮打手的情况告诉了王庆峰，让他关注这帮人，这帮人神出鬼没的。二人很快散了，茶钱是郑楠翔结的，王庆峰也不争，知道这个战友好面子。

郑楠翔到菜市场买了排骨、茄子、土豆，高高兴兴回家，要给娘俩一次惊喜。

二十七

黄助理把带来的两个姐妹推荐给汪碧菡。汪碧菡刚刚游泳回来，头发还没干，正用吹风机吹。她的头发又浓又密，发丝粗，像男孩子，平时齐脖短发，干练利索。两个女孩子外形不错，都有一米七左右的身高，夸汪主任头发好，若是留长发，一准儿会更漂亮。黄助理笑了，说你们拍吧，别拍差喽，汪主任这样也漂亮啊。两个女孩子笑了不说话。汪碧菡也笑，说："就是你黄助理吝啬，从来不表扬我。"说得黄助理很开心，在两个姐妹面前，汪主任给了她面子。这两人是在市里洗浴中心工作的，这倒让汪碧菡心里不爽。

黄助理事后解释说："杜总很在意员工跳槽。"同时她又为杜总开脱，"其实，哪个老板都在意，杜总对我们挺好的。"汪碧菡刺激她："越描越黑吧，我没有挑你呀。"黄助理送上一束牡丹花，算是赔罪。牡丹花是山庄花圃的。黄助理剪了几支颜色不同的牡丹花送到汪碧菡房间，插进瓶里，屋里顿时香气弥漫。

汪碧菡本意是吸引更多山庄的女孩子。她真想把这个项目做成，把这些女孩子全都带出去，让她们有一份正当体面的职业，靠自己的聪明才智吃饭。这样就不会为了钱或是虚荣，深陷泥潭。

这两个女孩子走后，又陆陆续续地来了几拨，每次都是两个，像是计划好的。汪碧菡问："这有什么讲究？"黄助理说："去人多了，怕你不高兴。你知道大家怎样看你吗？你比天上的太阳还高，谁来见你都预演好几天呢。一个不敢去，三个又怕你注意不到，可真难啊。"汪碧菡笑着说："我要是太阳，先把你烤化了。"

汪碧菡选人的事，很快传到杜总的耳朵里。这天上午，杜总敲开了汪碧菡的门，笑吟吟地说来应招，让汪碧菡很是意外。杜总说："听说妹妹在摆擂台，姐姐能帮上什么忙吗？"汪碧菡索性来点儿"江湖"味道："小妹不才，借贵方宝地，多有叨扰。"杜总笑着打她一下："真来劲儿了！"汪碧菡总觉得杜总普通话说得好，想这下机会来了，便说："杜总，你的普通话说得比我都好，你不是在国外长大的吗？"杜总反问："国外就不能说汉语了吗？"倒让汪碧菡接不上茬儿了："我只是奇怪。""我还奇怪呢，大水冲了龙王庙。"杜总自己找台阶下。汪碧菡惊讶："这样的话你也会？"杜总平淡地说："我是华侨，你就不该拿我当外国人。"

两人头一次单独讲了这么多话，而且很亲密。这让汪碧菡更加疑虑重重。

黄助理一时不知道该怎么做了。是她给汪主任招揽人的，她怕杜总找自己的麻烦，心里七上八下的。她总觉得杜总的目光穿透了她，自己的什么想法也逃不过她的眼睛。而汪主任善解人意，让人亲近。可杜总好像不喜欢汪主任。

汪碧菡似乎理出了头绪。那个带走方小丽、王燕、小慧的人，像是个影子，在杜梅和这些姑娘中间粘贴着。这些人都是专业训练过的，懂得隐身，躲在不被察觉的地方。汪碧菡不能留下痕迹，否则会把这个人惊吓走，随时改变计划。这将使行动陷于被动。

汪碧菡越来越相信自己的判断。如果时机来临，这些人将招呼"玫瑰"们，实施他们的计划。现在需要的是尽快掌握计划的细节，在关键时刻掐断它。

黄助理把几个姐妹邀到游泳馆。这些丫头，倒是聪明，看到汪碧菡出来了，几个人全下到水中游起来。汪碧菡像是技痒了，跃身"飞"进泳池，和几个姑娘赛了起来。二百米自由泳、二百米蛙泳、二百米仰泳，是她的固定科目。黄助理她们几个人二百米自由泳就气喘了，相继上来休息喝矿泉水。

汪碧菡从游泳池出来，黄助理递上水，把几个姐妹介绍给她。几个人一齐吹捧汪主任游得好，每人都说一句，想借机表现一下。汪主任夸赞她们游得也不错，黄助理便笑："刚刚知道肉麻是怎么回事了。"大家都笑了。

汪碧菡看着几个人都不言声了，便找话："你们不是都学过健美操吧？身材都这么好。"几个人不知道汪主任这样说话的目的，都愣着，黄助理接过话："健美操没有学过，可汪主任您挑人，差的谁敢来。"黄助理接着又说，"就一个方小丽，让你记住了，谁还能这样幸运啊？"几个姑娘便说起了方小丽。这个说，她在三亚呢，参加环球小姐选拔；那个说，在广州呢，还在练健美；另一个说，早去香港了。叽叽喳喳的，如一群麻雀一般。

汪碧菡也插话："选上环球小姐可了不得，我还真想认识认识她。"黄助理说："你什么时候去广州啊，去了不就认识了。"汪碧菡故作不解："你没听她们说，人家早就去三亚了吗？"一个姑娘说："问杜总啊，小丽认识的老板是杜总的亲戚。"汪碧菡惊讶地说："啊？黄助理从没说过呀。"黄助理说："我不知道啊，谁说是杜总的亲戚啦？"几个姑娘嘟囔着，没了下文。

汪碧菡招聘售楼公关小姐的消息，传得比风还快，在云雾山庄扩散着。

二十八

杨华在滦阳大酒店驻扎七八天了，急得酒店王经理忍不住了，敲开杨华办公室的门。这是酒店六楼的一间小会议室，让杨华当作办公室了。被王浩局长训了以后，他让分局办公室支付两万元押金。这下酒店没脾气了。我们付钱，你还能咋的？杨华呢，也没和王经理记仇，没必要啊，人家是做买卖，养着上百名职工呢，这是敬业嘛。杨华对敬业的人都高看一眼。自己更像一个本分的老农，在春天的大地上，插下犁铧，进行耕种。

王经理进来，杨华不高兴了，"难道又欠账了？"王经理也不高兴，话便说得很生硬："没有！"坐在杨华对面没下文。

杨华两只眼睛茫然地瞪着他，心思没在他身上，杨华心里只有案子，别的什么也激不起他的兴趣，一副"别和我扯用不着的"面孔。王经理瞧他无法交流的样子，想说什么也忘了。杨华心里明白他来的目的，正有气呢，住店交钱，而且交了两万，他还有什么不满意的。难道影响他生意，警察就是臭狗屎了？要是在滦南，谁敢这么说！想请还请不来呢。杨华不喜欢和三种人打交道，一是商人，二是一些所谓的文化人，三是一些领导身边的人。他觉得第一类人多数是见利忘义，唯利是图，不讲交情，和谁处都是现世报，用人朝前，不用人朝后，一生钻进钱眼里。第二类人是谄媚的文化人，拿着祖宗的积淀四处卖弄，摇唇鼓舌，毫无气节，忘记了什么是铮铮铁骨，丝毫没有"安能摧眉折腰事权贵"的气概。这些人不管是打着幌子宣传的，还是套近乎想为他报道的，他一概不理。有时遇上实在错不开的事，他都交给政委去办。在杨华心里，他崇尚的是真正的中国文化人：透彻、达观、有良知。只可惜，他只能在古书里与这些文化人对话啦，现实中，他们就像珠穆朗玛峰上的氧气，少之又少。在刑警支队工作时，他是有名的"杠子手"（说话抬杠）。知心的哥们儿劝过他，说你这是不懂政治，哪有当领导拒绝和媒体打交道的，纯粹是只会下蛋不会"咯嗒"嘛，傻鸡！他竟然毫不领情，骂上了，"去你妈的！"不愿和第三类人交往，是他见到这些人狐假虎威、颐指气使就有气，说话那一副奴才相，让他感觉皮肤过敏。惹不起，躲得起，杨华干脆来个不交往。他常说，自己父辈就是土里刨食的农民，现在这样已是感谢天感谢地了，再无他求。

杨华是个异类，按着滦阳的土话说，是官场上的"二百五"。有人背后议论，不知道他的局长怎么当上的！知情的人说，怎么干上的？遇上"二百五"的上司了。杨华能当官纯粹得益于才干，他的能力得到领导赏识。这个社会，是需要一些人支起四梁八柱的。公安局的官是要靠能力说话的，没能耐，干着也受罪。

这一个月，杨华就像站在了煎饼锅上。他明白自己的处境，如果案子不破，他这样没啥背景的人，姥姥不疼，舅舅不爱的，是要被问责受追究的。

杨华不是自视清高，把谁都不放在眼里。当上局长后，他一天到晚脑袋里装的都是怎么破案。有一点儿闲工夫，便想清静清静，什么也不想，养养心神。王经理敲门进来，他没给轰出去已是给足了面子。这些破事，上不了他的台面。如果王经理谈的是案件线索，他一定会两眼放光，待为上宾。

因为破案的能耐，他被警界誉为塞外神捕。他不在乎这个，知道这称呼的水分。他信服的是一分耕耘，一分收获，绝没有靠天吃饭的侥幸。现在他就陷在这起爆炸案上了。他不在乎对手的厉害，相反，对手的实力会激起他的斗志，他厌烦的是被乱七八糟的事情纠缠。

王经理在杨华这里挨了个闷棍，到旅游局诉苦，局长训他，你干不了就写辞职报告，屁大个事看让你折腾的，就像是有天大的窟窿。

局长生气，是因为主管市长训斥了他，骂他鼠目寸光，一天到晚为几个臭钱净添乱。知道什么是旅游环境吗？没有公安给保驾护航，你旅游个屁。主管市长心里别扭，因为上次告状信的事情没有处理好，被主要领导批评了。上次的告状信，他按程序，转给了市监察局，监察局小题大做去调查，还正儿八经地反馈意见。主要领导知道后，批评他心中无大局，本位思想，鼠目寸光！一句比一句严厉。

调查组把滦阳的服务娱乐场所翻了个遍。在这些场所混的人不知是怎么回事，这段时间老被折腾，先是市公安局，这会儿又是滦南公安分局，割韭菜一样。闹不明白，便自我安慰，谁让咱们是老百姓呢，命苦，忍着吧。

这些地方，先经历了张翔和辖区派出所的一番检查，这会儿滦南公安分局又来折腾。杨华的调查组有方向，目标准确。依照许乐然的想法，让张翔的调查组和杨华的人马合在一处。王浩局长了解这两个人，担心有内耗，便让他们随时把进展情况汇报给许乐然。何况张翔还兼顾着追逃的任务。

张翔率王庆峰等人，到滦北调阅了何小峰开歌厅时，窝藏贩卖毒品案件的卷宗。当年何小峰的歌厅有一帮人维持，为首的叫罗立天。何小峰被关押后，歌厅关闭，这些人也散了。后来罗立天因为聚众械斗，以伤害罪名被判刑六年。出狱后，一直无业。何小峰当上双峰矿业总经理后，没有罗立天的信息。苏强、肖氏兄弟是否聚集在罗立天手下，目前情况还不明朗。

上次跟踪的小三还一直在滦阳的洗浴中心干着，没什么动静。张翔担心这小子的线放松了，一条小鱼也钓不到。许乐然嘲笑他："还真小家子气。比起爆炸案子来，十个小三也不顶用。"张翔恍然大悟："你们怀疑苏强是爆炸案子里的一个棋子？"许乐然反驳："我什么也没怀疑呀！"张翔给他一拳："你个臭书呆子。"

这天下午，齐副局长和韩副厅长突然袭击一样，车到了市公安局楼下，才通知王浩。王浩赶紧下楼，还没出电梯口，二位领导已经到了大厅。"怕你们搞迎迎送送，才没有通知你。"韩副厅长在王浩办公室讲起开场白，"说说吧，案子进展情况。"王浩看看许乐然他们二人，问是否把杨华也找来。韩副厅长马上否了："他那里一会儿咱们去，你和许乐然在就行了"。王浩也不找材料，口述，说不到位的地方，由许乐然补充。

案子的事，都在脑子里装着，汇报很顺利。先讲了追逃情况，有线索显示，这三个人依然潜伏在滦阳市境内，在矿山的可能性最大。潜伏下来的原因有两个，一是与接应他们逃脱的人有关。这个人曾受过打击，是滦北县的刑满释放人员，先避避风头，等待时机。二是为了钱，他们想弄一笔钱后再外逃。我们已经掌握了一些线索，开展了相应的工作，待时机成熟，立即抓捕。爆炸案的侦破情况，现在尸源已经查清，死者是辽宁朝阳人，叫刘飞飞，在滦阳市做酒类推销生意。那名重伤昏迷的人是她男朋友，也是辽宁人。现在围绕刘飞飞的调查工作正在进行。对刘飞飞社会交往的调查还没有突破性进展。关于滦北铅锌矿和滦阳的云雾山庄的工作，开展得很细致，但有价值的东西还没有上来。韩副厅长听着有些不满，说："你别藏着掖着，把你的想法都说出来。"王浩看一眼许乐然说："首长就是首长，什么也瞒不过您的眼睛。我和许局长有不成熟的想法。如果这次爆炸案是一次试验或者意外的话，那个实施爆炸的人会沉寂一段时间，静观我们的反应。现在需要串起来看待这几个人、这几件事：刘飞飞——爆炸案操纵者——云雾山庄——铅锌矿——三名逃脱的人。"韩副厅长很感兴趣，让王浩说明白点儿。王浩说："现在云雾山庄总经理杜梅身后有一名男子，在滦阳似乎没怎么露面，带走了从哈尔滨市到滦阳打工的三名女子。这个人很神秘，带走的人至今不知下落。铅锌矿董事长李山、他的弟弟李河以及杜梅均是华侨。李河执掌铅锌矿，他名下的双峰铁矿聘何小峰为总经理。这个何小峰有一名拜把子哥们儿，叫罗立天，多次受过打击处理，和何小峰关系非常密切。我们怀疑，三名逃犯就隐藏在罗立天的羽翼下。现在需要做的是，找出这几件事情的内在联系。"

齐副局长看看韩副厅长，二人交换了个眼神。韩副厅长说："有具体意见吗?"王浩继续说:"现在由许局长追查杜梅身后的男子和三名女子的下落。罗立天方面,我们已经派进去一名同志调查。杜梅身边有汪碧菡……"齐副局长打断他:"对于杜梅和李河的调查工作,要慎之又慎。你的想法很大胆,也做了不少工作。首要的还是要查清死者刘飞飞的社会关系,她和爆炸物之间有什么联系?对三名逃犯不可放松警惕,更不能让他们有接触爆炸物的机会。加强追捕力量,尽快将犯罪嫌疑人缉拿归案。对于三名哈尔滨女子,要派出专门调查组,这项工作,乐然走一趟,让哈尔滨的警方配合一下,布置好监控工作。"

临走时,韩副厅长表扬了他们的工作:"有进展,要一鼓作气,早日破案。我们等着喝庆功酒啊。"

二十九

辖区派出所的民警说滦南分局的警察都是疯子。不管白天夜晚,不管吃饭还是睡觉,听风就是雨,见影就找人,有线索立马就查,让派出所的片儿警苦不堪言:"你们不睡觉呀?疯子似的。"调查组的民警也会应付:"疯子在指挥部呢,遇上了,认倒霉吧!"辖区的民警尽心尽力地帮忙,查不实,不知道还要挨几次折腾,索性一次到位。

其实民警们心疼杨华,他盯在案子上一个月了,一条道走到黑。案子不破,绝不回家。民警们也拿他当名片了,动不动就提杨华,把他豁出去了。谁让他没有时间观念,什么都马上查,立刻要反馈呢。训起人来,一句话能把人砸个跟头。

整个滦阳,福建籍常驻、暂住人口,一个个约见。那个和刘飞飞一起吃饭的福建人还没有下落。在丽日大酒店洗浴部做足疗的服务员,接待过这名男子,给他做过足疗。杨华亲自询问,足疗服务员只能提供该男子很瘦的印象,手脚像鸡爪子似的,其他的说不出来。问烦了,她翻着白眼:"你让我编呀?"

这个人曾在酒店开过房。第一次是这名足疗服务员登记的,她承认是做足疗时,他让她开房间休息会儿,她就去前台给办理了,得了一百元服务费。第二次,是相隔两天,还是这名服务员路过房间时,正好碰见这个人开房进去。前台没有登记，仅有一张押金条子。楼层服务员什么也提供不了。

郝忠这时候醒了。看着站在床边的两名警察，眼睛发直，一句话也没有。医生检查后，说已经没有大碍，是他不想说话。

医院封锁了郝忠苏醒的消息。杨华到医院后，郝忠陆续地说了那天的经过。刘飞飞那天到商城外找他，让他一起回滦阳。郝忠看她好像是有烦心事，也没细问，安排一下就随她回来了。坐上5路公交车没多大会儿工夫就出事了。

"她说过什么事吗？"郝忠摇摇头："那几天她就不对劲儿，好像有什么人缠着她。""知道是什么人吗？""她没说。她这个人有主意，又不是惹事的人，没有乱七八糟的事，我也不好追问。""她还有什么不对劲儿的地方？"郝忠沉默一会儿，摇摇头。在杨华离开时，郝忠说："她包里有一个钱夹，挺好看，我以前没有见过。在车上她拿出来看看又放回去了。""钱夹有什么特点吗？"郝忠仔细想想，双手比着："钱夹有这么大，红色的，外面的金属扣像只大蝴蝶。"

杨华又加派了警力，嘱咐医院精心治疗。赶回办公室后，他向王浩局长汇报了郝忠的情况。王浩指示：郝忠身边要派激灵点儿的同志，把他所知的刘飞飞的情况，点点滴滴都记录下来。杨华说都布置了，许乐然正好在王浩身边，听到后主动要求到医院陪一天。

纠缠刘飞飞的人是谁？是那个福建人吗？

刘佳丽的照片经过放大处理，真人一样，侦查员人手一张。电视台、报纸都刊播她的放大照。

排查刘佳丽的电话通话记录，调查组锁定了四个号码，并一一落实了机主情况：三个移动号码都是在滦阳市开矿的，一个福建人，一个浙江人，一个湖北人。许华东，福建漳州市人。2005年到滦阳市，在滦北县开选矿厂。毛卫星，浙江金华人。2006年到滦阳市投资铁矿，现在滦南区小营镇。高一程，湖北宜昌人。2002年到滦阳，在滦阳市双山镇开选矿。三人除高一程早几年涉足铁矿外，其余都是在铁粉形势最好时进入开矿行当的，经历过日进万金的日子。每个人都有大笔的存款，日子过得随心畅快。可能因为都是南方人，又都涉足同一行当，三人在滦阳很快就成了熟人，每日聚在一起打牌、喝酒、泡洗浴，心血来潮了出国转一圈。

还有几个哥们儿也经常聚在一起。这天，他们在丽日大酒店遇见了推销酒水的刘佳丽。几个人在酒桌上拿刘佳丽当赌注：谁先挂上手，算赢。输方每人十万，送给胜者贺喜。高一程来滦阳虽早，年龄却最小，先出头把刘佳丽请上桌。行了一场起多少酒瓶、送多少小费的酒令。这是刘佳丽第一次上桌陪客人喝酒，得了 1100 元的开瓶费。这一晚高一程出了不少风头，也喝高了，车没法开，便住在了酒店里。毛卫星得到了送刘佳丽的机会。在酒店下面等了一个多小时，等着刘佳丽从酒店出来，他开着"Q7"当了一回刘佳丽的车夫，把刘佳丽送到了住处外的马路上。刘佳丽婉言谢绝了毛卫星再送一程的盛情。毛卫星用小伎俩，以自己手机没电为借口，用刘佳丽的手机拨打自己号码，"偷"来了刘佳丽的手机号。之后几天，毛卫星展开了进攻，中午、晚上地邀刘佳丽吃饭。刘佳丽不想得罪这个财神，但觉得人家很规矩，要请吃饭又不是别的事，不想去，谢绝就是了。毛卫星看单独邀请有困难，便组织哥儿几个接连光顾刘佳丽推销酒水的饭店，每次都出手大方，又负责护送其回家。这让刘佳丽所在饭店的许多服务员羡慕不已。高一程、许华东也不甘输掉，轮番献殷勤。

知道刘佳丽出事了，几个人蔫儿了，警察一次次地传唤，吓得三个人小脸黄了好几天。

另一个号码机主身份证照片不清晰，在案发当天，与刘佳丽通话两次，每次时间都很短。身份证名字陆小东，1978 年 10 月生人，滦阳市滦西县人。滦西是滦阳西北部的一个县，与内蒙古搭界。

陆小东的身份证是假的。这三个字像三只张牙舞爪的螃蟹，被杨华写在一张 A4 纸上。杨华盯着陆小东这个名字，眼睛瞪得溜圆。

许乐然在医院陪了郝忠一下午和一个通宵，他与郝忠说说停停。晚饭二人是一起吃的。

关于那只红色钱夹和大蝴蝶金属扣，许乐然画了好几张图。

王浩把张翔叫到办公室，布置对苏强和肖氏兄弟的抓捕工作。王庆峰被派到滦北县公安局，挂职锻炼，任局长助理。

三十

　　汪碧菡心里经历着从来没有过的不踏实。这两天，一有空闲，杜梅就和她凑在一起，聊天、散步，询问她房地产开发的情况。杜梅对房地产很在行，有时闲聊的问题，让汪碧菡有些难以应对。

　　到滦阳前，汪碧菡做过这方面的准备，有关建筑、房地产开发的知识，恶补了几天。但也只是一些常识性的东西，再深入就不行了。杜梅呢，有一搭无一搭的问话，总是些政策性的东西，让汪碧菡捉襟见肘。房地产一度是林氏集团的支柱。汪碧菡从资料中得知了这一点，便对房地产格外留意，对滦阳的房地产做过一番调查。滦阳与北京邻近，是国际旅游名城，又是清朝的第二个政治中心，素有"夏都"之称。老城区受景点牵制，房地产趋势在城外，城郊的滦河之滨是最理想的地块。她用两个晚上，把开发滦阳滨河丽水的想法整理成投资意向，交到刘董事长的手上。刘董和外方老总对汪碧菡的商业眼光大加赞赏，促成了她的滦阳之行。汪碧菡不知道华峰老总是看上了她提出的意向，还是看重她国资委领导的后台。投资意向换成了要她最短时间上交立项报告的意见。汪碧菡不去管这些，顺利到滦阳市是她的目的。

　　杜总的关注让她不能不提防了。一个策划部主任，对她策划的项目是门外汉，从哪方面都说过不去。她只好和临阵磨枪时的"老师"保持密切联系，网上商讨。

　　"老师"对她的敏捷思维曾十分赞赏，以"探讨"的姿态和她对话。叮嘱她政策和市场是两条腿，这两条腿站稳了，其他都不算问题。汪碧菡无法和"老师"讲明她滦阳之行的真正目的。

　　汪碧菡只好装了，把话题来一个通俗化。像大学老师讲小学课程，不玩高深玩童话。就像云雾山庄，咱们让高处耸进云雾里，说云雾下面的事情。

　　今天的闲聊话题就是地域区位。滦阳有区位优势，毗邻京津。作为国际化大都市的近邻，要体现什么？不是现代化，而是民族化、个性化。滦阳的个性化体现在哪几个方面，自然的东西是外表，核心的东西是滦阳历史文化。滦阳历史悠久，殷周时是山戎、东胡少数民族活动的区域，是燕侯的地盘。秦汉以后，这里设置过管理机构。先后有汉、匈奴、乌桓、鲜卑、库莫奚、契丹、突厥、蒙古等民族文化的交融，孕育了红山文化，时至今日，仍活生生地印证着一个民族从游牧生活到农耕生活的过渡。作为历史文化名城，滦阳融和了皇家文化、古建筑文化、佛教文化和中原儒家文化。

汪碧菡是在展示自己有限的历史积淀，她觉得把话题拉扯远了，再扯远就与房地产开发不搭界了，便又收回来。说起京津后花园、木兰围场等话题，也能让杜梅云里雾里一番。

许乐然对她的房地产开发不关心，倒是觉得她快成富婆了，说雇我做保镖吧，来个官商合作。汪碧菡说："你差远了，我直接和市长们对话。"

汪碧菡对杜梅还是心存忌惮。她索性来个主动，拉上杜总实地参观她的"滨河丽水"规划项目。

项目所在地是滦阳镇。滦河穿镇而过，沿河两岸是大片稻田。十里稻花，百里蛙鸣。近几年，靠近市区的村镇，陆续被开发。菜农们一夜间成了市民，住进了高楼，还有些不习惯。男人们到城里谋差事，或者挺进京津，大多数就近安排在企业当工人或保安什么的。脑筋活络的，自己当起了老板，拉起一支队伍承揽工程。女人们不用风里雨里下田干活儿了，到市场摆摊儿做生意。苦了孩子们，上学要坐公交车，学校都是城里的管理模式。一天两头见星星，再没有早九晚五的作息时间了，课程多，老师严。不少孩子干脆把书包一扔，去城里闯荡。

汪碧菡是第二次见镇长，镇长握住杜总的手摇了又摇，喊她是财神奶奶，到这儿救苦救难来了。镇长这样颠三倒四说话是因为才挨完批评，开发区管委会领导说他思想僵化，不会借鸡下蛋，再这样拖城市化建设的后腿，要撤换他，正发愁呢。他想把汪碧菡前些天来镇里参观考察的事，当成"前进的步伐"上报一下，可汪碧菡一阵风似的，再没回音了。这下好了，汪主任又带来一位杜总，说什么不能再让她跑了。赶忙召集在家的镇领导一起陪着，他想中午饭的安排，镇里条件不好就去城里，无论如何，要闹出名堂，也好对上面交代。

汪碧菡拉着杜总，由镇长陪着，沿着滦河的村子看了好几处。汪碧菡随走随介绍：这里是进入北京市区的入口，也是滦河从西北绕过群山进入滦阳市的上水。将来北京到滦阳的高速公路修通，一定占区位上的优势，上风上水，潜力无限啊。

镇领导之后的介绍，杜总没有入脑。她走神了，想起了遥远的家乡，也曾有一围山，一片水，绿油油的稻田，有她的童年，她的青春，她的向往。

在村里，一些村民听说搞开发的女老板又来了，三五成群地聚在村委会，村长很刁钻，上来就提要求，回迁啊、补偿啊等等一些实际问题。镇长怕把两位财神奶奶气着，便处处挡驾，事事维护。有的村民嚷嚷，说镇长得了好处，胳膊肘往外拐。村长也怨镇长哄秃老婆上轿。这下镇长来气了，大骂："你个孙老八，还想不想干了，你们造反啊！"村长被骂得清醒了，又骂村民："我操你们祖宗的，家有千口，主事一人，老子说了算，谁再呛呛，老子劈了他。"这样一骂一吼，全都消停了。镇长红着脸给杜总和汪碧菡赔不是，杜总没有生气，反倒觉得挺新鲜挺开眼。

回城的路上，杜总老夸汪碧菡很能干，这么短时间就深入到实质问题。汪碧菡很谦虚："只能说刚起步，还是初研阶段，老百姓的问题很不好办。"汪碧菡谢绝了镇长和另一镇干部的真诚挽留，她有原则，绝不能给镇里添任何经济负担。这点也让杜总很欣赏，镇上那么热情，让杜总受不了。

滦阳镇政府的办事效率真正体现了高效快捷，村镇两级的手续一天之内就办妥了。开发区管委会特事特办，作为重点项目上报市发改委。

杜总和汪碧菡拉近了距离。这之后有一次去华峰矿业集团办事，她问汪碧菡是否同行，这让汪碧菡心中一热。她对杜总的兴趣，延伸到案子以外了。

许乐然率领调查组再赴哈尔滨，同市公安局技侦大队协商，留几个同志共同参与电话监听工作，再三强调是省厅领导的意见。东北的警察对留下人手参与工作，多少有些不信任的感觉。饭桌上提出："许局长，你也不用表白了，喝酒吧，这些酒喝了就不用嘚瑟了。"许乐然是酒桌上的熊人，徐海燕想替他喝，无奈东北哥们儿早防着："老妹，有你的酒，你也别嘚瑟。"徐海燕把话题引开说："我怎么觉得这个词不是好词呢！""词不好酒好！"把话题又给扯回来了。

许乐然在宾馆吐了一夜，上午还爬不起来，只好定了下午的飞机票。调查组留下四名同志，其他人随许乐然飞往广州。他们把方小丽、王燕、小慧（王慧）以及陆小东四个人的情况通报给广州相关部门，随即又飞往三亚。

徐海燕乐了，紧张是紧张，但这样天南地北地跑，简直是超级旅游。许乐然一点儿也轻松不起来，虽说只有一点儿线索，但就是瞎撞也得撞一下。

三亚刑警支队秘书科科长长得有点儿像舒淇。普通话说得很好，细问才知道是从兰州招过来的。许乐然套近乎说，你们的领导真会选，使你从大西北的风沙中一下就飘进南海里。事后，徐海燕逗她，你挺会讨漂亮女孩子的好啊。许乐然给说愣了，回过神："我会吗？她漂亮吗？"徐海燕装傻："她的厚嘴唇漂亮。"许乐然用杨华的口头禅批评她一句："净扯些用不着的。"

科长把他们说的情况做好登记，答应马上布置下去，许乐然留下联系电话，又强调一次："这几个人很重要，务必高度重视。"科长有些不耐烦："不放心，你来布置。"许乐然忙说："没有，你安排就是。"又把公安部的警官证递给她，科长扫一眼，眼睛放光，轻声说："你放心就是！"还浅浅一笑，酒窝也像舒淇。

晚饭时，许乐然请大家吃海鲜，说海滨有大排档，又新鲜又便宜。徐海燕又插话："便宜没好货啊！"许乐然瞪她："真该把你嫁到这儿。"许乐然指着一个被海风吹得黝黑的渔民。徐海燕美滋滋地说："那可好，天天吃龙虾。"许乐然冲着同行的弟兄们说："听听，还想吃龙虾！"大家一起笑了。

老板耳尖，早就瞄上了这几个内地人："有！这里有，龙虾、鲍鱼都有。"还看着他们拉近乎，"一看就知道几位是北方来的吧。"

徐海燕白他一眼："套啥近乎，有酒吗？"老板一指："有。"徐海燕见是啤酒，嚷嚷："白酒！谁要啤酒！"老板指着后边的商店："要喝我去拿。"许乐然对酒精过敏："行了，鲍鱼什么价？"老板一伸巴掌："50。"许乐然又点了龙虾，一顿饭下来花掉五百多。徐海燕感叹："上当了。哪里是龙虾鲍鱼啊，还没有基围虾好吃。"

夜晚的三亚，潮热发闷，海风腥咸的气息淡了些。几个人走在滨海椰林里，灯光把椰子树描画的极富情调。徐海燕抒情了："真该在这里恋爱一场。"许乐然说："我导演，选男一号吧。"

三十一

郑楠翔获得了信息，李河铅锌矿的一位工程师在爆炸案发生后，再没有出现过。

信息是保安小强透露的。小强和小刚是孪生兄弟，哥儿俩闲聊时说到这位工程师。小强说这个人长得跟鬼似的，白天睡觉，晚上熬灯干活儿。说者无意，听者有心啊。小刚学给郑楠翔听，郑楠翔马上汇报给老领导。老领导告诉他，王庆峰在滦北，以后有事可以找他。

古文辉邀上王强："咱们得转啊！去滦北看看？"王强附和："随你。听老婆的话，跟党走；多吃菜，少喝酒；遇到危险别停留……"

古文辉、王强径直去了滦北铅锌矿。到月底，所有矿山一线停止炸药供应，现存的封箱后，统一保管。

办公室褚主任接待他们，由于李河去了县里，王强让老褚联系一下，就说见不到李总，想啊。李总在电话那面，笑呵呵地答应："马上回来。"

古文辉对炸药库轻车熟路，管库员打开库门，炸药已经使没了，只有雷管和导火索。古文辉闲话一样，问管库员："使用量这么大，放炮员技术行吗？"管库员不假思索："怎么不行？还有专业师傅呢。""专业师傅？没见到啊！瞎吹吧。"管库员笑了："这事有什么吹的。"

古文辉问老褚："谁是专业师傅？"老褚说："培训一段时间走了，是总部的吧。"王强附和："就是大企业，处处显出规矩。"古文辉同意："上次现场会该和其他矿讲讲，放炮员要经常培训，这方面安全了，矿山安全就有了一半的保障。"

从炸药库出来，古文辉对这名"专业师傅"很感兴趣，问褚永巷："这名师傅是什么时候走的？还来吗？"褚主任说不上来，应承着："走了一个多月了，还来不来我也不知道，都是李总安排的。一会儿我问一下李总。"古文辉显得不耐烦似的："什么大事啊，还得李总安排！他是哪儿的人，滦阳的吗？"褚主任说："不是，一看长相就不是，南方的。"古文辉不再深问，话题一转："放炮员在哪儿？全都招呼过来，这些人要严查一下。"李河一个小时后赶了回来，见到古文辉和王强笑眯眯的。古文辉逗他："人家是财大气粗，你是笑脸迎财，越笑越发啊！"李河更乐了："大家帮忙，大家帮忙。"王强背地说过，李河这个南蛮子，只要不从他兜里掏钱，骂他祖宗也乐呵。古文辉今天就来触碰他这个禁忌："李总，今天要让你破费了。"李河的笑容立马没了，真是灵验。古文辉又说："我和褚主任说了，把放炮员全部叫来，我有事布置。"李河看了褚主任一眼，褚主任说："我安排了。"

晚饭前放炮员到了两人，另外一个出门了。李河冲褚主任发脾气："他出门请假了吗？不是说好了，没有事也要在家听招呼，随叫随到吗？"褚主任支吾着，李河又说："马上下通知，扣他奖金。"

古文辉对两个放炮员说："去你们的办公室。"放炮员说："没有办公室，宿舍行吗？"古文辉说："是你们单独的宿舍吗？"放炮员说："我们三个人一间宿舍。"走进去，里面有四张床，上下铺的。屋子里有单身男人臭烘烘的气味。古文辉让他们把橱柜打开，把床下的纸箱子全掏出来，翻看一遍。橱柜里有使剩下的导火索，还有两个雷管、导线、电池。古文辉说："你们专业师傅没教你们，这些东西不能私自存放吗？"两个放炮员脸红了，显得更黑。古文辉问："你们的师傅住哪儿？"两名放炮员带着他去了一间办公室，就挨着宿舍。"人呢？"古文辉问。"走了一个多月了。""去哪儿了？""好像不在这里了。"古文辉不解："怎么好像啊？""听说的。""是不干了，还是回家了？"两个放炮员对望了一眼，都摇头。古文辉又问："他来了多长时间？都怎么教你们的？这些东西按要求应该怎么放？"两名放炮员知道犯错了，都不答话。古文辉又问了刚才的问题："他在这里多长时间，怎么不说话呀？""有几个月，记不清了。我们错了，放过我们这次吧。"古文辉便说："放过你们行，但你们要说实话。"两名放炮员便说："都是实话。""他叫什么？""都叫他李工。""什么名字？""没有说名字啊。""哪儿的人？""好像是南边的，说话像李总。""他是什么工程师？""不知道，就叫他李工。"古文辉又问："他的办公室你们常来吗？他还在哪儿办公？他去矿上的坑口里吗？"古文辉问得急，两名放炮员答得结巴："他不去。他没怎么教我们放炮，我们都在县里学习的。"古文辉问："能进他办公室里吗？"两名放炮员要去找钥匙，古文辉制止了，告诉他们："你们的事，我就不和李总说了，把这些雷管、导火索都送进库里。我不说，你们自己也别说，那样扣工资我就不管了。"两名放炮员连声说谢谢。古文辉又说："李总问，你们打算怎么说？"放炮员看看他："就说你什么都没说，就是看看我们有没有存放炸药什么的。"古文辉点点头，让他们走了。

褚主任看古文辉出来了，上前问行了吗？古文辉大声说："我看看他们宿舍，还行，没有私藏。把别人的屋子也打开，我也得看看。"褚主任找来秘书，又看了看专业师傅的屋子。古文辉转转看看，随手拉了一下办公桌抽屉，翻翻橱柜，便出来了。看到李总，古文辉笑呵呵地说："放炮员素质不错，挺规矩。李总真是大企业家啊，细节决定成败嘛。"李河笑了。王强说："李总可是担心呢，不知你古大组长发什么神经。"古文辉故作感慨："我是想看看最规矩的矿山有没有安全漏洞，回去有吹乎的。我哪像你左右逢源，人见人爱啊。"这话说得王强乐了，冲着李河喊："我是人见人爱吗？"李河帮着吹嘘："你是大众情人嘛。"几个人嘻嘻哈哈一番，上了酒桌。古文辉不忘那位所谓的工程师，侧脸问李河："李总，听说你聘了放炮的专业人才，怎么走了？"李河平淡地说："那是个怪人，干了几个月就不干了。"王强在一旁插嘴问道："什么怪人，连李总的饭碗都不愿意端。"李河说："是别人介绍的，五百年前是当家子，嫌我这个庙小去别处发财啦。"

古文辉暗暗叮嘱自己，打住！再问就过了。这个姓李的工程师，是"炸弹专家"吗？

三十二

何小峰让褚永巷尽快搞定李河的授权书。褚永巷说这是大事，不容易办，得放慢速度，等等机会。何小峰心里骂，你奶奶的，耍滑不看看跟谁。表面上却说："机会要创造，哪有天上掉馅饼的事。我三天后要用，你看着办吧。"褚永巷有点儿急，说太急着办，会出事的。何小峰不客气地说："什么叫出事，强奸算不算出事？"这话说得褚永巷心里冰凉。

褚永巷惹不起何小峰，一晚上都在想这件事。何总、李总和那名小姐的面孔轮番在眼前转。"强奸"这个词比割他的肉还痛。他苦苦想了一夜，不知到什么时候，有了主意。他想了好几种办法，最后认定有一条最可行的，便睡着了。

早晨他打通何小峰手机，约见面的时间地点。何小峰把见面地点选在滦北县城金海岸商务会馆的一间包房里。两人要了一壶铁观音，做着足疗，慢慢品茶。足疗服务员退出后，褚永巷说："李河是个谨慎的人，让他亲笔签字，确实很难。"何小峰不言语只是听着。褚永巷又说："何总，不妨用点儿非常措施。"说完喝了几口茶，停了停，见何小峰的眼睛居然闭上了。何小峰半天听不到声音，睁眼看褚永巷竟然也合着眼。何小峰说："完了？"褚永巷"醒"了说："我看你睡着了。"何小峰话中带刺："我是有点儿白痴，你说，本人听着呢。"褚永巷心中的一点退路也堵严了。面对何小峰这样的人，还是铁了心从了吧。褚永巷说："李河很邪性，喜欢处女，我们可以利用这一点。"何小峰脸上浮起一层不易察觉的笑意，慢条斯理地说："褚兄是用心思了，兄弟心里有数。还需要褚兄做很多事情啊。"褚永巷心里像是被针刺到痛了一下。心想，从此就是白眼狼了。

第二天，李河接到王强的电话。王强开了几句玩笑后说："李总，兄弟为难了，上次检查出点儿小状况，你得亲自来一趟。"李河听出有没说完的话含着，追问："王支队长，有什么事你电话吩咐就是，哥哥照办。"王强显得很为难："咱们是什么交情，你就算来看看兄弟吧，不来不行啊。"李河没办法了，想想说："就我一个人吗，别人去不去？"王强不耐烦了："你来了就知道了。再说，我还有点儿私事请李兄帮忙。"李河是牵着不走，打着倒退，忙说："那好，那好，明天一定到。"

在王强打电话前，何小峰派郑楠翔提早见了王强，并送上一个信封，嘱咐一番。王强明白信封里是什么东西，有意推辞。郑楠翔认真了："何总说不是给你的，是让你受累花出去的。你再推，我这个差事就办砸了，回去还得挨板子！"王强说："那我就只好受累了。"二人哈哈笑着，事情便妥了。

这几天，何小峰和罗立天热线联络。罗立天在赤峰的黄岭，正为何小峰跑矿。那儿有一处铁矿，矿主摆不平老百姓，停采好几个月了。罗立天在那儿又烧烧火，老板有心原价出手。罗立天说："那可是几千万都不止啊。"他又渲染着，"我一闭上眼，就看见金条在晃。"何小峰也急，他明白这是绝好的机会，可几千万不是小数目啊。原矿主也是看在何小峰没少帮他忙的份上，先考虑他接手。想上手的不止何小峰一家，那是座金山，谁看着不眼红。眼红归眼红，何小峰不松嘴，别人还真弄不去。原矿主给他一个月期限，说兄弟也是急着用钱，不然不会催你。何小峰心里明镜似的，要八百万就是关照了，别人不会低于一千二百万。何小峰嘱咐罗立天，做好准备，听我招呼，钱马上就有。

罗立天明白何小峰要有动作了。老百姓可真是衣食父母啊，他们不闹，这么好的矿又怎么能到咱们手里，都是带来财运的好人。罗立天等了好久了，只是何小峰有点儿磨叽了，他要干一番大事的想法快冲顶了。"怒发冲冠"嘛！他平时喜欢唱两句，记住了这个词。他最佩服有学问的人，太绝了。他平时说话也喜欢拽点儿词——耗子嗑茶碗嘛。他让弟兄们也多学点儿，在场面上不至于被人看扁了。

罗立天让苏强准备准备，这一两天就回滦阳。苏强点点头说："这就去准备。"他喜欢苏强这点，听招呼，从不多问。这是做小弟的本分，不该问的从来不问，照说的去做就是了。

苏强嘱咐二力，收拾东西。肖二力想家了，他想看看老妈，忍了好久了。肖大力心野，在外面待多久都行。肖大力把老爹骨灰背回来，存放在箱子里，箱子放在床头。他的做事方式含蓄，有城府，上次成功脱逃，一半是靠自己的城府。

苏强不喜欢肖大力，说大力阴，没一句实话。二力也不和大力亲近，虽说是亲哥儿俩，倒像是外人。大力在江湖上出道早，是人物，看不惯苏强他们血腥暴力。二力呢，喜欢的就是苏强的仗义，像个爷们儿，遇事敢字当头，浑身是胆。罗立天是半个老头儿，显得离他们远。

苏强让二力带上两个姑娘，要柴火妞。柴火妞就是没出过门没见过世面的乡下姑娘，土，土得掉渣才好。二力这方面是高手，糊弄姑娘有一套。

从黄岭到赤峰再经克旗进入滦阳地界。两辆白色丰田霸道很是扎眼。

穿过塞罕坝林场时，两个姑娘看得直眼了。这两个姑娘前后分开坐，挨着罗立天的叫小燕，另一个叫小麦。二力到村里，选美一般哄走了两个刚刚上完初二的姑娘。附近村子里想去北京挣钱的不少，二力便说是给北京的宾馆招服务员，相身材还得相脸蛋。二力找到了小燕和小麦，此时俩人辍学在黄岭铁矿附近的歌厅干了一个多月的服务小姐。小燕姑娘眼睛扑闪着，对什么还都新鲜，嘴巴也甜，一路上叫肖二力二哥，问个不停。二力也有耐心，漫漫路途，说话解闷。但二力也怕苏强听着烦，便不时偷偷地看他的脸色。

前车坐的是大力和小麦。小麦不爱说话，手紧攥着座椅后面的扶手。大力看她几眼，想搭几句话，可见小麦的眼神总躲着他，便没了兴致。司机放着京剧碟，因为罗立天喜欢。不想罗立天也挤到苏强车上，挨着小燕坐着，他像一路不怕挤似的。

到滦阳市已是下午五点。途中停两次，又在莲花镇路旁饭店吃午饭。店老板又胖又矮，远处看，只见上身和一双小脚。老板招呼大家去了雅间，饭菜是他代点的，很可口。罗立天和苏强每人一个扁二。大力看服务员提着啤酒，想要又不敢张口。苏强说声每人一瓶，又给两位姑娘每人点了一瓶可乐。两盒烟是二力从车上拿下来的。二力知道苏强的脾气，有事时绝不贪酒，没事时绝不饶酒。在酒桌上没人敢和他比，一个人敢和一桌人叫板。

晚饭在滦阳一家有名的酒店。饭店老板同何小峰熟识，安排了一间很隐蔽的包间，这就是何小峰的过人之处。他对罗立天的手下从不打听，但心里明镜一般。接风酒在滦阳市区安排，只有何小峰敢这样做。夜晚的滦阳，霓虹灯闪烁，谁会想到一个月前把滦阳搞得鸡犬不宁的人，会大摇大摆地走进市区的星级饭店。

何小峰早早在饭店等着，酒菜是老板帮着点的。见到罗立天，二人热情拥抱。罗立天把两位姑娘介绍给何小峰，何小峰的眼睛在镜片后面放光。

罗立天还要介绍，何小峰插话打住："罗大哥的弟兄也是我何某的弟兄，今天远道而来，辛苦！酒要多喝，别给罗总省着。"罗立天成了罗总，兴致更高了。何小峰把身边的褚主任介绍给他，加了一句，自己哥们儿。

两位姑娘紧挨着罗立天、何小峰落座。

烟是"软中华",酒是"国窖"。菜有海鲜和坝上的鹿筋鹿鞭。何小峰笑着说,要给罗兄好好滋补一下。罗立天吩咐几个弟兄:"喝个痛快,有我兄弟在,放开了整!"

宾馆房间预订好了,都是何小峰亲自订的,在滦阳宾馆。两个套房,五间大标间。罗立天和何小峰住在套房里,苏强等五人每人一间大标准间。何小峰有句名言:"该花不花,活着干瞎;能挣不挣,白活一命。"滦阳宾馆的老板关系硬,公安局从来不查。

两名小姑娘,罗立天和何小峰每个房间留一个。二力糊弄她们,现在你们就是老板的秘书。两名乡下姑娘没见过这等豪华地方,加上有白酒顶着,脸蛋红彤彤的。

早饭后,肖二力去苏强房间,请示苏强,想溜回家看看。苏强瞪他一眼:"老实待着。"肖二力给苏强泡上茶水。苏强爱喝普洱,二力喜好龙井。二人互不干扰,各喝各的。看二力可怜巴巴的样儿,苏强说:"一会儿找找小三,这小子上次帮了大忙,挺够意思的。"肖二力来了精神:"我这就打电话找他,用宾馆电话吧。"苏强没有言声。电话很快通了,二力只说了一句:"到市招805。"便挂了。小三听出来是肖二力,懒散的声音马上利索了。苏强告诉二力:"他来后,就别让他走了。"

三十三

杨华把滦阳的服务娱乐场所又翻了一遍。一名洗浴中心的服务小姐指认,有一个姓陆的福建人和小慧关系好。小慧就是王慧,王慧和她说过笑话,说这姓陆的有个特别的嗜好,就是喜爱吃小慧的小拇脚趾头。因为这个笑话,这件事她记得死死的。后来小慧去了广州,好久没联系了。

这名服务小姐被杨华"请"到办公室,他要亲自问清情况。这名小姐起初很放松,后来看到坐在一旁的杨华,黑脸包公一样,凶神恶煞的,说话就有些不连贯:"听小慧说,这个人有的是钱,哪个包里都一捆一捆的。还说,这个人瘦得像骨头架子,肉都长在那个东西上了。"询问的同事一起笑出了声,杨华瞪他们一眼。洗浴中心的小姐不敢说了。杜国飞问她:

"哪个包都一捆一捆的是什么意思?"小姐翻几下眼睛:"有钱呗!"杜国飞加重了语气:"都什么包?"小姐回答:"我也没问小慧呀!"杨华摆摆手,服务小姐被带了出去。

杨华问杜国飞:"制假证查得怎么样了?"杜国飞回答:"查了不少制假电话,大多都是通过物流公司代办。真是神了,都白费力气,封得严丝合缝,短时间无从下手。"杜国飞又说:"已经把在滦阳的福建、浙江籍人查了个遍,谁也说不出这个姓陆的是哪路货。"

滦阳宾馆反馈上来的信息让案件有了曙光。一名楼层服务员反映:在爆炸案当天,一个南方人和照片上的人(刘佳丽)在宾馆开了房间。这个南方人登记的名字就叫陆小东。当时陆小东扶着刘佳丽进的房间,不到一个小时,刘佳丽急匆匆地从宾馆出去了。刚进来那会儿,刘佳丽低着头,脸红彤彤的,像是喝多了。跑出去时,服务员才看清楚她的脸,就是照片上的那个人。

这确实是一个振奋人心的消息。陆小东——刘佳丽——王慧——方小丽——杜梅。这个链条串起的人名像是死神脖子上的项链。杨华把这一进展情况向许乐然、王浩做了汇报。杨华建议:立刻通缉陆小东,让全国各地往外"赶一赶"他。王浩征求许乐然的意见,许乐然说:"这个意见大胆,很有见识。只是案情上要伪装一下,对陆小东还是不要涉及。"杨华又说:"这样行不行,由哈尔滨警方把方小丽、王慧、王燕作为失踪人口进行协查寻找。"王浩最后说:"事关重大,要请示一下省厅领导。"许乐然表示赞同。齐副局长、韩副厅长对这个意见给予了肯定。

多名警察在滦阳宾馆出现让罗立天惊出一身冷汗,他以为哪里走漏了风声,准备掩护苏强几个人撤离。后来他从服务员口中得知是找一个在这里住过的南方人,才知道是虚惊一场,但还是不能大意。他叮嘱苏强,务必待在房间里。

李河按王强的要求,带着褚永巷到王强办公室报到。李河心里没底,褚永巷心里却清楚是怎么回事,揣着明白装糊涂吧。他问李河:"王支队刚刚走,会有什么事?你不是和他有交情吗,还值得你亲自去一趟?"李河说:"公安局和安监局是爷爷,得罪不起。让去就去吧!"李河很信任褚永巷,凡事总让他参谋参谋。褚永巷也有眼力头儿,说话从来不戗着,办事也地道，让李河用起来很顺手。这次卖主求荣，褚永巷心里也翻腾了几次。

何小峰准备了 A、B 两个方案。目前，一切按着 A 计划有序地进行。

王强说的公事，是让李河签一张隐患整改通知书和一张安保责任状。王强故作为难状："奥运期间，所有的爆炸物品使用点都得关闭。让你的选矿转着，你也得争气呀，别给我惹事。"李河点头作捣蒜状："王支队没少关照，我心里有数。"王强有些生气了："你有什么数，让你生产，是国家政策好，你谢也谢不着我个人，要感谢共产党，让你来就是这个意思。不要你钱，不要你物，只要你听招呼。"李河连声说："那是，那是。"褚永巷在一旁赔笑，还反客为主，忙活着给王强、李河的杯里添水。李河抿一口茶水，说："好茶，王支队的铁观音不错呀。"王强说："哪敢在李总面前卖弄。这茶也是一位福建矿主拿来的，我是外行，喝着解渴就行。"李河指着褚永巷："记住，大红袍啊，让王支队品品。"王强接着刚才的话茬儿："有问题的矿山矿点要停产。"李河的眼睛盯着王强转，好像每句话都很重要，这一听说要停产，嘴里的"啊啊"声大了："停产不得了，不得了。王支队得关照啊，不能停的。"王强喝水品茶，看着李河，前额的血管都凸出来了，然后又慢条斯理地说："你们几家，情况特殊，我争取一下，要生产也得立责任状，签字据，不能出安全问题。"李河听着听着笑了："保证没问题，什么事也出不了。"王强把责任状递过来，让李河签字。李河推给褚永巷："快签快签。"王强说："必须是法人代表签，不能代签。"褚永巷拿出公章和眼镜递给李河，李河把责任状仔细看看，签上了字。

王强又仔细审核一遍。他不着急，要是下午四点来更合适，这样工作完了，自然到了吃饭时间。看看表，还有两个多小时下班，干什么去，不能让李河在这儿扯闲篇吧。褚永巷心里有数，便在一旁静候着。王强看得细，李河在一旁也不出声，时间安静得似乎有滴水声。王强又把责任状递给李河："摁个手印。"李河感叹一声："哇噻，还得摁手印。"王强递过一份来，"一式两份。"李河便又走了一遍程序。

一切妥当了，李河嘱咐褚永巷："记住，大红袍！下次带过来啊。"王强也不客气，微微一笑，问李河："李总晚上有什么安排吗?"李河想起，王支队长是说会公私兼顾的，便说："有的，有的，王支队长要赏光啊。"王强说："李总误会了，是我想安排你们二位，过去总是骚扰你们，今晚我做东，李总要给面子啊。"李河忙说："不行，我让老褚安排了，晚上请王支队长，你约几个人。"王强也不再推辞："也好，我约了几个朋友，你们也认识认识。"便拿起电话，拨打着。电话那头的人像是在等招呼，马上敲定了。

王强问："李总有没有定点饭店？"李河说："我没有，你定吧。"王强又定下饭店。此时时间尚早，李河带上老褚先走了，约好晚上饭店见。

王强打电话给何小峰，何小峰说："我不便出面，让我朋友去吧。"王强说也好，何小峰又说了句什么，王强哈哈大笑起来。

何小峰说的朋友是罗立天。罗立天带着一位兄弟和两位"小姑娘"前往赴宴，"小姑娘"一夜间长大成人了。何小峰、罗立天甚是满意，夸肖二力会办事。小三带着司机小赵和两位姑娘去溧阳商城，让她们两个挑衣服。小赵心善，在车上说："你们随便选，拣贵的挑，有人付账。"

王强订的饭店是一家名为"江南春"的老馆子，离安监局隔一条街，是王强的定点饭店。平时矿主们到市里，都是王强定地方。李河、褚永巷已经到了，刚才他们从王强单位出来，到了糖酒批发部，买了一箱茅台、一箱五粮液、五条软中华。

王强、罗立天带着小燕、小麦准点到了饭店。李河的一双眼睛在小燕身上转来转去，又看看小麦，觉得很眼热。王强哈哈笑着把罗立天介绍给李河："这是罗总。"又介绍李河："这是李总。"罗立天的一双大手用力握着李河，李河嘴角一抽，嘶嘶哈哈地，忙抽出手来，伸向两个姑娘，不想小燕的小手很有力气，李河没有握痛她。王强又把褚永巷介绍给罗立天，大家客气了几句便落座了。

王强说自己今天是陪客的，主请是李总，罗总、小燕和小麦姑娘才是客人。李河看着两位小姑娘很兴奋，附和道："都是，都是客人！"张罗着烟酒伺候。小燕、小麦才进城两天，过着下饭店、住酒店套房的红火日子，自然是兴致勃勃，白酒倒满杯也不在乎。李河酒量小，看两个小姑娘喝白酒，也不示弱，自己倒了一玻璃杯。王强看褚永巷又是发烟又是上酒的，心里掩饰不住的欢喜。罗立天脸上更是洋溢着笑意，他知道李河见到这两个姑娘什么事情都放在了脑后。

小燕、小麦从小就与酒有缘。她们成长在蒙古人居住的地方，蒙古人都能喝酒。俩人虽说年龄不大，每人一斤白酒不算啥。李河惨了，看着鲜花一样的小姑娘，自己也豪爽了，可一玻璃杯白酒下去，他的脸就如紫茄子一般了。褚永巷怕他喝坏了，说一杯就行了，平时他也就两三盅的量儿，今天是高兴了。李河话也说不出来了，手脚木头一般，想摸一下小燕的大腿，手拍空了。要不是小燕拉他一把，人就栽地上了。他脑袋耷拉着，顺势扎在小燕的腿上，鼻涕口水蹭了小燕一衣服。小燕纯朴，没有当回事。褚永巷忙扶他坐正，他的脑袋枕着椅背，双眼盯着小燕，死人一般。

王强便让李河休息，多喝点儿茶水，让褚主任冲锋陷阵。罗立天和小燕、小麦喝得热火，举杯敬王强，每人碰一下杯，喝了一拇地（一手指深度）。褚永巷说："王支队长，咱们都是自己人，少喝点儿吧。"王强也不答话，把剩下的酒都喝干了，褚永巷只好也喝干杯了。

服务员又上来满酒，褚永巷喝不动了，想来半杯。不想小麦姑娘夺过酒瓶子："酒不满，心不诚。大老爷们儿，真磨叽。"说得罗立天朗声大笑："瞧瞧人家小麦，不说是不说，一说就雷人。满上，像个爷们儿。"褚永巷只好满上了。小麦受到鼓舞，端起杯子："褚主任，我敬你。"也不管褚永巷同不同意，一玻璃杯白酒一扬脖儿就干了。这下褚永巷傻了，这不是要命吗？他想打赖不喝，不想王强在一旁盯着。这时小麦把酒杯举过头顶，罗立天明白这是蒙古人的敬酒方式，再不喝就要唱歌了。褚永巷只好端起玻璃杯喝掉一大口，小麦也不言声。罗立天帮腔："快喝，一会儿小燕又要敬了。"吓得褚永巷双手不停地作揖。李河听到说笑声，眼睛睁了一下，眼皮很沉又合上了。他不时抡抡手臂，拍下小燕的腿，小燕也不恼，起来也要敬酒。褚永巷的手捂着杯子，看着王强求救："王支队长，你得说话啦，我真不能再喝了，喝多了什么也干不成了。"罗立天明白他话里的意思，便放过了他，说："小燕，敬你王大哥吧。"小燕过来给王强满酒，二人碰掉半杯，王强看李河像要睡着了，有意刹车，冲罗立天说："酒就行了，罗总，我敬你和两位'嫂姑娘'。"说完，自己先笑了。罗立天也哈哈笑着，一起把剩下的酒都干掉了。

李河听到酒不喝了，立马精神了："喝多了，喝多了。"又张罗着上主食。罗立天看看李河，又看看王强。王强说："李总，你这酒量，以后得重新看你了。"主食上来了，李河端起面条，呼噜噜吃起来。小燕插话："李总是假装喝多，最坏了。"李河说："真不行了，难受死了。刚才要不是小燕姑娘扶我，我早就栽倒了。"小燕噘嘴道："哼，你是想干什么坏事。"说得一桌人哄堂大笑。

罗立天说："瞧瞧，人家小燕是学雷锋做好事。李总，可不能让小燕白做好事啊。"李总一听来了精神："不白做，不白做，一会儿就兑现。"小麦也上来："那不行，还有我呢。"李总一听更乐了："都有，都有。"说着手又伸向小燕的大腿。

王强说了收场的话："美酒、美人，今天李总可是双丰收啊。散了吧，不散李总又要醉了。"李总顺势搂着小燕的肩膀："现在就醉喽，站不起来了。"

罗立天问王强："一会儿想不想活动？"李河说："都跟我走，我领你们去一个地方。"李河一手拉一个姑娘说："和我一起去啊。"小燕、小麦有七八两酒顶着："去就去，谁怕谁啊。"李河的酒像彻底醒了，拍拍小燕和小麦肩膀："多好的小妹妹。"拉着她俩一起上了自己的车。两辆白色丰田一前一后向郊区驶去。

何小峰开着一辆黑色的奥迪A6跟在后面，向市郊的云雾山庄急驰。

三十四

杜梅在去往北京的火车上。她有一辆白色宝马，平时在滦阳市开开，去北京她喜欢坐火车。滦阳到北京有一趟往返的空调车，发车和到站的时间也合适，两头不误事。平日里杜梅喜欢走路，上山的路，她修上水泥台阶，平时组织员工们爬爬山。

来了一个汪碧菡，这个人让她很费心思。汪碧菡时尚、漂亮，开着辆北京牌照的红色奥迪A4，雄心勃勃地策划着"滨河丽水"项目。她随着汪碧菡实地考察，觉得这个小女子还真有眼光。双阳镇是块风水宝地，依山傍水，前景远大。

虽说云雾山庄是块宝地，依傍着云雾山，但也有些像自己，是个迟暮的美人。杜梅有心事，卸不掉的心事，像不能愈合的伤口，时时在流血。

总有新闻媒体和房地产开发的同行到山庄找汪碧菡。媒体想通过报道拉她做广告业务；房地产开发的同行有洽谈合作的，也有探风的，一致说她的项目富有远见和挑战性。反对的声音极少，但是有权威人士评论：太超前的开发就是在赌，风险太大。一个黄毛丫头，不知天高地厚，有哭的那一天。

这个汪碧菡，却跟没事人一样。这一点，让杜梅心里画了个问号。即使她只负责策划，赔赚有华峰集团埋单，也不能如此轻松。汪碧菡的轻松让本来就心事重重的杜梅心里很不痛快。

只有汪碧菡心里明白，她永远不会在这个项目里掉眼泪。虽然她是用这个项目作掩护，可就是真的做房地产开发，她也不会输掉了就抹眼泪。她是一个不喜欢哭的女孩子，从小就这样。她已渐渐喜欢上了这个伪装的职业，喜欢它的挑战和风险。有时午睡醒来，她就真把自己当成了开发商。她明白，这是太投入的缘故——不知身在何处。对于媒体和同行来访，她更是投入，加上语言的渲染鼓动，往往把自己都感动了。

黄助理和山庄的姐妹们趁着杜梅出门，频繁地出入汪主任的房间。几个平常走得近的姑娘会来事儿，来时不忘带来些时令水果，这倒让汪碧菡不好意思了，便在房间备些糖果零食，一屋子人吃着水果，说些姑娘间私密的话，笑声不断。

汪碧菡越是含而不露，姑娘们愈是往来不断，总想打探点儿实情。汪碧菡一遍遍地在心里道歉：原谅我善意的谎言吧！

汪碧菡仍在努力向华峰总部建议，力陈滦阳开发的美好前景。杜梅通过李山几次打探汪碧菡的情况，李山不知道更多的信息。

杜梅时不时离开山庄，三五天不见身影，这让汪碧菡更加坚信自己的判断。汪碧菡心里渐渐踏实了，相信自己有能力掌控她。

苏强和肖二力坐在何小峰车的后排座上。车里很静，谁都不说话，只有发动机低沉的轰鸣声。罗立天在前面车上，向何小峰通报情况。何小峰"嗯嗯"地应着，没有别的答话。做一些隐秘的事情时，何小峰总是自己驾车。他保持着车速，不快不慢，沉着冷静。他的大脑比车轮转得更快：

李河为什么要去云雾山庄呢？市里宾馆啥样的没有。他想不出答案，最后告诫自己：静观其变吧！事情大体上是按着计划发展着。王强把李河邀到酒桌上，酒是喝好了。两只花蝴蝶（他喜欢这样称呼小姑娘）也把李河的眼球整花了。褚永巷还算可以，配合得不错，何小峰充满信心。

苏强、肖二力在后面很安静。苏强感激罗立天，几次出手帮助他。为让他保命，罗立天没少费心思。这次罗立天有事，兄弟自当拔刀相助。道上有规矩，欠情要还，恩大抵命。至于罗立天有什么事，他不愿打听，该问的问，不该问的不问。罗立天让他和肖二力坐这辆车，他一路闭着眼，嘴巴也闭得很紧。

肖二力和小三在宾馆住了一个晚上。小三把二力娘的情况都一一说了。小三知道大力住在隔壁，本想和大力住一间房，可二力说，苏强让他住这间，他就得在这儿。听说母亲一个人，常常是一天只吃一顿饭，二力蒙着被子老牛一样哭了一气儿，哭够了，让小三偷着出去打车。两人悄悄去二力家小区楼外面转了一圈，见家里没亮灯，就又回到宾馆。

大力和二力没什么话，一整天都闷着。大力想得开，都是大人了，各走各的路吧。有二力的关系，苏强对大力还行。其实苏强也知道大力有手艺，《潜伏》里的余则成说过，城里有一半的锁他能打开。大力比他还牛，汽车门全能打开，防盗门能打开一半还多，只有保险柜目前还没尝试过。

二力人机灵，会看人脸色，这点让苏强心里舒服。小三是大力收的，理应让肖大力带着，但是肖大力心眼多，不得不防。小三是能在滦阳"露脸"的人，用处会很多。小三把骨灰盒偷出来的事，肖大力一直瞒着苏强，怕苏强翻脸修理他。道上的事，规矩很严，一点儿小事也会搭上命。肖大力知道小三早晚会加入，便把话封严了。那一万块钱是他一个月的工钱。钱他不缺，现在还不能取，警察会盯紧这些地方。肖大力在等，等风声不紧时，他会悄悄跑路。这也是他和二力不亲近的原因，他知道二力不会和自己走，既然如此，就别给他添事了，好聚好散吧。

这两天，他不明白罗立天为什么让他们回到滦阳，这不是作吗？躲都躲不及，还让自己扎进来了。他拿定主意，时时处处留意，一旦发现不对劲就开溜。

昨天郑楠翔送完"信封"，马上给何小峰汇报，何小峰很高兴，让他不要急着回矿上，在家待两天。郑楠翔想，太阳从西边出来了，何小峰第一次说句人话。何小峰的话不扎耳了，郑楠翔反而不习惯了，总觉得什么地方不对劲。人真是贱脾气，受不了别人由坏变好的突然变化。

郑楠翔给王庆峰打电话，王庆峰忙问他在哪儿，他说刚刚回市里。王庆峰"哦"了声，问他："不知道我调到滦北了吗?"郑楠翔答道："忘了给你祝贺了，当上局长助理，什么滋味?"王庆峰笑着骂他扯淡，又问他："是不是有事?"郑楠翔看看身前身后："有点儿事，电话不方便说。"王庆峰说："急吗?"郑楠翔想想倒是不急，便说："见面再说吧，你这两天回来吗?"

郑楠翔上午去了趟学校，他有一段时间没见到女儿了。学校在鹦鹉河南岸，从老城区新迁建的。建校时，市里耗费不少财力，传说市长在办公会上说了硬话，滦阳一中要建成省里最好的学校，硬件很硬，软件不软。主管文教的副市长当时也在场，这位副市长出身滦阳"名门"，祖父是新中国成立初期从滦阳走出去的文化名人，"文革"期间又带着一家人回到滦阳落户。副市长对滦阳的感情更复杂些，他当时眼泪就模糊了双眼，发誓要让滦阳的教育再上台阶。有这样的市领导，滦阳的教育一年一大步。

一中的校园沿着河滨大堤建得错落有致，花园一般。这条大堤和堤上的树木花草、亭台楼阁耗资上亿，设计者还顺势修建了一个面积不大的人工湖，植上荷花，湖心有一个小亭子，不知是不是效仿西湖的湖心亭。因为建这些额外的建筑，市财政在每年一度的人代会上，费了不少口舌。

郑楠翔在亭子里坐了一会儿，看到学生们从教室出来，热闹地说笑着、打着球，时间不长又被铃声召回去了。他知道，在这悠闲和热闹里，有他的女儿小铃铛。刚来时见见女儿的想法又变了，他有些不忍心打扰女儿了。女儿和她的同伴们在这快乐的气氛里，像阳光里的树苗，绿绿的一片，一起生长，一起经受风雨。青春多好，属于一个群体多好。

郑楠翔有些感慨了。他现在游离于曾经的群体，孤单地前行。在部队时，他有幸遇到一个好的政委。政委有文才有口才，善于讲话，越是台下人多，他的讲话就越富有激情。他记住政委在一次动员讲话时的结束语：我们都在负重，我们都在爬坡，我们都在前行! 讲得深沉又有质量。这话激励郑楠翔越过许多困难，尤其是近一段时间，他靠这几句话勉励自己，度过了一个又一个白天黑夜。我们都在前行！他喜欢这句话。

三十五

李河在云雾山庄开房后，对罗立天说："在这里随便玩，安全得很。"褚永巷和罗立天几个人去了歌厅。小燕扶着李河进了房间。李河急不可耐地搂着小燕，在她脸上一阵乱啃。小燕推开他："真恶心人。"李河以为自己有酒气，忙说："我就去洗，泡泡就好了。"说完便进了卫生间。小燕整整衣服，看这里比滦阳宾馆还大。李河把衣服扔出来，探出半个身子："宝贝，一起洗。"小燕骂他坏蛋，说得李河心里痒痒的，水龙头拧得哗哗响。

小燕歪在床头，顺手摸摸李河的衣服，滑滑的，很柔软，但衣兜里什么也没有，便扬手扔到椅子上。心想，还他妈的老总呢，没有一分钱。她想起昨晚罗总掏出一沓子红票，早晨小燕一点，足足两千元。小燕从没有这样痛快地得到过这么多钱，吃喝玩乐，灯红酒绿，挣钱比玩儿还容易。管他这个那个呢，在老家的村子里是干净，可受一辈子苦，窝一辈子。

李河围着浴巾出来，身上还挂着热腾腾的水珠，趿拉着拖鞋。鞋大脚小，看着挺逗。李河过来就掀小燕的裙子。小燕推他一把："下去唱歌啦。"李河湿漉漉的手又来摸小燕的胸："一会儿去，先和你唱。"小燕看他手嘴忙乎，心急火燎的，说："我还得洗洗呢。"小燕脱掉鞋，去找一次性拖鞋，这会儿电话响了。李河咕哝了一句什么去拿话筒，嗯啊几句，转身对小燕说，罗总他们等急了，先去唱歌。小燕又穿上鞋，李总换衣服，露出巴掌大的屁股。小燕撇撇嘴："瞧你瘦的。"李总却念念有词："你别看我瘦，浑身是肌肉。"出门前，他又在小燕屁股上拍了一把。

歌厅在二楼，是一间大包房。罗立天和小麦一人一个话筒，唱得怪声怪调。小麦坐在罗总的怀里，罗立天一只手伸进小麦的上衣里。看见李河他俩进来，小麦挣脱罗立天，去茶几边吃水果。一盘葡萄，一盘瓜，像是哈密瓜。小麦递一串葡萄给小燕。李总抢过一粒，塞到小燕嘴里，没松手又拿出来自己吃了。罗立天看他的动作乐了："李总真会玩，来，小麦，哥哥也喂你一粒。"四个人逗着唱着好不热闹。

罗立天的手机在震动上，呜呜响。他出去接电话，李河过来，又拉着小麦，另一只手在小麦身上胡乱摸着。小麦夸张地叫了一声，小燕过来，二人把李河摁倒在沙发上。小燕、小麦把一瓶啤酒倒进李河的裤裆里，二人笑闹着说他："再不老实，把瓜皮塞你屁眼里。"吓得李河双手作揖求饶。一边抖着裤子，一边说："来例假了。"逗得小燕、小麦笑着过来又要摁他，他顺势搂住小麦，在她的胸脯上捏了一把。

罗立天进来，对小麦耳语几句，小麦看看小燕和李总不停地点头。罗立天又出去了，李总过来，拉过小麦问："罗总有事啊？"小麦答道："他去车上换手机电池。"李河又要搂小麦，小麦喊小燕："你不管他了？吃着碗里的看着锅里的。"小燕逗她："你就顺了他吧，我也没法子。"小麦笑着："那我可要双份钱。"李总听说要钱，说道："提钱，俗啊。"小麦拉过小燕："姐，咱们俗，咱们吃水果，让他找不俗的吧。"李河一见，脸上堆满笑容，挤到她俩中间坐下，一手搂一个，忙说："不俗，不俗。不就是钱嘛。"一摸兜，真没钱，摁响桌上的铃，服务生进来了。李河对服务生说："把你们经理找来。"服务生不知何意，说："先生，是不是我们服务不周？您不用找经理，找我就行。"李河一瞪眼："找你，你有钱吗？"服务生笑着摇头。李河想了想："你打这个号，记着，就说李总找。"服务生出去后，一会儿工夫，褚永巷进来了。褚永巷把包递给他："我喝多了，先去休息了。"李河一挥手，褚永巷关上门走了。李河从包里拽出一捆钱，敲打小麦的手："小坏蛋，这是啥？"小麦反手去抓，李河麻利地又装回去。口中念着："钱是王八蛋，好用也好看。"小燕和小麦从两面抱住他，在左右脸颊上各亲一下，叫着李总。李河笑嘻嘻地搂住她俩，三个人抱成一团。

闹够了，小燕说想喝酒，小麦说想划拳，李河说酒不好，来饮料吧，酸奶也行。"不要，没劲！"她俩齐声嚷着，又哼呀呀地对李河撒娇。李河答应："上酒，上酒，咱不要奶，咱们自己有哇。"说着一人胸前又摸了一下。

服务生上啤酒来，小燕说占地方，小麦也说，总上厕所。服务生看着李河，李河问有红酒吗？服务生点头，小燕说："喝有劲的。"服务生说："那，有 XO。"小燕也不知 XO 是什么，吵着要 XO，小麦也嚷嚷要 XO。

李河挥手，服务生退了出去。

李河的手伸进小麦的裙子："小坏蛋，你就是 XO。"

这一晚，李河在歌厅花掉了四千多，一瓶 XO 两千多。小燕、小麦任凭李河的手在身上游走，发钱时，一人拽出一沓，足足一千多。

李河愿意啊！从歌厅出来，两个姑娘扶着他，他又喝了半杯酒，脸又红了。到房间，小燕说："我们到家了。"小麦要走，李河拉着不让："双飞，都别走。"小麦笑着："我得陪老公。"小燕拽着他："你个花心贼。"把李河推倒在床上。

李河的脸拱起了小燕的上衣，嘴唇吮吸起来。这时，罗立天打进电话，把李河惊了一跳："李总，你不是两个山头一起攻吧。"李河明白了他的意思："罗总的地盘我哪敢占啊，早早回去啦。"罗立天哈哈笑着："我关心一下李总，小麦早就回来了。可都是雏啊，你悠着点儿。"李总急不可待了，把话筒扔在那儿，罗立天的笑声还在里面响着。

罗立天和何小峰通完话，二人约定好，一个小时后再联系。小麦在罗立天怀里依偎着，小鸟一样任他摆布。苏强和肖二力换上警服，一切妥当。二人大摇大摆地进了宾馆，服务员过来，苏强的手摆摆，服务员躲靠一边。苏强掏出警官证样的皮夹晃晃，问李河的房间号。服务员带着二人来到李河订的套房前，打开门，李河慌忙地围上浴巾，小燕惊恐地用被子裹紧裸着的身体，像是认出了身着警服的肖二力。肖二力示意她噤声，蒙上被子。苏强像捉小鸡一样，把李河带到外间小客厅。肖二力掀开被子，嘱咐小燕："只管哭，他把你灌醉了才上床的。"小燕点头，肖二力说："哭啊！"小燕哇的一声哭出了声。肖二力大声说："穿上衣服，出来。"小燕被他弄迷糊了，下地找扔乱的衣服。

苏强见肖二力、小燕出来了，喝问："叫什么？"小燕看看肖二力，肖二力充当了"翻译"："叫什么名字？"小燕答："高小燕。"苏强又厉声喝道："他叫什么？"小燕答不出名字，便说："李……李总"。肖二力过去踹了李河屁股一脚，李河哆嗦着："李河。"肖二力把小燕推进里屋，让她拿上东西，又大声说："跟我走！"便带着小燕出了套房。另一间屋里也传来了大声的呵斥声，像是罗立天也被抓了。肖二力进来，对苏强小声说："那个屋里还有一对儿。"苏强故意说："好啊，统统抓回去。"

这时，有人敲门，肖二力打开门一看是褚永巷。肖二力大声训斥："干什么的？敲什么门？"褚永巷应着："他是我们李总。"便退了出来。李河听见褚永巷来了，像是有了救星，想站起来。苏强大声嚷道："蹲下！谁让你站起来的？"苏强吩咐肖二力："去看看，那个女的材料搞完没有。"肖二力又出去了。苏强翻看李河皮包，里面有成捆的现金，还有银行金卡。李河偷看一眼，小声说："兄弟，这些都给你，放我一马。"苏强把东西装回去，拉好包，上去拍了李河后背一下："还想让我腐败。"吓得李河双手抱住头，跪在地上。

　　肖二力进来说："那个女的不满十四岁。"苏强像是很内行："嫖宿不满十四岁少女，罪大了。"肖二力上去又踹李河一脚："听到没，你犯了强奸罪了，等着判刑吧。"李河吓坏了，嘴里忙不迭地说："饶我一回，饶我一回。"肖二力对苏强请示道："队长，外面那个什么主任要进来说几句。"苏强不耐烦道："怎么那么多事？快点儿。"肖二力出去喊一声："进来，快点儿啊！"褚永巷进来，看着跪在地上的李河，着急地说："我们李总是华侨，最守法，怎么会强奸呢。"苏强吼一句："什么侨也不行，你干什么的，出去！"褚永巷赔起笑脸："您别生气，别生气。您看我们多交钱行不行。"李河在地上忙说："交钱，咱们交钱，交多少都行。"苏强火了："滚，滚出去！再说就罪上加罪。"褚永巷不敢说了。肖二力在一旁附和道："听说他还是什么董事，名人啊，怎么能干出强奸的事。"李河抽自己一个耳光："全是酒害的，酒害的！"褚永巷又求上了："我们找人担保行不？行的话，我们可以再交些钱。李总是我们滦北县的名人呢。"苏强的话不横："名人犯法也不行，谁会保他？你呀！"褚永巷见有商量余地，又说："我和李总商量一下行吗？"肖二力在一边说："那就快点儿。"褚永巷把李河扶到里间，苏强和肖二力在外面等。苏强在外面大声对肖二力说："你看着，我出去打个电话请示一下。"

　　这会儿，李河从里面出来了。从包里拿出银行卡："兄弟，你心好，你给我好好说说。"肖二力忙把卡推回去："你害我啊。你说你，那个小姑娘把你流出的东西都交出来了。"李河一听脸更黄了："这两张卡有二十万，你救救我。"肖二力听听外面的动静，小声说："你让你们县里领导保保你，没准能行。"李河说："县领导我熟，可这事……"肖二力又说：

"你们铁矿的何总，你认识吗？他哥就是检察院的领导，你让他给你求求情。"李河把卡塞给肖二力："全靠你啦，兄弟。"肖二力把卡装进兜里，没事人一样，在门口守着。

苏强回来了，大声嚷嚷："说完了吗？带走。"李河和褚永巷忙说："我们找人保。"肖二力在一旁也插话："这个褚主任说找县里领导担保。"苏强看褚永巷一眼，褚永巷说："是检察院领导。"苏强语气缓和了："检察院领导担保，真的？"肖二力也附和："他们认识何总的哥哥。"

苏强想想，说："给你十分钟。检察院领导出面担保，这个面子我们给。十分钟说不妥，就带回公安局说吧。"褚永巷忙出去打电话，不到五分钟便跑回来了，说："何总正往这边赶，一会儿就到。"苏强说："那我再向局里请示一下。"不大工夫也回来了，说："担保行，谁让李总是华侨呢，可是得交保证金。"李河的头如捣蒜一般："交，交。"苏强说："交五十万。"李河的声音停了，苏强说："不想交？"李河忙说："交，交。"

过了一个多小时，褚永巷的手机响了，他嘴中念着："何总到了。"便出去迎接。褚永巷过了好一会儿才回来，回来对苏强、肖二力说："我想再和李总单独说一句。"苏强下巴一扬，李河和褚永巷又进了里间。褚永巷小声说："何总说担保可以，但这不是小事，得担风险。"李河明白，何小峰想提条件，忙问："他有什么条件？"褚永巷一副不情愿说的样子。李河也知道何小峰这个人，不是两三个钱能打发的。褚永巷停停才说："他的条件很麻烦。"

过了一会儿，苏强推门说："行了吗？我们没那么多闲工夫。"褚永巷说："这就好，就好了！"

李河对褚永巷说："我要见见何总。"褚永巷说："何总说，有诚心再谈。"

褚永巷出来给何小峰回话，何小峰说："这个场合我就不和李总见面了。同意呢，我就帮这个忙，不同意，我和李总的下任再谈。"

褚永巷把何小峰的话原汁原味地捎了回来，李河在褚永巷匆忙起草的一份材料上签了字，摁了手印。褚永巷又加盖了公章。

警察走后，李河躺在床上像放电影一样，回放着所发生的场景到天亮。早晨褚永巷告诉他："罗总和两个姑娘被那两个警察带走了。"

三十六

郑楠翔把回滦阳的情况写了份材料，托战友转给老领导。在回铁矿途中，老领导的电话追了过来。老领导让他多留心何小峰的身边，有事和王庆峰多联系。电话里不能说得太露，郑楠翔已明白何小峰"身边"的含义。

张翔向王浩局长汇报："王全利的手机卡更换了，现在监控不到。"王浩把这一情况通报给许乐然，让许乐然采取对策。张翔说："如果王全利已经投到罗立天手下，最好的办法是，对罗立天等实施追踪措施。"许乐然已想好策略，这项工作由古文辉择机落实。

郑楠翔让小刚联系弟弟关小强，二人到铅锌矿去看他。关小强上次反映李河手下工程师的情况，让郑楠翔念念不忘。

关小刚、关小强是孪生兄弟。两人长得太像，父母也难以分辨。关小刚打小就想当兵，心里对军人出身的郑楠翔格外亲近。郑楠翔也喜欢小刚的勤快机灵，答应他想当兵可以帮忙。关小刚更加贴乎郑楠翔了，平时就像勤务兵一样。郑楠翔也不把他当外人，嘱咐他："眼睛多看，嘴巴少言。"还让他给小强捎话，对铅锌矿的事多留心。

铅锌矿与双峰铁矿隔着县城。在县城商场外，郑楠翔停下摩托车，进去买了一条云烟，又备下了一板五号南孚电池。他兜里装着两个袖珍手电。这次郑楠翔要去防空洞里看看，探探情况。

小刚见郑楠翔买条烟，忙说："小强不抽烟。"郑楠翔把烟扔给他："那就你抽。"小刚不好意思了，说自己是瞎抽，闹着玩儿的。小刚想回去退掉，郑楠翔已发动摩托车，二人出县城直奔铅锌矿。

铅锌矿在磨盘山里。磨盘山是燕山余脉的一座山峰，因形状像磨盘而得名。上世纪七十年代，山下驻军，一个野战团驻守这里。山里修筑工事，整座山打空了。九十年代裁军后，野战团搬走了，工事用水泥大门封住。山里孩子满山地跑，捉野兔套山鸡，发现了能容纳一个人钻进钻出的通道，大胆的孩子钻了进去，回来吹嘘："里面好大，有许多石屋子。"

直到去年，山里发现有矿，许多人和车进来，修建了房子，红瓦白墙，磨盘山才热闹起来。从此大车小车不断，村子里青壮劳力在矿上有了差事，村子里的小商店、小饭馆也多了起来。

关小强已经在矿上门卫室早早等着了。他接到哥哥电话后，到村子的商店里买了白酒、熟食、花生米等，又去食堂，多订了两份饭菜。食堂晚上炖肉，让关小强很高兴，又让师傅给炒了两个青菜。师傅是县城来的，在饭馆里掌过勺。平时，小强总到厨房帮忙干些杂活儿，和师傅处得不错。听说小强哥哥要来，不仅给搭配了两个炒菜，还让小强晚上在雅间吃，把小强乐得够呛。

餐桌一下子丰盛了。郑楠翔被哥儿俩捧在中间位置，你一杯我一杯地敬着。郑楠翔开心，像在部队一样，被士兵尊敬，酒一口比一口喝得实在。师傅忙乎完了，也加入进来，向郑楠翔敬酒。郑楠翔有酒量，重交情，受着如此的尊敬，酒放开了。郑楠翔和师傅二人一连干了三大口，一玻璃杯的白酒见底了。师傅也有酒量，还要满白酒，郑楠翔心里明白，还有任务在身，便刹了车。白酒不喝喝啤酒，又喝了两瓶才上主食吃饭。

小强把郑楠翔、小刚领到宿舍。已留好了床位，正好三张床闲着。郑楠翔说中午就不休息了。小刚把小强叫到一边，小声地说了几句。小强眼睛叽里咕噜地转着，比小刚贼乎。他对郑楠翔说："那个工程师我也是只从远处看到过，这个人一共没在矿上住几天。"郑楠翔问："他办公的地方还留着吗？"小强点头："一直锁着呢，矿上也有一间，也上着锁。"郑楠翔又问："部队的防空洞在哪儿？"小强一指西面："在山那面，过一道山冈就是。"

郑楠翔问小强能去那里转转吗？小强看了一眼小刚有些为难："下午有班，我怕李总他们回来，褚主任总查岗。"郑楠翔看看哥儿俩，嘿嘿笑了。

小刚和小强调换了衣服，让郑楠翔分辨不出来。小强带着郑楠翔向半山腰的矿上走去。小强健谈，一路上话不停。郑楠翔的心思全在那个工程师身上，显得话语不多。

半山腰上是简易工棚，红色彩钢房顶，蓝色的围墙，是工人出矿井休息的地方。小强把郑楠翔领到一间屋门外停下来。郑楠翔隔着窗户玻璃看看里面，有一对办公桌椅，两个单人沙发。在工房一侧有一个矿洞，电灯线从洞顶进去，灯泡亮着，像一串牛眼睛大小的灯笼。

七月正是群山青翠的季节。山上植被好，一人多高的柞树绿得夸张，仿佛一碰就要流出汁液一般。

山里长大的郑楠翔此刻心里充满着欣喜。当兵前，他没少在山里砍柴，这种树，在家乡也是漫山遍野。山里人讲养茬，砍柴总是一面山坡砍，一面山坡养，以保证年年有柴烧。在砍的过程中，一些能长成树的便留下，这样养树与养柴间杂着。柞树叶大而肥厚，像鞋底儿。长成树后，结的果实叫橡子，含淀粉，比榛子大，能喂猪吃。树叶经霜变红，站在家乡的高山上，真的能体会出什么叫万山红遍。郑楠翔的一个战友喜爱摄影，回家探亲照幅秋景，请郑楠翔参谋取名。郑楠翔取了"层林尽染"，战友还拿这幅作品在全军摄影比赛中拿了大奖。

郑楠翔和关小强穿过一坡的柞树林，到了磨盘山的阳坡。植被少了，露出褐色的山皮。阳坡长着一丛丛的"蚂蚱腿"，郑楠翔指着问关小强认识吗？关小强随口说："我们家山上多的是。小时候养兔子，总是上山割，一捆一捆的。"把郑楠翔说乐了——大家小时候都养过兔子。

在一个山洼处有一大堆的砂石，因此上面还没有长满野草。关小强指着这里说："这儿就有一个洞口。洞口低小，进去几米才有水泥修筑的门柱。"郑楠翔掏出袖珍手电，二人一前一后爬了进去。

爬过水泥门框，里面越来越宽，往里走，有一扇对开的水泥门，推开门，里面阴凉阴凉的，更宽敞了，人可以直起腰走。走了有三十来米，进入了一个主洞。在郑楠翔的老家，过去生产队冬天储存红薯，有过这样的黄土洞。小时候，孩子们玩得出边，春夏两季，常常去黄土洞里捉迷藏。运气好，还能找到几个剩在洞里的红薯，不过一般都长出新芽了。

主洞有一间房子那么高，五个人能够并排走。关小强在后面说："这儿比矿洞宽敞多了。"声音嗡嗡地有回音。

洞里黑黑的。郑楠翔掏出一把小刀，在入主洞口时画上了十字记号。向右手方向走时，他能听得清关小强的呼吸声，郑楠翔返身用手电晃他一下："害怕了？"关小强紧走几步："还要走多远？出去吧。"郑楠翔说："要不你去在洞口等。"说着掏出手电递给他。关小强笑了："还是跟你一起吧。"郑楠翔拍拍他肩膀："你就当作去寻宝。"

洞里有许多分岔，有的是房间一样的屋子，有的还建有水泥床。洞壁有渗水的地方，水声滴答着，不紧不慢的。有一处蓄水池，竟有一尺多深的水，水池边有出水口，沿着洞内的一边有水沟。

郑楠翔在岔口处标上数字。约摸走了半个多小时，主洞像是没有尽头，直通向外面的大门。关小强时不时问"还走吗，咱们还往前走吗?"郑楠翔反问他:"你们在采矿时，没听说把山洞打通吗?"关小强答:"我们的矿在山那面，是两个方向，县里也不让往这面打。"

又走了十多分钟，山洞里看不见什么特别的，二人便往回返。关小强走在前面，脚步明显快了。郑楠翔不时照照洞口的记号，很快就找到了进来时的十字。关小强停下等，郑楠翔又沿着主道向前面走了一段，没有什么发现，便出了水泥洞。

外面一下子烤起来。郑楠翔拍打身上的土，关小强马上过来帮忙，郑楠翔又给他拍打。关小强的后背被汗水湿透了，脸也涨得通红。到底是年轻啊! 郑楠翔感慨着。

他俩在一棵柞树的阴凉里坐下来，感觉到依然很热。由于反差的原因，外边热得难以忍受，关小强脱掉上衣才觉得好一些。郑楠翔索性也脱了衣服，露出结实的肌肉。关小强看看他，欲言又止的样子。这小子确实比小刚灵透，懂得看别人脸色。郑楠翔问他:"想说什么?"这下关小强不好意思了，被别人看透了心思。他见郑楠翔还在看他，说:"你是不是想找什么?"郑楠翔答非所问:"小刚和你说什么了?"关小强想想说:"他让我多留心，遇事加倍小心。"郑楠翔假装不知情，问道:"留心什么? 矿上有什么事?"关小强想了会儿，说:"也没什么事。那个工程师也没听说他有啥事。"

二人下山往回走，连跑带颠地很快就到了厂区门口。小刚正在警卫室门口转悠，二人迅速调换了衣服。小刚说:"李总的车回来了。"小强洗了把脸，梳理一下头发，显得很精神。郑楠翔说:"小刚咱们回去吧。"小强有些不舍，想让他俩住一晚上。这会儿，电话响了。小强接通说了几句，脸色有些紧张。放下话筒，看着他俩说:"是褚主任让郑主任上他办公室。"郑楠翔奇怪，自己和褚主任没什么交往啊。郑楠翔让小刚等着，自己去了。褚永巷在办公室沏好茶水，显得很热情。郑楠翔和他客气了一句，就坐下慢慢喝茶。褚永巷打着哈哈，闲聊几句才入正题："李总想见你。"郑楠翔很惊讶："李总？我和李总不认识啊！"褚永巷说："不认识你往这儿跑？"把郑楠翔问愣了。褚永巷又笑了："开句玩笑，没准李总看上你了。"

褚永巷把郑楠翔领到李总办公室外，敲门先进去，又马上出来把郑楠翔带了进去。李总听完介绍，挥一下手，褚永巷出去了。他盯着郑楠翔看，也不说话，慢慢吸了几口烟，才对郑楠翔说了声："坐。"郑楠翔没有坐下，依然站着。李河看看他，半晌说一句："老郑，你们何总派你来的？"郑楠翔不明白他的意思，简短答道："不是。"李河是个烟鬼，不大工夫屋里就呛人了。他突然说："你对我们矿山有兴趣？"郑楠翔索性来个两字对答："没有。"李河也不恼，很有耐心似的："老郑，我听说过你。"停会儿又说，"要是来找人，是不是找他们？"李河从一个本子里抽出一张纸，推到郑楠翔面前。郑楠翔扫一眼，觉得头嗡的一声，竟是一张通缉令。苏强、肖二力和肖大力的通缉令。郑楠翔的手竟有些抖。李河又说话了："我想你对他们有兴趣。"郑楠翔不知他葫芦里卖什么药，稍稍平复一下心情说："李总，你有他们的消息？"李河不看他，慢条斯理地说："你不是来我这里找他们吧？"郑楠翔答道："李总真会开玩笑，我没资格找了。"

李河"哦"了声，显得失落了。停一会儿又自语着："那我白见着他们了。"郑楠翔心里翻腾几下，不知李河的用意，不能露出什么。李河也不多说，像是要送客似的，站起来说："他们很神通啊！比警察还牛。"然后撵人一般关门送客。

这把郑楠翔搞糊涂了，弄不明白李河的意思。与关小强辞别后，郑楠翔和小刚骑上摩托车，一溜烟，出了铅锌矿区。

三十七

杜国飞端掉了制造假身份证的窝点，收获颇丰。他和调查组的几名同志设计了几套方案。制假证，身份证要价高，假文凭、假记者证、假导游证等价格低些。杜国飞立足本地窝点，那些自称走物流的免谈，还真就

"谈"妥了一个。侦查员小邱扮成未婚姑娘，言之凿凿，情真意切，只要改年龄，名字、地址都是真的，价钱好说。小邱谈的过程中，还带着哭腔，说如果身份证、户口簿的年龄降不下五岁，她一生的幸福就没了。不知对方觉得她是女的，动了恻隐之心，还是只改年龄、不改别的麻痹了对方，对方没怎么犹豫就答应办。小邱趁热打铁，讲好最多不超过三天交货，提前一天价格翻番。小邱有充分原因啊——男朋友是糊弄过去了，准婆婆无论如何要核对生辰八字。谁让人家有钱呢，谁让咱一家子图钱呢。电话里浓浓的鼻音让对方很同情。小邱说："我是在照相馆照的标准身份证照片，怎么给你们送过去。"对方犹豫一下："下午见面吧。"小邱立马笑声就出来了："好啊，好啊，在哪儿见面？"对方说："咱们在半角咖啡吧，行不行？"小邱也不挑："行，哪儿都行。"对方又叮嘱："只许自己来啊。"小邱发嗲了："我傻呀，保密还保不过来呢，还带别人。"说得对方也笑了。

小邱先把对方套住，她的意图是，见面后缠着对方到制假的地方看看。你防我，我还信不着你呢。弄跑风了，害我一生幸福，和你没完。小邱赴约前，武装全套"装备"，都是最先进的。杜国飞不敢冒险，要是有闪失，那就丢人丢大发了。

对方来了个"中学生"，小邱呢，整个一个装嫩的"90后"。二人聊的话题也是中学生类的，似乎一对约会的少男少女，倒把办证的事放在了脑后。直到要散了，对方提示她，小邱才想起这档子事，拍了拍脑门，要拿照片时，小邱又装作不相信似的说："你能办？别逗了。"假装不办要走人。中学生拉了她一把："我是不能办的，我只管跑腿。"小邱来了个毁约："那不成，这可不是闹着玩儿的。"说着一扭一扭地要走人。"中学生"急了，这不是砸了一桩好买卖吗？便追上去拉住她："那你说，该咋办？"小邱较真："我得交给能办的人才放心。""中学生"放开她说："你等着。"就到一边打电话。他说的急，小邱听不清楚。打了好一会儿，"中学生"才过来说："没见过你这样的，走吧。"小邱假装谈翻了，一个人往回走，"中学生"在后面喊："你去哪儿？跟我走吧。"

二人打车转到了城郊，"中学生"付了车钱。小邱一看说："你骗人吧，这是哪儿呀？"便喊出租车让等着。"中学生"烦了："你干吗，办不办啊?"小邱也不让人:"这是办事的地儿吗?你把我带这儿来。""中学生"生气地说:"不办拉倒,你怎么那么多事。"小邱更气:"你个小屁孩子,像办事的人吗?"两个吵起了架。"中学生"的电话响了,说上两句,把电话递给小邱,小邱听出是上次通话的人:"我看到你们了,你和他走吧。"小邱还想说,电话却撂了。小邱说:"搞什么,跟特务接头似的。"把"中学生"说乐了。

这是一处类似四合院的院落,正房是二层楼。楼上六间房屋,摆满了电脑等设备。二楼平台上,围着栏杆,放着几盆花草,顶上是葡萄架,站在平台上能看见外面的公路。这是一个四十多岁的男人,看人有割肉的感觉。小邱觉得这个人很阴毒。"这下放心了?"说话的声音低沉。小邱白他一眼,每个房间看看,才把照片和写着出生年月的纸递给他。这个老板张了一下巴掌,翻了两下,才说:"本来一千就行,你来看了地方,我就得翻倍,两千。"小邱也不争,从包里拿出一千递给他:"我是见到证再给一千。"老板说:"你说过,提前一天,价格翻倍,两天做出来可就不是一千了。"小邱说:"我说话算数。到明天这个时候算是一天,后天这个时候算两天。"老板不急不慢地说:"这么说一天做出来就是八千了。"小邱赌气地说:"八千就八千,得我看着满意。"老板把写有出生年月的纸和照片收好,盯了小邱半天说:"你让我犯了一回忌,看我的家了。我信你,也赌一回。办假证没死罪,你要是给我漏出去,可都没好。"小邱大大咧咧的:"干吗呀,我办个证还惹麻烦了。挺大个爷们儿,一把年纪了,会不会说话呀?"这个中年男人也不和她计较。小邱把电话号码抄在纸上递给他:"好了就找我。"

杜国飞为她捏了一把汗,要是再往前走,绕过那座山,怕是信号就不行了。顺着小邱身上设备指示的线路,杜国飞轻而易举地把制假证的窝点端了。

抓人的时候小邱也不含糊,拍拍中年人的肩膀,指着杜国飞说:"想报仇去找他,是他让我干的。"说得中年人一个劲地点头:"不敢,不敢。"

中年人对"陆小东"的照片记忆犹新:"这个人我记得,他一下子做了五个,给钱也大方。"真是踏破铁鞋无觅处,得来全不费工夫啊,还真让老杜碰上了。一个兄弟在返程车里逗他:"老天爷饿不死瞎家雀嘛!"杜国飞给了他一下子："你说谁是瞎眼家雀？"

陆小东说要制五个身份证，把电话这头的中年男人震住了。陆小东也不急，说别忙着答复，明天我再联系。第二天又打来电话。"我是被一万块钱弄晕了头。明知可能出事，还是给他做了。不过我留着备份呢。"中年人的交代让杜国飞又气又喜。五个名字，五张假身份证，陆小东的照片很清晰。这个制假证的老板还真帮了大忙。

杨华问证件和钱怎么交接的，没有见面吗？杜国飞感慨道："真是干什么，研究什么。假证老板是机关算尽，约好地点后，送证时先电话联系，确定取证的人后，现场花二十元雇的小孩儿送过去。"陆小东的证件交接，两人都耍了点儿花样。前面的程序一样，送证和送存折（陆小东把钱存入折里，密码由陆小东掌握）由两名小孩儿交接。陆小东验证后，再通知对方密码。制证老板也怕陆小东骗他，存折是他指定的银行，提前一小时检查账号是否打进了一万元钱。

真是不查不知道，一查吓一跳。制假证多是走物流，钱物由物流代收，不走物流的便采取上面的方式。这名老板讲，假身份证不上机器肉眼看不出来。这种机器银行有，飞机安检有，别处好像没有。真证一验，机器亮灯，假证不亮。

陆小东用假身份证住宿、购手机等用处多多。"陆小东"就是个假名字，是五个中的一个。杨华要求立刻把陆小东的照片放大，对滦阳宾馆及陆小东曾露面的地方，一一检索。

信息迅速反馈回来。在滦阳宾馆和刘佳丽登记房间的、滦阳洗浴、丽日大酒店住宿的都是陆小东这人，但还不知道他的真实姓名。

三十八

杜梅到北京，没有住宾馆，而是绕了几个地方后去了附近的住处。在一片被称为"樱桃别墅"的小区里，杜梅用"金水容"的名字购买了一套三居室的住房。平时将房门钥匙托付给一位在市区的朋友，让她每周去一次，查看水电等设施。这个人说是朋友，其实也是购房时认识的。杜梅不白用她，每月支付1200元佣金，物业费等照单由杜梅支付。这个人也乐得多一处市郊的去处，每次都是周六驾车约上朋友，住一晚回来。两个人是君子协定：房子里留一间卧室开着，另两间杜梅锁起来。厨房和卫生间随便用，保持洁净即可。杜梅不在乎花去多少煤气、水电的费用，在乎的是必须卫生。这个人也守约，每次离去前，都把室内搞得窗明几净。杜梅回来时，先和她通话，以免撞车。走时，再电话通知她。这个人也识趣，从不问杜梅的职业、去向等个人私事。

杜梅回到樱桃别墅的住处，进卧室，打开电脑，查看邮箱。这些都是商定好的，有要紧事情需要处理，先电话里暗语约定，再把具体事宜发进邮箱。邮箱里有一封李阿弟发来的邮件，内容是用英文书写的一份西餐菜谱。杜总打开文件夹，里边有一份菜谱密码，翻译过来是要她去服装厂制作十套女式西服套裙，十套文胸。款式、面料及样品一天后用特快专递投给她。

看完邮件，杜梅心里一阵抽搐，她明白这十套衣服和文胸是用来做衣服炸弹的。她与组织有约定条件：不直接参与实施爆炸。组织答应了她的要求。这个条件是底线，不能突破。她不知道这个约定能维持多久。那个组织以她的一对不满十岁的儿女做人质，人为刀俎，我为鱼肉。生杀大权在这些人手上，他们可以随时毁约，他们抓住了她的弱点。如果没有一双儿女，她在这个世界上也失去了活着的意义。

她打开孩子们的照片，女儿八岁，儿子六岁。女儿很像她，活脱脱一个她的翻版。杜梅的母亲早逝，在她的记忆里没有母亲的影子，父亲从不在她的面前提到母亲，母亲的一切对她都是陌生的，仿佛不曾存在过。小时候的她很自立，也很封闭，童年之于她没什么欢乐。她的记忆里，是学校、菜市场和又矮又潮湿的厨房。每天在三点连成的线上走着，教室是唯一让她安静下来的地方。

父亲永远在忙着她弄不明白的事情。每天，她吃完早饭，收拾完厨房去上学，父亲还没有起床。晚上，她睡觉时父亲还没有回来。星期天是父女俩聚一聚的日子。但父亲不是晚上的酒气还没有散尽，就是一身伤痕，让她擦药水、缠纱布。父亲的事情不能问，问了不是不被理睬，就是被乱吼一气。她习惯了这种生活，就是有一天父亲再也不回来，她的心都会是平静的。但在她心里的一角，有一个悄悄生长的期待：她盼望有一个人，一个她不讨厌的男人，把她从这种生活里带走，给她一份平静，一点儿温暖和关怀，给她一个安定的生活。假如她有孩子，不会没有呵护，没有关怀。她会好好地爱他们，天天在家里等着他们放学回来。雨天送他们一把伞，天凉时为他们多加一件衣。

在这种盼望中，她上了初中。父亲的生活似乎也稳定了，这种变化来得很突然。有一天她回家时，父亲在她的房间里等着，好像已等了许久。她发现父亲的头发刚刚理过，衣服也像是新的。那双皮鞋尤其扎眼，又尖又亮。父亲冲她笑笑，她有些不习惯，觉得父亲的笑假模假样的，她不习惯父亲满是笑容的样子。她放下书包，习惯地去了厨房，父亲跟进来说："不做饭了。"她有些不明白，看着父亲，父亲又说了一遍："不用做了。"父亲拽上她走出厨房，又向外面走，边走边说："老爸请你下馆子。"到外面，她看见路对面停着一辆车。父亲拉着她向车走去，拉开车门，把她推上车，自己也上来，说了声："去望沙。"她觉得这一切像是别人的事情，自己如木偶一般，被父亲拉着去了商场。原来望沙是商场，她好像从来没有听说过。父亲拉着她选了衣服、皮鞋，又让服务小姐为她选了几件内衣。

一切像是在梦中。那一晚，父亲拉着她的手，去西餐厅吃了顿西餐。她觉得天下竟然有这样好吃的东西！她始终说不出一句话，父亲摇着她的手笑她："傻姑娘！"她也觉得是在说别人。直到晚上躺在床上，望着衣架上的裙子，她才自言自语："是我的吗？"

第二天上课走进教室，她吸引了一屋子的目光。那个衣服总是皱巴巴、有饭菜污渍，眉眼不展的姑娘，竟也有高挑的身材、修长的小腿，她的面庞居然很清秀。同学们惊讶不已，连她自己都感到奇怪，一切像是虚假的。

后桌那个男生却一点也不惊奇，他像是早就知道似的。这个女生只是换了身合体的连衣裙罢了，同班的女生不是每天都在换吗？他故意把椅子弄响，站起来，清清嗓子，把全班的注意力吸引到自己身上。这时老师来了，她才摆脱了窘迫。从此，她记住了坐在后面的男生。

从那一天起，父亲领她搬出了郊区的村子，住到了新居。她再不用去菜地下厨房了，家里雇了佣人。她竟有些不舍那片池塘和四面的绿树，还有绿树外面的一脉青山。

之后的岁月依然是平淡无聊的，她融不进班里女生的圈子。除了佣人，家里依然是她自己。中学毕业，她没有上大学，而是听从父亲安排，匆匆结婚，过起了阔太太的生活。这样平静的日子维持了几年，直到父亲和丈夫在一次火拼中双双殒命。她带着一双儿女仓皇逃命，最终还是给捉了回去。为了孩子，她只好苟且偷生。

在珠海，有公司的服装加工厂。她匆匆地飞往珠海，与公司的人接上头，交代了西服套裙和文胸的样式、制作期限及用料要求。对方什么也没有问，这是规矩。上次的提包加工也是她安排的，随后发生了滦南公交车爆炸事件。当时她心里剧痛了一阵。她知道，自己在这件事中的作用。可是，她别无选择。

三十九

李河把褚永巷叫到办公室，盯住他不说话。褚永巷心里有鬼，脸上有些痒痒，但是很快就镇静了，毕竟他经历丰富。他问李总："有事儿？"李河半天才说："双峰的老郑究竟是干什么来了？"褚永巷心里有谱了，回答得很爽快："我详细问过了，老郑和关小强的哥哥关小刚看关小强来了。二人对防空洞好奇，钻里面看了看。"李河不想听这些，又问："你来矿上有两年了吧？""是呀，满两年了。"李河像是懒得再问了，躺在靠背椅上一仰一仰地晃着。这椅子是褚永巷从厂家定做的。看李河跷扈的样子，褚永巷心里想：这椅子质量还真好，咋不让他栽过去摔个四脚朝天。李河像是下决心一样："你给我去找那个罗总，看他方便时，我和他熟悉熟悉。"

郑楠翔在返回双峰铁矿的路上，不停地琢磨：李河让我看苏强、肖氏兄弟的通缉令干什么？他说的话是什么意思？他见过苏强他们，是真是假？他和何小峰之间有什么微妙关系？他是不是有什么警觉了？一系列问题在他脑海里盘旋。老领导让他关注何小峰身边的人，难道苏强、肖氏兄弟已潜伏到何小峰的矿上？如果真是这样，那就是老天有眼，雪耻的时候到了。

郑楠翔拍了拍关小刚肩膀，摩托车停下了。郑楠翔有抑制不住的情感在翻腾。前半生的奋斗，后半生的前程都改变了。肖大力这个混蛋，让他蒙冤，让他的妻子女儿受到耻辱，让自己背井离乡，忍气打工，看别人脸色吃饭。从脱掉警服的那天，从老领导又给他这次机会开始，他人生的目标就是肖大力，不，还有那两个混蛋！他要把他们亲手逮回监狱。他坚信会有这一天，他靠这个信念活着。

老领导让他到矿上来，一定是已经掌握了一些线索，不然这三个混蛋不会土遁一样的无声无息。"土遁"这个词是突然冒出来的，真是准确极了。只有在附近的矿上，才会让他们躲过严密的卡点，就近藏匿。郑楠翔想的浑身发热，真想痛痛快快地大喊一声。

心情同样不能平静的还有李河。这两天遇到的事情，让他放不下。他明白自己陷进别人精心编织的一个圈套里，受到了难以向人诉说的算计。王强、罗立天、褚永巷在台上唱戏，何小峰是背后的设计人。还有那两个假警察，居然是通缉犯。联合两个妖精一样的小姐，表演得天衣无缝，看不出破绽。

李河心里像被割了一般，后悔自己没有提防身边的褚永巷，为别人喂养了一条狗。只怪自己太大意了，轻视了这些人。这几年，钱挣得顺，让别人眼红了。

从识别出这两名假警察后，他的大脑就在飞转。这个褚永巷，既然喜欢当奸细，那么就成全你，让你过足瘾，我李河的钱给小姐，认了，给你们，得让你们费牙费嘴，好好嚼嚼。不就是钱吗？别说三千万，三个亿又怎样，我李河有钱。用这样的手段收拾我，好啊，咱们过过招吧。他想到了云雾山庄的杜总和前些天别人介绍来的工程师，这两个人都是有背景的主儿，如果……一个念头在他心头一闪又熄灭了。这两个人和他们身后的背景招惹不得，碰了会要命的。何小峰用假警察来演戏，敲诈钱财、抢地盘，手段够阴够狠。这次，我李河不用表演，警察更喜欢和你动真格的，李河嘴里哼哼出一句"我正在城楼观山景"。

褚永巷躲进宿舍里给何小峰打电话，何小峰有些烦："褚主任，这么快就耐不住了？我答应的事会兑现，耐心点儿。"褚永巷压低声音："何总啊，不是钱的事，李河像是察觉了。"何小峰慢条斯理地说："他察觉什么了？我有什么见不得人的事吗？"褚永巷明白何小峰想封口，便说："是，是没什么事，李总想约罗立天见面。"何小峰反问："约他干什么？"褚永巷答不上来，便挂了电话。

褚永巷坐在床上，半晌缓不过劲儿，像是什么都明白，又像什么都不明白。他骂自己一句：怎么混到这份儿，把自己整了一个叛徒的嘴脸。

李河像是没事人一样，褚永巷几次去他办公室，他对于何小峰只字不提，褚永巷想了许多应对的话，都烂在肚子里。从那天开始，李河给褚永巷立了规矩：进屋要敲门，答话要低头，眼睛不能斜视，出屋要退三步才能转身。这把褚永巷闹愣了：这是怎么啦？我不是成了奴才了？

这些是李河冥思苦想一晚上想出来的，看你褚永巷承受得了吗。承受不了，好啊，那就说说，我为什么立规矩，以前为什么没这些规矩。你想想，要对比着想。对一个丧良心的人，这些一点儿也不过分。要是在别处，你这样的人应该被拉去填矿井，剁肉馅。

这是法治的国度，还有古老的说教：大丈夫能屈能伸，君子报仇十年不晚。还真得慢慢学，慢慢品。李河想起大哥李山带他出来时，嘱咐过他：吃亏是福，接人待物矮三分。看来是修为不到啊。

褚永巷心里有愧，觉得背后总有李河的眼睛，让他发毛。李河像温吞水不凉不热，有时对他很客气，有时又当众训斥他，让他下不了台。就在褚永巷觉得没法再干下去的时候，李河又给他提了职，让他当矿上的副总，办公室主任交给别人干。这让褚永巷没法说辞职的话。不过褚永巷心里清楚，他是没什么权力了。褚副总不过是个幌子，工资不增，实际事务没有。他想和李总往近了走走，送礼李河不要，几次都让他提了回来。这褚副总当的心里七上八下的。

郑楠翔回到双峰矿上，何小峰就把他找到办公室，问他一天没露面干啥去了？郑楠翔猜不透他问话的意图，便实话实说。何小峰没有往下追问，告诫他："要看好门，我这几天工作忙你就不要乱跑了。"

郑楠翔做好了挨顿骂的准备，何小峰却没有发火。想想，一个星期以来，何小峰再没有甩脸子，像是变了个人。

郑楠翔回到保安部，关小刚在屋里等着他，见他脸上平和，知道没什么事。闲聊中，关小刚说："听小赵讲，何总发财了，在梁那面新买了一个矿。"郑楠翔想知道详情，问他小赵怎么讲的，小刚说："小赵刚刚从那个矿上回来，我没细打听。"

这倒是件大事，何小峰的一个大动作。小赵这阵子总拉着人在外面跑，难道与新矿有关？何小峰是一个聘任的经理，怎么突然有钱买矿了，这与李河有什么关系吗？难道他们之间有什么交易？常听别人讲那面的矿买得起，开不起，惹不起周边的老百姓。矿主们没两下子，不敢轻易想这事。何小峰买矿，有钱更得有人，没两下子镇不住。罗立天手下会是些什么人？

郑楠翔在屋里绕了几圈，把小刚转得晕乎了，不知他在想什么。过了一会儿，郑楠翔说话了，吩咐小刚："你找个机会，最好是晚上，和小赵一起吃饭时，你先别提这件事，等我也凑过来再讲，要像随便聊起一样。"小刚迷糊地点头应承。

机会很快就有了。那天的晚饭小赵在矿上吃，小刚瞅准机会，端着碗凑到小赵的桌上，大大咧咧地打招呼："赵哥，今天没出车？"小赵见是小刚，应道："没，这几天累晕了。"这会儿，郑楠翔假装没事凑热闹："嗬，小哥儿俩说什么呢？"小赵笑道："郑哥，快坐。"小刚起来让座位，用餐巾纸把桌上的剩饭菜擦到一边。郑楠翔坐下，和小赵说："兄弟，最近忙啥啊，一天到晚也不见影儿？"小赵感叹："唉，没辙，受累的命，瞎跑。"小刚上前递话："哎，赵哥，听说跑下一个大矿？"小赵左右瞧瞧，声音放低了："这下咱们何总可发大财了，知道不，四道沟刘老七的矿，让咱们原价接过来啦。"小赵越说声越大，"一千多万就到手啦，人家说值十个亿。要发财，那是命，挡都挡不住。"郑楠翔显得很高兴："那好啊，何总发财，咱们沾光啊。刘老七怎么出手了，这么好的矿？"小赵神秘地说："他？开不下去，在手里两年，愣是一吨矿石没出。"郑楠翔挺有兴趣顺着小赵说："咱们何总真是有财命，不认命不行。"小赵点头："那是，这矿全是高品位，三十多个。何总的哥们儿带人一去，五辆丰田霸道，往那一排，谁也不敢呲毛，连刘老七都傻眼。"郑楠翔惊讶了："何总的哥们儿那么牛？"小赵越说越邪乎："你们不知道，何总那可有一套，在咱们滦阳也叫得响。"郑楠翔正听得入神，小赵却不说了，低头吃饭。何小峰进来了，身后跟着办公室白主任。看也没看在饭厅吃饭的人，直接进了雅间。小赵吃完饭，忙去洗碗了。

郑楠翔和小刚出了餐厅，又一起回了宿舍。看郑楠翔神情严肃的样子，小刚想说什么忍住了，拿着水壶出去打水。

小刚想让郑楠翔帮忙把小强调过来，到新矿山上班，哥儿俩离得近一些。看郑楠翔心事重重就不忍心说了。

郑楠翔简单地向老领导作了汇报，老领导让他最好回来一下，说得详细些。看看天还没黑，到市里不会太晚，郑楠翔决定回去一趟，就跟小刚交代：有人问，你就说我老婆病了，看一眼就回来。

到市里用了三个多小时，车大灯不太好，开得慢，安全第一。十一点了，给老领导打电话有些不忍心。想想回来干什么来了，便径直去了市公安局大楼。老领导正在办公室等他："假客气什么？"郑楠翔笑笑。老领导为他打好了洗脸水："洗把脸，瞧你土驴子似的。"茶也沏好了，放在了茶几上："这个点了，在办公室凑合吧，方便面，榨菜。"郑楠翔晚饭吃得不多，还真有点儿饿了。老领导给他泡好了面，让郑楠翔鼻子有点儿酸。

郑楠翔把李河拿通缉令以及何小峰在四道沟买矿的事，原原本本学了一遍。老领导说："这两件事很重要。苏强和肖氏兄弟藏匿在附近矿上，局里也掌握了一些线索。要把情况摸准，还要搞清楚的是，李河在这件事上，起什么作用？你提到的那个工程师有什么情况？"郑楠翔说："这个工程师在矿上的时间很短，甚至一些保安都没见过他。还有，何小峰和李河之间像是发生了什么事。前几天，何小峰让我给安监局的王强送了两万块钱，让王强约李河吃饭，不知道有什么事。"停停，郑楠翔又说："何小峰手下有几人跑矿，我想秘密查一下。"老领导听得很仔细，问他："秘密查，安全方面有保障吗？""我准备派两名保安过去，保安中有信得过的。"郑楠翔答道。老领导嘱咐他："有情况不要擅自行动，多和王庆峰联系，千万不要操之过急。记住，你不是单兵作战。"老领导交给他一张照片，让他查一查此人是不是工程师。

从市公安局出来，快凌晨一点了。郑楠翔把摩托车停在楼下，看五楼家里没有亮灯，他自嘲地笑笑，这么晚，怎么会亮灯呢。他摸摸腰间，走时急，家里的钥匙没有拿。在矿里，他把家里的钥匙锁在办公室，回家时带上。他拿出电话，准备拨时又犹豫了，太晚了，会吓住妻子。他想自己一身土，还是去洗浴中心吧，好好洗个澡。他发动摩托车，向市区驶去。

郑楠翔梳洗一新，早早来到女儿的学校门口。清晨的霞光把校园沐浴成玫瑰色，孩子们像一只只美丽的蝴蝶，又像一朵朵鲜花。他站在孩子们中间，望啊，找啊，就是看不见女儿小铃铛。好不容易远远地看见了，可女儿好像是躲着他，捉迷藏一样。他一跑，醒了，原来是个梦。忙找出手机一看，快七点了。昨晚上了闹钟，可能太累了，没听见。他赶忙起来，冲洗一下，结了账，骑上摩托车，直奔郝玲的学校。

郑楠翔已经两个星期没有回家了，想见郝玲一面。还没有上课，校园门口，学生稀拉拉的，到七点四十分，也没有看见老婆的身影，看来她早已经进学校了。郑楠翔发动摩托车，准备返回矿上，掉头时险些和一辆轿车撞上，没等他回过神，车上下来的人，让他惊讶得张大了嘴巴，竟是郝玲！郝玲热情地和开车的人告别。郑楠翔傻站在一旁，一条腿骑在摩托上，没等他打招呼，郝玲已经一阵风似的进了校门。开车的人看他一眼，车"噌"地开走了。

回去的路上，郑楠翔几次愣神，险些冲到路下。刚才那辆车像是路虎，是个有钱的主。真他妈是晨昏颠倒了！越是守规矩的人越倒霉，受过打击处理的反而有许多人发了财。在看守所里关着的人，那些在道上混的，出去时，来接他们的是一溜好车，示威一样。真不知道这世道是怎么了，上哪儿说理去。想起这些，郑楠翔的心里堵得慌。

到矿上快十二点了。半路上，郑楠翔停下车，爬上山顶狂吼了一气。小刚看他脸色不好，也不敢问什么。郑楠翔把自己关在屋里，闷了一下午。

四十

派驻在哈尔滨的调查组蹲守在旅馆里，一住就是七八天。他们包下了两个房间，不贵，每间每天五十元。旅馆老板见这几个人实在，还经常到厨房帮厨，像自家人，就把厨房让给他们使用。哥儿几个轮流着去菜市场买菜，然后亲自下厨房展示一把。谁在家里谁做饭，手艺不论好坏，肯干就行。每人包一天，算是手艺比拼了。大苏会乱炖，他到市场上买些大骨、脊骨，炖好了，再放茄子、土豆、西红柿、尖椒，很香，不比饭馆差，吃得哥儿几个脑门直冒汗。在市里技侦上执勤的老黑，年龄大些，人随和，成了常驻大使。

因为上次王燕从外地与家里通话，执勤的是外地技侦民警，对案子不了解，以为是同家里人一般性问候，没有重视，错过一次机会。许乐然为此曾质问杨华："你的人，除了吃，还会什么？"杨华护犊子，自己扇嘴巴成，不允许别人指手画脚，回答得很难听："你连吃喝都整不了，还得求别人。"把许乐然顶得翻白眼，又补一句，"不服是吗，到派出所当几天片儿警，你恐怕也干不了。"杨华是诚心恶心他。一次杨华陪许乐然去派出所，听案件线索的查证情况，正巧知情的民警去居委会调解纠纷了。杨华又陪他去居委会。这名民警和居委会主任正在调节邻里纠纷，听说市局领导来了，居委会主任是位见过世面的退休干部，又是请领导视察，又是请领导作重要指示，把许乐然难为得够呛。许乐然大场合不怕，这样的场合真不知道讲什么，嘴巴张半天，一个字也吐不出来。还是杨华给解了围，无外乎基层工作很重要，是建设和谐社会的基石。邻居和睦，大事化小，小事化了，居委会工作做好了，社会才能稳定。民间调解工作没小事，从小处说是邻里纠纷，往大说就相当于两个国家是不是友好邻邦。邻居打架，等于两国交战嘛。说得一屋子人都笑了，两个邻居也握手言和了。许乐然认真了："我是吃你的嘴短！"倒让杨华觉得言重了。许乐然在市局办公室住了几天，觉得离案子远，便请示王浩局长，要求住在滦南分局。王浩局长考虑一下，觉得也行，就折中一下：一半时间在市局，一半时间住分局。许乐然在杨华的办公楼里挤出一间办公室，吃住在那儿，很少回市局。不明真相的民警问："市局领导怎么住到分局？"许乐然无法解释，王浩局长也不能说破许乐然的身份，只好打哈哈："杨华那小子，伙食搞得好，给部里领导拍马屁。"不知怎的，这话传到了杨华的耳朵里。别人听到后，打句哈哈，也许就过去了。这个杨华偏偏不愿不清不白，他觉得事情不大，但有损气节，便打电话找王浩局长理论。气得王浩局长骂他："三岁孩子呀，这样的话也认真。"杨华想想，再说还真小气了，便不再较真。今天许乐然又提了这件事，刚才说话确实犯小性娘娘了，赶紧往回拿话："这帮小子，确实吃粮不当差，我不会饶了他们。到时候，我把处理情况汇报给您。"许乐然不领情："谁让你处理他们了，你换个顶事的人去。"杨华只好把老黑派去守机器。

方小丽、王燕、王慧就像约好了一样，再没有电话打回来。

破案，有时候真靠运气。老黑在哈尔滨市局技侦支队一待就是一个星期，和几名值班民警处得哥们儿一般。天下刑警是一家，老黑吃住在支队里，他协助监听别的机器。老黑说："不管谁的案子，破的都是自家的案子。"这境界，被支队领导大会小会表扬，一时成为黑氏语录被传诵。老黑有知名度了，遇上饭局，一块儿去！老黑酒量也好，从没喝多过，只是喝完酒，脸更黑了，挂了釉一般。老黑在技侦支队混出个好人缘好酒量。

大苏他们也没闲着，在阿城、呼兰两处调查了不少方小丽、王燕、王慧的亲戚朋友，想从中挖出线索。亲戚朋友以为她们失踪了，把知道的，甚至是听说的情况全告诉了调查组。答应一旦有什么消息，马上联系警方。

许乐然和他们保持着热线联系。几个人耐着性子，等待消息。有时，许乐然在电话这头开一两句玩笑，给焦急等待的他们一点儿插曲。就是玩笑也离不开案子："没准儿哪天，那个家伙会到哈尔滨转一圈，你们守株待兔吧。"

玩笑归玩笑，几个人不敢懈怠，只在正常的工作忙完后，相互调侃一下。晚上没什么事时，每个人讲一个段子调节情绪。大苏讲的是很久以前的段子："乡下人去北京逛天安门，北京大啊，天安门广场就逛了半天。想撒尿时，坏了，不知道厕所在哪儿。那广场不是咱乡下，找个地就能解决。那里一块儿背人的地方也找不到。急得四处溜达，夹着腿，猫着腰，心想就近有棵树也行啊，两眼贼溜溜的。好容易转到一棵树后，刚要撒尿，身后传来了一声喝问：'干什么的？'他吓了一跳，回头一看，是警察。他一急，结巴了：'没……没干啥呀。'警察过来，不信，看他忙着往裤子里塞东西，问他：'什么，拿出来！'他一听，急得淌汗了：'警察兄弟，这不能拿……这是我自己个的，我刚刚掏出来瞅瞅。'这下警察明白了：'原来是这点儿鸡巴事。'"大家哄笑着。说讲这点儿鸡巴事不行，这也忒糟蹋咱乡下人，明天罚做一天饭。接着小于讲："我不讲带色的，讲有水平的。说啊，一个乡干部到村里，不巧，村长不在家，村长媳妇接待他。这位村长媳妇有文化，会客套，说话爱用词儿。问乡干部：'您从哪儿来？'乡干部一听，这么有教养，便规规矩矩地应承：'哦，我从乡政府来。'村长媳妇又问：'您是乡长吧？贵姓？'乡干部据实回答：'我是副乡长，免贵姓张。'村长媳妇的学问来了：'是弓长张还是立早章？'副乡长急忙答：'弓长张。'副乡长受不了这样的话，想转身走人，村长媳妇不等他转身，又问上了：'您用膳了吗？'副乡长赶忙答话：'用过了，用过了。'急忙离开村长家，带着一脖子的汗。副乡长回家和自己的媳妇一学，说人家村长媳妇说话，那叫有水平。副乡长想借机刺激刺激大字不识、说话粗俗的老婆，便大夸村长老婆。副乡长媳妇心里有气，说自家爷们儿，净看人家好，那你和她过去吧，还吃我做的饭，钻我的被窝干啥？气归气，但这些话也暗暗记住了，心想，这样的话谁不会说。副乡长不在家时，她自己念叨念叨，演习一遍。可巧，这天就有生人到家来，副乡长又不在家，她问来人：'您贵姓？'对方讲：'免贵姓朱。'她顺口问：'公猪母猪？'来人想这家女人还真幽默，便也幽默地说：'公朱，公朱。'说完了，觉得别扭，转身走了，副乡长媳妇在身后嚷：'骗完再走吧！'"大家又是一阵大笑。

大家每天在笑声中进入睡眠。后来，小于把每晚的段子梳理一番，整成了笑话集成，回来和刚参加工作的警察们吹嘘。这些新警察送给他一个外号：于公。

汪碧菡这几日清闲了。当地媒体对她的关注冷了下来。她回华峰矿业集团一趟，把开发"滨河丽水"项目可行性报告交给刘董事长，同时交上的，还有一张光盘，她请专业人士把双阳镇开发地段"艺术"地拍摄下来，配上规划的效果图。光盘很像那么回事，刘董事长把董事们召集来，感受一下汪碧菡几个星期来的成果。效果不错，董事们达成了投资开发意见：先期工作可以进行。

汪碧菡和李山副总裁谈了一次话。李山很赏识汪碧菡的超前思维，说她的魄力震撼人。汪碧菡开玩笑地说："我把李副总裁的话当嘉奖听了。"李山笑笑，不置可否，说："我希望你能继续接受晚饭的邀请。"汪碧菡也不客气："恭敬不如从命。"

汪碧菡打扮一番，欣然赴约。她希望从李山这里获得些信息。李山是一位精明的商人和一位多情的男人，除了经商的话题和赞美汪碧菡漂亮，其他的话什么也没有表露。汪碧菡几次把话题引到杜梅身上，李山表现得很淡然，甚至一点儿溢美之词也没有。

杜梅没有来华峰总部。第三天了，她还没有回云雾山庄。黄助理讲，杜总每年都会休假，长则一两个月。汪碧菡把杜梅的情况向许乐然汇报了。许乐然请示齐副局长后，指示汪碧菡："坚守云雾山庄。"

四十一

古文辉提出，去何小峰新购买的四道沟铁矿检查。王强不解："怎么去那儿？一直停着，刚接手有什么看的？"古文辉强调："停着，不代表没有隐患啊，这个矿我们漏查了，不去不放心啊。"王强觉得没有必要，古文辉坚持："不怕一万就怕万一，只当去看风景。"胳膊拧不过大腿，王强不满意也没办法，嘴里念叨："有什么不放心的？就你多事。"

古文辉确实是找事，必须去。许乐然交给他一部手机，嘱咐他，手机里有追踪器，让他务必"丢"给罗立天或他手下的人。

王强回屋里拿皮包的工夫，给何小峰通报了情况，说想去你的新矿看看，去沾沾财气。何小峰刚想回绝，又觉得王强话里有话，没准儿不方便直说，便改了语气："好啊，欢迎。有几位？我安排饭。"王强答道："我和古组长，三四个人吧。"

王强把车交给司机开，自己坐在副驾驶位置。古文辉坐在后排，贾小亮也陪着。一路上，贾小亮很兴奋，问东问西，搅得古文辉不停地答话。他腻烦了，闭上了眼睛。王强听着后排消停了，回头看古文辉在闭目养神，冲贾小亮努努嘴，贾小亮会意，"哎呀"一声惊叫，古文辉睁开眼，贾小亮故意指着车窗外的山坡，"瞧，瞧"地叫着。古文辉看看什么也没有，知道是贾小亮在搞鬼，不再理她。他确实在想何小峰收购的四道沟矿，在滦北和北京的交界地带，原先形势不紧张时，被称为两不管地带。以前的矿主一直没有生产，原因是惹不起周边的老百姓。何小峰为什么能镇住，里面的原因可想而知。许乐然让他去查一下，并且告诉他，有什么情况，不要擅自行动。

李河矿上那个神秘的工程师，至今没查出去向。现在的气氛，这些人还会抛头露面吗？古文辉几次请示，希望归队，觉得再秘密调查已失去意义。请示的结果，是让他继续做他的检查组长。汪碧菡很投入地做她的房地产项目。到滦阳后，他们只见过两面。

何小峰给罗立天通了电话，讲安监局检查组可能要到矿上检查，让他有所准备。罗立天说，安监局的怕什么，几个钱就把他们打发了。说得何小峰语塞。罗立天帮何小峰办妥了李河的事，何小峰拿出一百万让罗立天安排一下弟兄们。罗立天说："手头的钱还够用。"很痛快的回绝了。在以往，罗立天是个为钱卖命的人，怎么突然对钱不热情了？这让何小峰心里很空，有种不踏实的感觉。罗立天怎么了？他不要这一百万，是嫌少，还是有别的打算？成功转让四道沟铁矿，签协议那天，何小峰端起酒杯敬罗立天，罗立天酒没少喝，很兴奋，搂着何小峰的肩膀，亲热地说："兄弟，我们终于做大了，我们他妈的很快就是富人了！"何小峰酒喝得不多，听得心里一阵阵发紧。他知道罗立天的想法了，他罗立天不是你何小峰的手下，而是你的合伙人了。下一步，他会要多少股份呢？

对罗立天手下的人，何小峰把握着分寸，敬而远之，绝不接触太多。但这一切会分得那么清吗？

前几天，褚永巷打来电话，分明也要分一杯羹。李河是哑巴吃黄连，在大陆地界上，他知道轻重，不会把事情闹大。褚永巷是条癞皮狗，这个人也许会有些麻烦。和罗立天的关系，要用，还要防，尽可能不要掺和太多。他要股权会要多少？何小峰的底码是不能超过百分之二十，罗立天会接受吗？

王强的车很卡点，十一点多一点儿到了四道沟铁矿。这个时间很讲究，喝杯茶，打打哈哈，再说十分钟正事，就到了饭点了。谁也不能背着锅灶不是，饭是要吃的。不喝酒，好啊，少来一点儿，消消暑，解解乏总可以吧。你来一点儿，我来一点儿，他来一点儿，这是办公室主任，那是秘书，这是……来而不往非礼也，点点滴滴，迷迷糊糊，休息休息，一天过去了。五点了，该下班了，到晚饭时间了。哪有晚饭不吃就走的？八小时以外是非工作时间嘛，领导们很辛苦，给属下点儿机会，也为领导们服务一下。领导是公仆，心里装着老百姓、柴米油盐酱醋茶，父母官事无巨细呀！属下们看着领导劳累心疼啊。好好，领导们同意留下了，早就安排妥当了。车有人开，晚上要多喝一点儿，睡觉安稳。吃过晚饭还有点儿活动，松松、捏捏、洗洗、摁摁、吼吼。夜宵嘛，有荤的、素的，中意哪个来哪个。

何小峰这几年混熟了这一套。王强是自己人，何小峰握住了古文辉的手，亲热地摇着。王强在一边，觉得这不是何小峰的风格。这是他最近一段时间修炼的。这一段时间，发生的事情太多太快了，让他有种不真实感，像是中了"七星彩"，还不是一注。他有些不适应。

半年前，何小峰确实是另外一种样子。有这么大的身价了，他会不可一世。但是读书却让他变了，变得眼光长远了。他学会了毛主席他老人家讲的"一分为二"，学会了看一看事情的反面。他深谋远虑了，知道什么是莽夫之勇，什么是外圆内方。

古文辉和何小峰握着手，惊讶于何小峰的双手竟像女人的手一样柔软，古文辉在琢磨着何小峰，何小峰也透过镜片细细打量眼前这个人。王强说他是个人物，好像什么事都经历过，见怪不怪，有大家气派。我的矿才到手不到十天，就要来检查，查什么？什么值得他风风火火地要查查呢？难道他知道什么？可那些不是你安监部门关心的。难道他不是安监系统的？

何小峰被自己的想法惊出一身冷汗，借中午休息的时间，他拨通了罗立天的电话："下午陪着安监局检查组到矿上检查。"他把检查两个字咬得很重。罗立天对检查反感："还没正式生产，查什么？"何小峰没有顺着他的话说下去："做好准备吧。"不等罗立天说什么，就放电话了。

有些事情，他知道却不去问，不弄得太明白，起码是表面上不弄明白。罗立天是什么人？他心里太清楚，他手下的人都是干什么的，他也清楚。清楚了却不去问，这就是半年多来他读书悟出来的。有些事情，读一辈子书，临了还是不明白。有些事情多经历一些，再读书，像毛主席他老人家说的"从理论到实践"，真是醍醐灌顶，一泻千里啊。何小峰上学时，哲学是最不喜欢的一门课，绕来绕去的，现在他喜欢上了，尤其是对毛主席的书，像一首歌里唱的"毛主席的书，我最爱读。"

快四点了，两辆车才从双峰铁矿出发。古文辉不急，他就是想要在四道沟铁矿住上一晚。何小峰也是这样想的，他计算好了，六点左右到矿上，说说话，吃饭，喝点儿酒，再玩会儿。听王强说，上次在云雾山庄，两个矿老板输了些钱给古文辉，古文辉"笑纳"了。今天他要和罗立天玩点儿技术，赢他，而且要大赢，他要探探这个人的底。王强带着贾小亮，也想在外面住一宿，三个人算是心照不宣了。

去四道沟是山路，在双峰铁矿东边六十多公里。太阳快下山了，余晖正浓，抹在群山一片片翠绿的树上，景色很美。贾小亮在车上，一个劲儿地惊叹。古文辉看看身旁这个活力四射的姑娘，不明白为什么她对王强这个四十来岁的中年男人着迷。真不知道，在一个单位有这种关系，再怎么处。王强在前面很兴奋地和司机比画着。一面是山路，一面是清清的小溪，不时有一群鸭子在溪水里觅食。有鸭子附近便有村庄。放眼向山沟里寻找，在榆树和柳树掩映的地方，看到炊烟升起来。路过的村子都不大，人家也分散，少则十几户，多的不过二三十户，散落在一片片庄稼和向日葵的簇拥里。

天快黑了，看到铁矿彩钢瓦的红顶子，竟走了三个多小时。何小峰的车在前面，压着速度。四道沟铁矿在村庄边上，这个村子有二百余户，算是大村了。听说村庄里多是赵姓，本家居多。

罗立天迎到铁矿大门口。这是一个四十来岁壮实的汉子。一件鳄鱼 T 恤，休闲牛仔裤，乳白色欧版皮鞋，怎么看也不像是开矿的。这身打扮，走在滦阳市的大街上也不算俗气。

王强把罗立天介绍给古文辉，二人一握手，古文辉觉得罗立天的手，骨骼大而潮湿，不像何小峰柔若无骨。罗立天又和贾小亮握手，把贾小亮握得夸张地叫一声。

罗立天走在前面，何小峰和古文辉并肩走着，侧脸看一眼古文辉，问："路很颠，委屈古大组长了。"古文辉平静地说："常事儿，干这行的，比这难走的道也走过。"

晚饭就在矿上食堂吃。食堂里的桌子和餐具很新。炖排骨，炖柴鸡，土豆炖豆角，小白菜炖豆腐……一炖到底。山里做菜都是这几样。这些菜很合古文辉的口味。盛菜的是一个个小铝盆子，地道的食堂气息。古文辉爱吃土豆炖豆角，用铁勺子盛了一碗。何小峰先举碗说："大碗吃肉，大碗喝酒！山寨大王的待遇啊，欢迎领导们光临。多多指导！"大家笑哈哈地端碗，古文辉酒量大，豪爽地把半碗酒干了。罗立天说声："痛快，够哥们儿。"也干了。王强也不示弱，随着干了。何小峰和贾小亮端起来，喝一点儿放下了。王强盯着何小峰说："何总，这杯酒可是你提的啊，不能抿抿吧。"何小峰忙说："吃口菜，不算赖。我陪着咱们贾领导。"王强听了给贾小亮递个眼色，贾小亮端起碗说："何总，我陪你。"说着就把半碗酒喝了，手一抖露出碗底。古文辉怕小姑娘喝多了，有些担心地说："小亮，行吗？"何小峰没办法，又端起碗，把半碗酒喝了个底朝天。看到何总干了，贾小亮第二碗不让倒酒了。罗立天说："一看就是装酒的主儿，我满，我满。"贾小亮抵不过罗立天劝，只好又满上了。第二杯罗立天提，他把酒倒了个整碗，也给古文辉满得快流出来，说："我就喜欢古组长的豪爽，我敬你。"古文辉看了眼何小峰，何小峰假装劝贾小亮吃菜，不看他俩。王强在一旁敲边鼓，说："古处长本来就是仗义人，你俩算是张飞遇上李逵了。"贾小亮说："这怎么说啊，他俩遇不上啊。"王强又说："哎，遇不上都遇上了，猛对猛嘛！"何小峰也说："哪儿挨哪儿啊！"罗立天说："这话我爱听。"便碰一下古文辉的碗，一碗酒一扬脖便灌下去了。古文辉端着碗，掂量着："得有小半斤吧？"何小峰说："没有，三两！"古文辉说："我听何总的，喝多了，你可得管我啊。"也喝下去了。大家一起说："痛快！"

古文辉像是喝多了，脖子粗了，脸色微红，一个劲儿地说："这酒怎么喝得浑身发热？"罗立天笑眯眯的："这酒，是本地小烧，六十多度。"古文辉听了便说："哎呀，不行，不能喝了，酒劲忒大。"王强说："歇会儿，吃点儿菜，谁再和你喝我顶着。"

贾小亮倒了些，脸冲着罗立天："我一看，你就像美国大片里的男人，我敬你！"王强拉她一下，何小峰起哄说："不许拉后腿。"罗立天倒了少半碗，说："难得小妹妹看得起，我喝！"二人碰了一下，干了。

何小峰怕罗立天喝多了，站起来说："罗总给大家准备了特色主食，端上来先品尝品尝。"做饭师傅端上来一个黑乎乎的铁锅，拿开锅盖，热气腾腾的蒸汽散开，露出金黄色的玉米面饼子，锅底是香气扑鼻的小河鱼儿。何小峰张罗着大家吃饼子夹小河鱼，还真是有特色，很好吃。

罗立天又倒了半碗白酒，也给古文辉倒上，看了眼古文辉，古文辉觉出他目光里有股冒尖的东西。古文辉看着他，等着他说什么。罗立天端着碗走过来，把古文辉的碗也端起来，碰一下，又递给古文辉说："认识你这么大领导，痛快！最后再碰一下，算是你回敬兄弟一杯。"古文辉说："罗总，真是好酒量，最后一杯啊。"两人又碰了一下，双双干了。

"吃过饭，罗总还有节目。"何小峰代罗立天宣布说。贾小亮兴奋地嚷着："好，好！是什么节目？"何小峰笑笑，眼镜片晃动两束火苗："是男人的节目。"说完便拍了拍王强的肩膀，王强会意，忙说："古处，留点儿精神，一会儿还有活动。"古文辉大声回应："好！有活动好啊。"

所谓的活动是打麻将，他们有意支开贾小亮。打麻将前，罗立天拿出一摞钱，给王强和古文辉每人扔两捆。这是古文辉当天晚上没想到的。这样做，何小峰和罗立天是有更阴险的用意。他们在暗中安排人，整个晚上的活动被全程录了下来。怕贾小亮在一旁有碍他们的录像行动。这是后话。

何小峰说："赢了带走，输了不补。古组长，听说你的技术不错。"何小峰话中有话，仿佛在提示古文辉：你在滦阳的一些事，我是知道的。古文辉佯装糊涂："这方面，哪敢上台面。何总要手下留情啊！"何小峰也不深说，都是明白人，说透了就没意思了，便打哈哈："一定，一定。"

王强看一旁没有贾小亮，便问："我们的女同志可别委屈着。"罗立天神秘地说："王支队，你的人谁敢怠慢。放心，早安排妥了。""那就好。"王强也不多问。

何小峰看一眼罗立天："罗总，到你的地界了，有什么讲究？""哦，那就不客气啦！到哪河脱哪鞋，规矩我来立。"罗立天也不推辞，想想说，"二四八，十个以下随便跑。王支队，咋样，嫌小不？"古文辉不懂："随便跑什么？"王强解释说："二四八百的，跑在一千以下。跑就是另外下钱。"古文辉看着两沓红票，掂掂，自语："好家伙，挺吓人。"何小峰便说："就这样吧，您走南闯北，哪样的场面没见过。"

王强和古文辉对川，何小峰和罗立天对川，四个人便噼噼啪啪战斗起来。王强说："这酒，劲儿大，叫水来！"罗立天便拍了下脑门："净想着活动了，忘了这事。"大声喊了句："上茶水。"一会儿工夫，一个姑娘端着茶水上来了。何小峰扫一眼："嗬，这不是小麦吗？"罗立天答话："何总好眼力，我把她们姐俩留下了。"小麦看了眼罗立天，小声问："罗总，还要别的吗？"罗立天想想："贾小姐安排好了吗？""刚送去葡萄，贾小姐问你们在干啥，我没说。"罗立天挥挥手："给我们也送点儿葡萄。"

打到后半夜，古文辉的两沓钱剩下不到十来张了，浑身的烟味，他哈欠连天的，有点儿顶不住了。王强的稍多些，也不足一整捆了。王强看古文辉打不起精神，要瞌睡，便说："散了吧。"何小峰和罗立天对个眼神，便说："好，那就睡一会儿吧。"

牌局散了。古文辉走时，把手机"落"在麻将桌的抽屉里，抻抻懒腰，"噢、噢"地喊两声，才由罗立天的人领着，回房间睡觉。不一会儿，打起了呼噜。

古文辉在部队养成了早起的习惯，无论睡得多晚，也按点起来。他迈着军人的大步向山坡走去，看着朝霞把山峰涂抹成玫瑰色，他的心陡然沉重起来：这么美的颜色，却让一个"玫瑰计划"给涂抹了。想想许乐然、汪碧菡两个战友，他们肯定也和自己一样，被这该死的计划折磨着。

矿区在东面的一条山沟里，一条小河不紧不慢地流着，有层雾气。村庄在西面山根，中间隔着大片的玉米地。玉米抽穗了，靠近路边的蒙着一层灰尘，这是经常走车的缘故。在矿区三排红顶的彩钢瓦房子下面，是选矿厂，古文辉听到了机器的轰鸣声，看来罗立天已经开始生产了。大片的空地堆满了矿石。进入矿区有铁制的门楼，"四道沟铁矿"的牌子漆成红色，很醒目。三排房子上面，有几根铁管通上去，上面是尾矿库。

许乐然让古文辉务必到这个矿上走一趟，说苏强和肖氏兄弟很可能藏匿在这里，让他多长只眼睛，语气很重。

这三个人的通缉令古文辉看过，如果在这里遇见，他能认出来。

许乐然有交代，叫他不要贸然行动。难道他们和矿上的人有什么关联？何小峰和罗立天都有被关押的经历，这让古文辉警觉起来。

罗立天、何小峰没睡多大会儿。在罗立天办公室，何小峰把三千万款项的支出情况向罗立天交底儿。罗立天听着，一句话也不说，何小峰寻思着，这罗立天真是长进了，毛躁脾气改掉不少。罗立天在打着自己的算盘，看你何小峰说什么，听何小峰在说还要增加选矿的球磨机，现在只剩不足五百万。罗立天把村里的情况简单说了说，话题又引到古文辉身上。

罗立天问："这家伙究竟想干什么？"何小峰对古文辉兴趣不大，说起李河却很气："李河这家伙有警觉了，褚永巷来过几次电话催问怎么办。"罗立天有些不耐烦："我看是姓褚的在捣鬼，想要几个钱花。"何小峰说："要是这样倒好办，就怕李河在他背后。"最后，何小峰说："大哥，咱哥儿俩也说说，亲兄弟明算账，你说说条件。"罗立天沉默了会儿，说："我有勇无谋，这几年净打打杀杀了。倒是兄弟你没少费心思，又搭进去不少钱，咱哥儿俩还不好说。"罗立天原本想好了，看到何小峰这样说，到嘴的话又变了，他要等对方先出牌。何小峰像是真犯难了，想了半天，这口也难开，最后说："要不处理完李河的事再说。"罗立天粗声粗气地说："也好。"停停又说，"村里又发现了新矿，品位听说也挺高的，琢磨琢磨，把这个矿也吞下得了。"何小峰两只眼睛倏地放光，忙问："什么新矿？怎没听你说过。"罗立天答道："是村长昨天才说的，我也刚刚知道。离咱们矿隔着几条沟，都是一个矿脉，矿石拿去化验了。"何小峰又问："你不说品位挺高的吗？"罗立天打愣一下，答道："是村长说赖不了，看矿石就能看出来。"

何小峰动心了，愣了会儿神，让罗立天去找村长，要和他谈谈。罗立天便出去安排了。

早饭没有吃，贾小亮梳洗干净，听外面没有动静，一个人走到矿区外的小河边。河水很清，刚能没过脚背。小河里青苔不少，细茸茸的，把鸭子的脚掌衬托得更红。她捡起一节树枝，轰赶鸭子，鸭子一扭一扭地飞跑，嘎嘎叫，逗得她大声笑着。

王强起来，见古文辉床上没人，敲贾小亮的屋门，里面也空着。来到厂区转转，只有伙房里有声音，他思忖着：人呢？只见古文辉远远地从山坡上下来了，他招呼了声："怎么不喊我，我也上山瞧瞧。"古文辉挥一下手，算是回应。

罗立天从外面领着一个中年汉子进来，见到王强，说："何总找村长说点儿事。"就进了屋里。他把村长介绍给何小峰，上次洽谈股份转让的事时，村长没有出面。听说是何总，村长忙上前握手。何小峰单刀直入，直接问新矿的事，村长看了眼罗立天："新矿比这个矿还大，品位也高。""结果出来啦？不是才拿去化验吗？"何小峰问话有点儿冷。村长说："我看矿石不走眼，品位肯定比上次的高。""那我们继续合作，怎么样？"何小峰的热情一下子提高八度。村长又看罗立天，罗立天接过话："同意不？同意就说痛快的。"村长马上说："有啥不同意的，好事啊。"何小峰也不多说："这事罗总你们具体定，就一条，你四道沟村，我们以后长期合作，不会亏着你。"村长搓搓手，笑得嘴巴老大。罗立天说："我俩一会儿就合计。"村长出去后，罗立天又问何小峰："给我个底线，咱们能出多少钱？"何小峰低头寻思一会儿，才叮嘱罗立天，先谈着，又如何如何地具体布置一番。

贾小亮见屋里只有古文辉、王强二人，笑着说："你们俩交代，昨天晚上干什么坏事了？"不等答话，又接着说，"嘻嘻！我知道你们玩麻将了。我过来瞧瞧，见外边有人偷看，我没进去，就走啦。"

贾小亮所说偷看的人，是小三。他受罗立天指使，偷拍了打麻将的场景。散场收拾残局时，小三本能地去翻看抽屉，看看是否有落下的钱，却意外收获了一部手机。

谈完矿山的事，何小峰猛然想起了什么，问罗立天："你的人，没事吧？""接到你的电话，我就安排他们到水库钓鱼去了。""水库？"何小峰一愣。"四道沟里有水库，储水不少呢。你什么时候有时间了，我带你去玩玩，挺好的呢。"何小峰没有接罗立天的话，说："他们待会还不走啊？我回去处理些事情，过几天再来，把矿落实了。"他看了看罗立天又说："大哥，你先谈着，将来这里就是咱哥俩的金库。"说完拍拍罗立天胳膊。罗立天的眼里闪过一丝光亮。

罗立天留下他们，说村长安排了中午饭，地道的石磨豆腐，请领导们尝尝鲜。王强征求古文辉的意见，古文辉不假思索："好啊，得尝尝这个鲜。"

四十二

在何小峰、罗立天考虑如何买新矿的时候，还有一个人也在惦记着四道沟的铁矿。这个人是李河。李河还不知新矿的事，他对何小峰买下的矿耿耿于怀。他让褚永巷时刻关注双峰铁矿的事情，虽然签了委托书，但双峰铁矿还是他李河的。李河不想马上采取什么措施，他知道何小峰和罗立天不是什么好人。此仇不报，不是李河的风格。上次的哑巴亏他不敢让哥哥李山知道，他要靠自己。这个褚永巷背叛了自己，他暂且忍住这口气。这条狗，除掉他容易，可是，他要用他，让他转过头，再咬他们。当然，这需要时机和过程。你何小峰用罗立天给我下药，是为了钱，好啊，钱就是你们的软肋。钱我有，吞进去的，我得让你一点点地吐出来。吐的滋味，就是喝多酒被药住的滋味。

李河把褚永巷叫过来，吩咐他去趟四道沟铁矿。褚永巷不明白李河的用意，等着李河往下说。李河却不急于往下说，他看着褚永巷，把褚永巷盯得毛了，躲着李河的眼睛，头低下来。过了好一会儿，李河才说："不愿去会会你的老朋友吗？"褚永巷更加不知所措了。他抬起头，看李河的脸，李河的脸很平静，没有表情，他试探着说："我还是不去吧，也没什么事儿。"李河笑笑，越笑越响亮。李河笑够了，说："谁说没有事儿？四道沟铁矿品位不错，看看我们有没有空间，插进一只脚。"

褚永巷听李河如此说，像是突然想起来似的："李总真想在四道沟投资？"李河认真地说："是啊。"褚永巷说："我听说了，四道沟还有新矿。"李河嚷一声："那还等什么，你他妈的快去吧！"

褚永巷坐在车上，也摸不准李河的用意。李河有的是钱，他惹不起。何小峰有势力，罗立天是亡命徒，我褚永巷谁也惹不起！他后悔自己稀里糊涂搅进几个人的乱麻套里。这个三角阵里，处处都埋着地雷，搞不好会粉身碎骨。

王强、古文辉刚走，褚永巷的车就进了厂里。一路上他盘算，是否和何小峰打个招呼通报一下。但一两句话也说不清楚，何况车是李河的，司机在旁边，什么敏感的话也不能说啊。

褚永巷与罗立天只见过两三次，都是特殊场合，没有交情。其实他和何小峰又有什么交情呢，只是利用，而且还是在引诱威胁中的利用，李河已经有所察觉，但却不挑明什么，这让褚永巷心里堵着，黑夜一样，找不到敞亮的出口。

罗立天看到又有丰田霸道开进院子，心想：这又是哪路神仙啊？还真他妈的热闹。看下来的是褚永巷，没有别人，这让罗立天感到很意外。

"褚主任也来检查工作?"罗立天话语很不友好。褚永巷抱拳给罗立天作揖说:"罗兄,哦,罗总,你可别作践兄弟啦。"看罗立天脸上有了笑容,又说,"兄弟我看别人脸子赏口饭吃,难呀!"

罗立天是喜欢听好话、吃软不吃硬的人:"褚主任,别在外面站着啦。"听褚永巷说明来意后,罗立天显得吃惊,很快又平静了:"新矿是有,已经被我们买下了,你们李总也感兴趣?"

褚永巷看看外面,把声音压低:"上次那件事后,李总对我有猜忌了,我摸不准他的意思。想和何总说一下,在车上又不方便。这下好啦,我回去后,复命就是了。"

罗立天见褚永巷话说得很真诚,也仗义起来:"褚主任,上次的事情够意思,这次兄弟得回敬一把。李总让你来看底牌,你也得有个交代不是。"褚永巷很激动,又是鞠躬,又是双手合十地说感谢话。

罗立天说:"这就走,我领你去看看。"他坐上褚永巷的车,向对面的村庄开去。罗立天找到村长,交代几句,村长点头和罗立天一同上了褚永巷的车。听说是村长,褚永巷让他坐前面领路,二人调换了座位。

新矿离村庄有一个多小时的路程。远是不远,可山路像是刚刚修筑的,难走些。村长没什么话,在前面这边那边地指引着。然后在沟塘一处较宽敞的平地停下了。村长指着山上说:"就在这山坡上。"

眼前,有几处新挖开的山皮,露出赭色的石块,罗立天、褚永巷在村长的带领下,到几处挖开的地方察看,有一米多深、十余米长的沟槽,石块翻出来。褚永巷在每处捡几块石头。在铁矿干了几年,对矿石多少懂些,凭直觉,他知道这些石头含铁成分很高。褚永巷感激地看着罗立天:"这让我好交差了。我得祝贺罗总,有财运啊。发财可别忘了兄弟。"罗立天看了眼村长,在一边给褚永巷递眼色,褚永巷会意,闭上了嘴巴。

村长在罗立天办公室待了一会儿,罗立天说:"看看,又来财神啦,你就等着好事吧!"村长嘿嘿笑着。罗立天拍拍村长肩膀,说:"跟着我,你他妈的就等着吃香的喝辣的吧!"村长鸡叨米似的点头。罗立天叮嘱他:"可别给我办砸喽。"村长下保证说:"你说咋办就咋办,我听话不就得了。"罗立天问:"还有不服气的吗?有啥就说,我派人收拾他。你别遮着盖着。"村长摇头:"谁还敢,这些人全服软啦,托我要来矿上说说,都想来上班呢!"罗立天说:"谁来谁不来都你说了算,等新矿有主儿了,一家能摊上一个,只要听话,咱们好说。"村长给罗立天点烟,笑得脸上全是皱褶,菊花一般。

李河派褚永巷看四道沟铁矿的事儿,罗立天没有向何小峰说,他要看看褚永巷回去后李河的反应。新矿何小峰买还是李河买,要罗立天说了算。何小峰敲李河一把,拿到了委托授权书,一下子得到三千多万的政策扶持款。罗立天懂,那是白给的一样,共产党的钱买共产党的山,挣下钱入自己的腰包。何小峰这招儿漂亮,但那是我罗立天冒着危险办成的。时至今日,还没有一个说法,拿我罗立天当什么了?当土包子,狗屁不懂,那是你何小峰不仗义在先。这下好,现世报,我一个媳妇许两家,谁出价高给谁。还有更绝的,好矿我自己留着。

罗立天领褚永巷看的是一处品位低的矿,好矿在另一条山沟里。褚永巷选走的矿石是罗立天派人从好矿拿过去,扔在那儿充数的。原本这个矿是等着何小峰来看的,不想他没时间看。老天让你发财,拦也拦不住,李河紧跟着派褚永巷来了。一切就像演戏啊,真真假假,假假真真嘛!

四十三

老黑截获了一条电话信息。方小丽在福建泉州露面了。电话是从石狮市南石镇打出来的。得到这条信息,杨华说:"老黑,真是老将出马,一个顶俩!这条信息价值连城啊。"

许乐然率徐海燕等两名女警、四名特警以及杜国飞等四名刑警飞往厦门。泉州警方接机后,一行人直抵石狮市公安局。

南石是靠近海边的城镇,与台湾隔海相望。常住人口不到两万,流动人口五万。有大小近千家企业,以服装加工业和电子产品制造为主。方小丽的手机号,注册机主是李小华,警方遂对通话人逐一电话监控。

许乐然把石狮的情况向王浩、杨华通报。王浩指示说:"人手不够,再派警力,要确保工作顺利。必要时,杨华再带人过去。"许乐然说:"现在各项工作正在紧张有序进行,主要靠泉州和石狮警方配合,尽管放心。需要增援,我会及时汇报。"

石狮市公安局抽调刑警、技侦、派出所二十余名警力配合。许乐然把警力调配均匀，严格分工。要求滦阳去的同志多依靠当地警察，听不懂闽南话就少开口，防止影响工作正常开展。徐海燕带一名特警配合辖区派出所查方小丽的住处。杜国飞率三名刑警配合当地刑侦、技侦，对通话人逐一核查。方小丽以李小华的名字注册的手机二十天内共有一百五十二条通话记录，涉及电话八十三部，移动、联通卡号六十一个，固定电话二十二部。每天出现两次以上的通话者共二十六人。监听当天通话六人次，男性通话两人次，女性通话四人次，均为闽南口音。杜国飞听不懂闽南话，对方小丽的南腔北调能听出个大概，通话内容是些化妆、服饰、打牌、饭局等琐碎事情。

杜国飞提出是否增加监控警力，对与方小丽通过电话的号码均实施监控。许乐然告诫他不要急，那样做工作量太大，还是要以方小丽为中心，向四面辐射吧！

徐海燕一组在南石镇派出所的配合下，于晚上八时，查到了方小丽的住处。她住在紫荆花园公寓房四号楼三单元506室，室内无固定电话，无同户居住人员，房主是一名叫李方明的石狮人。

紫荆花园是南石镇开发的商品楼，靠近海边，住户多是来南石镇经商的外地人，本地户只占小部分。楼群连片有五十多幢。小区物业管理很规范。徐海燕请示许乐然批准后，刑警小高以保安身份住进小区物业。

方小丽的生活基本上是从中午开始。十一点多起床，冲杯奶，吃几块儿点心、水果，化妆打扮半小时。两点左右出门，到镇里逛一小时，之后上一家健美中心练健美操，再进行面部护理保养。六点钟到一家定点餐馆吃饭。七点钟去娱乐中心和牌友打八圈麻将，有时打十二、十六圈才撤，由一辆包的出租车将她送回住处。生活很规律，周而复始。

李方明，男，三十六岁。住石狮市官桥街道68号。个体业主，经营一个茶楼和一处服装门市部。有南石镇房产三处，两处出租。一处自己居住，经常到海滨休闲一下。没有和方小丽通话的记录，方小丽居住的房子是通过中介公司租赁的。李方明常年在石狮，近几个月没有外出，没有犯罪记录。

徐海燕介绍："李小华生活得很悠闲，像是被包养的二奶。"杜国飞打趣："做女人真好啊！"许乐然批评他："你还真有闲情！说说你那边情况。"杜国飞不敢开玩笑，把调查情况一一汇报，并说了想法："我们监控电话五天，方小丽来往电话都是在南石镇交往的打牌的人，或是健美中心的，可以肯定，没有我们要找的人。也没有海燕大队长说的包养二奶的那个人。五天没有电话联系，能说明什么？我想有三点需要考虑：一是这个人和方小丽可能有其他的联系方式；二是这个人不在石狮周边，或是事前有什么约定；三是这个人和方小丽的关系比较稳定，让小丽比较放心。下一步的打算是：要对方小丽居住的地方进行一次秘密搜查，上技术手段，尽快发现线索，找到方小丽身后那个人。"

许乐然说："上技术手段我去协调，各项工作要细心，我们已接近目标，不能马虎。每个人都要仔细再仔细，同时要注意安全。"

正是七月，南石的气候愈发闷热、潮湿。滦阳的夏天是火辣辣的，热得烫人。习惯了干燥的气候，便受不了黏糊糊的湿热。徐海燕给杜国飞出主意："选几件背心、短裤，透透气。"杜国飞斜她一眼："你还真有闲情。"声调像许乐然，大家都笑了。杜国飞看看徐海燕她们穿的衣服，也没有"露、透"的样式，便鼓动他们："咱们晚上去市场逛逛，本人愿意当一回护花使者。"徐海燕也不拿捏："瞧，一点儿不笨，还会讨女人高兴，有发展前途！"

石狮市是服装之乡。服装加工点多，销售门市一家挨着一家，市场像是卖海产品的大排档。南石镇规模较小，有点儿爷爷和孙子的意思。全国各地倒服装的，自然是来南石镇的少，没有大市场热闹。

这个南国小镇，依傍着台湾海峡。海水像是哮喘的老人，一刻不停地喘息着、咆哮着。棕榈树、三角梅还有许多叫不上名字的花草，在海风里，在霓虹灯的柔媚里，独自生长、摇曳。

徐海燕、杜国飞一行四五个人选了几件衣服，又匆匆分开了。他们没时间停下来感受一下，浪漫一回，哪怕是在海滨的沙滩上望一望。也许就像许乐然说的，没有闲情啊。一个肩负着重荷、心事重重的人，眼里是没有风景的。

天气也赶热闹，预报有热带风暴。代号"莲花"的热带风暴将于明天九点或晚些时候，越过台湾海峡，从南石镇登陆。

徐海燕和另一名女民警有点儿慌，这不就是课本中说的台风吗？该多吓人。杜国飞他们倒有些亢奋，这或许是男女间的差异吧。男人有时喜欢冒险、刺激，热衷挑战。杜国飞似乎更甚些，他渴望挑战好久了。

　　许乐然同石狮市公安局领导谈了想法，大家意见一致。借助这次热带风暴，社区民警和居委会一同登门入户，对外来人口进行安全宣传，到方小丽的住处探察。

　　徐海燕和一名刑警扮成街道办事处人员，随居委会进驻紫荆花园。

　　方小丽回来得很早，像是没有打麻将。"莲花"热带风暴惊动了她和麻友们。在家里，来回走动，看哪扇窗户都觉得不安全。本地人说起台风还心惊胆战的，她更是心慌意乱。她不停地拨打手机，又发了一条信息，内容是："明晚有台风，我很怕！"号码在以往通话记录中没有出现过。注册机主是南田李阿弟。李阿弟的信息很快调了出来：李阿弟，男，四十岁，无业，小学文化，汉族，居住在南田市望江区胜利街道 127 号。李阿弟小学没毕业，便去外地打工经商和家里断了联系。有父母和一个妹妹在南田市生活。

　　徐海燕和社区民警在物业同志带领下，早早地开始逐户发送传单。到李小华居住的 4 号楼时，快九点了，门铃响了十余次，方小丽出来开门。见到是警察，她微微一怔。物业员说，发宣传单。进到客厅里，社区警察问："几口人？有没有防台风的经验？"李小华答道："就自己一个人。"物业员夸张地说："自己一个人可不行。咱们南石是台风登陆中心地带，很危险的。"社区警察紧接着说："听口音，不是本地人吧？那丈夫呢？快让他回来，来台风了，还忙什么？"方小丽说："他正往回赶。"扮成物业员的小高在各屋转着检查窗子、玻璃，徐海燕随着，察看电源线、煤气管道。房间里的摆设很简单，没有悬挂照片什么的。一间屋里，有健身机，电脑桌上摆放着笔记本电脑。物业员又提示："台风来了，要关闭电视，窗户捆绑结实。"随即又问："有电脑吗？"方小丽答道："有。"物业员像是不放心似的："都要关掉，在哪儿？要检查一遍。"方小丽把物业员领到放电脑的房间，物业员查看着："无线上网吗？"方小丽回答："是。"物业员检查后，又问："还有什么电器？煤气管道在哪儿？"方小丽又领着物业员去了厨房和卫生间，物业员仔细察看后，不厌其烦地向她交代着。

"物业员"小高和徐海燕在笔记本电脑上倒腾一番。几个人觉得该查的都检查遍了，留下一张联系卡，又嘱咐她："马上让你丈夫回来，有事情和我们联系。"方小丽感激地点头，物业员又嘱咐："晚上谁也顾不上谁，可能电话什么都不通了，不行的话，你锁好门，去物业办公室。"

方小丽是真的被台风吓住了，以前听说过台风，觉得那是遥远的事情。现在真的来了，能把一棵树连根拔起，越想越怕。李阿弟说往回赶，也不知道什么时候能回来。她又拨了几个人的电话，都是平时在一起玩的，几个人都有事，有的已经去了泉州。这个时候，谁还能顾得上谁呢？

方小丽有些后悔了。这里人生地不熟，语言听不懂，像是在国外。吃的还不习惯，气候又热又潮湿，到这里第一周，她就瘦了好几斤，脸上起些红疙瘩，烦心透了。李阿弟连哄带劝，又打在卡里十万元，她的心里才平衡。方小丽刚刚二十岁，长得俊，身材又好，细皮嫩肉，李阿弟是死下工夫，在她身上花了许多钱。方小丽看他长得还说得过去，也不像三十多岁，才答应和他一起到南方老家看看。到这里，李阿弟答应处理完业务，就带她去国外定居，东南亚几个国家任她选。不过得先住一段时间，不会超过一个月。李阿弟逗她："就当在这里实习一下。"她怕一个人待不住，就威胁他："一个人住这儿，你不怕我出什么事？"李阿弟狡猾地笑笑："出什么事，给我戴绿帽子呀？你可以试试。"气得方小丽一晚上不理他。李阿弟给她约法三章：一要更名换姓，这样出国才容易；二要保密，不能张扬；三不要和熟人甚至是和东北老家联系。一切等出国手续办妥后，才能讲。方小丽不明白，说："这还不把我憋闷死，姐妹们也不行啊！"李阿弟说："不行，我带你出去不是正常的渠道，否则到那里办不成永久居住的手续，也就是绿卡。必须保密。"方小丽信以为真，一切听任李阿弟摆布。名字由方小丽改成李小华，和家里过去的熟人、朋友、姐妹统统失去了联系。李阿弟劝慰她："在这里可以去健身中心，还有娱乐室。健身、打牌，几天不就混熟了。"方小丽顶撞他："你行，我连他们说什么都听不懂，怎么混熟？"李阿弟说："有讲普通话的。"看方小丽可怜巴巴的，李阿弟有些妥协，可以和最要好的姐妹说说话，但是绝对不许说在这里，电话也要换一张卡。方小丽一听高兴了，我有两个最要好的姐妹，让她们也来行不行？李阿弟考虑一下，说："我得想想，你不要得寸进尺。"说得方小丽又有些泄气了。

李阿弟是另有打算。他知道这两个最好的姐妹是王燕、王慧。方小丽心里不搁事，平时和李阿弟说过。李阿弟在滦阳时，也见过这两个人，和王慧还有过更深入的交往。也是两个长得很馋人的姑娘。李阿弟最后答应，可以让这两个人来，但是你们不能在一起，要分开，也要保密。方小丽不明白，说："她们也不出国，保什么密。""她们不保密，还不把你给泄露出去，你怎么能办手续？"说得方小丽心存疑惑。方小丽想，只要她俩能过来，保密就保密，还省得别人议论我呢，便应承下来。其实李阿弟对王燕、王慧也这样讲。把两个姑娘分别安置在晋江的磁灶镇和惠安东岭镇。三个人想见面便事先约好，去泉州或去厦门聚聚。彼此都保密，只字不提被李阿弟包养的事。这倒让李阿弟无所顾忌。

李阿弟小学只上到四年级。从老家出来，转悠了许多地方，在广州、深圳、上海、北京等许多大城市都没能站住脚。他性格内向，不善言语。许多老板看他又黑又瘦，个子比办公桌高不了多少，苦瓜一样的脸，就厌烦地将他打发了。李阿弟聪明，从小爱捣鼓无线电，六岁时把收音机拆开又装上，显露了天分。他对电子元件感兴趣，这点爱好，成就了他，也把他引上了一条黑暗道路。在深圳一家电子元件市场，一个外方老板收留了他，先在门市打杂、跑腿，后来在柜台销售。老板看他有天分，有意栽培他。他能独当一面时，老板把他送到了香港，后来又去了 A 国。李阿弟做梦也没有想过，祖辈们下南洋发财的道路，让他轻而易举地踏了上去。

李阿弟在总部，把天赋发挥到极致，成为了骨干。组织又引导他，进入爆破领域。不到几年工夫，他成为炸弹方面的专家，一时风光无限，沉醉于金钱、女人之中，乐不思蜀。

这次重返祖国，他没有衣锦还乡的心理，这些年他心里已没有祖国的意识，甚至没有再回家看看亲人的想法。他被安排在李河矿上住几天，研制皮包炸弹的任务完成一半他就烦了，他不能没有女人。大部分时间，他消磨在滦阳市各大宾馆和歌厅洗浴中心。在这些地方，他接触到的女人不下百个。方小丽他是在云雾山庄认识的。为了得到这个天仙一样的女人，他三天两头地请她吃饭，送礼物。在女人身上花钱他是不眨眼睛的。五千、一万、两万，从不吝惜。可方小丽是见过世面的女孩子，礼物收下，上床不行。这让李阿弟大费脑筋。越是这样，他越感兴趣。为了把方小丽搞到手，李阿弟愣是一个月没沾其他女人。知道方小丽有几天假，就把她约到北京，住王府井饭店，买时装和高级化妆品。最后几万元的首饰让方小丽彻底放弃了防线，心甘情愿地让李阿弟爬上了床。

看着方小丽洁白的胴体，一个瘰子也没有，李阿弟是真心实意地喜欢上了。从头到脚，他舔了个够，又像是怕口水弄脏了一般，李阿弟又轻轻地吹拂一遍。接着亲吻着她蒜瓣一样的脚指头，流下了两行泪水。

这个见识过无数女人身体的男人，生出无限怜惜，他轻轻分开方小丽双腿，把满是泪水的脸深深地贴上去。

这一切，让方小丽认准了眼前的男人。她哭着提出要求，让李阿弟带走她，过稳定的日子。李阿弟头脑正热，许诺滦阳的业务办完后，领上她远走高飞，到她喜欢的地方，过神仙一样的日子。李阿弟发誓兑现诺言，让方小丽在地图上选，想去哪儿就去哪儿，表白自己有花不完的钱。这让方小丽兴奋了好几天，两个人在北京玩够了，又回到了滦阳。李阿弟在滦阳最好的丽日大酒店包下房间，和方小丽住在一起。

方小丽回了趟哈尔滨老家，和父母简单讲了有了男朋友的事。父母问她男朋友是干什么的？哪里人？方小丽对于李阿弟的业务还真说不上来，只知道他老家在福建。

方小丽回老家期间，李阿弟在酒店又看上了推销酒水业务的刘飞飞。李阿弟的兴趣又上来了，对刘飞飞大把地花钱，不想刘飞飞比方小丽还难追，饭可以吃，歌可以唱，但是贵一些的东西绝对不要，更别说和他去宾馆开房了。李阿弟给方小丽买了笔记本电脑让她带着，还装了3G上网卡，两个人在网上聊，也影响了他追刘飞飞的热情。还有几天时间，方小丽就要回来了，这下激发了李阿弟的热情，不把刘飞飞搞到手，他像是过不去一样。李阿弟用了非常手段，在刘飞飞的饮料里放了些"东西"，这才把刘飞飞带到了房间。等把刘飞飞脱光衣服，搬到床上时，刘飞飞却清醒了，看着李阿弟搓板一样的胸脯要压下来，她的刚烈上来了，把李阿弟推个四脚朝天，滚下床去。慌乱离开时，她错把李阿弟床头的手包拿走了。

刘飞飞不知道，这不是一般的皮包。她跑出宾馆，头脑清楚了，看一下手包里是空的。便坐车去滦南，到商城找郝忠。

这个皮包，是李阿弟在李河矿上精心研制的"业务成果"，皮包外面的金属蝴蝶结，是带着计时器的引爆装置。手包夹层里有塑胶黏合衬里，主要成分是矿山里用的二号岩石炸药，微小的电池和金属引线，连接到外面的蝴蝶结上。蝴蝶结的磁力按钮上，计时装置已启动。平时没有置入微型电池和雷管，皮包就是通常用的手包，一旦置入，手包就变成一颗威力不小的炸弹。这是李阿弟针对比赛场馆设计的，经过他的处理，能够躲过安全检查。

李阿弟追方小丽太用心，把在矿山的"业务"转移到酒店里。昨天晚上睡不着时，他对皮包进行了一些改造。追刘飞飞时昏了头，忘记取出微型电池。恰巧这个手包又被刘飞飞慌乱中拿走了。原来他是准备带回矿山后，批量生产的。

他在房间里有些担心了，他不想现在把事情搞砸，这样会带来麻烦。他在房间里盼着，希望不爱礼物的刘飞飞会把这个皮包送回来。他给刘飞飞打手机，不想手机关了，他想起来，是自己吃饭时，偷着给关的。过了好长时间，也不见刘飞飞回来。李阿弟的愿望降格了，希望不要合上蝴蝶结，磁力按钮不摁在一起，就不会启动计时装置。

想到可能发生的后果，李阿弟立刻采取补救措施，把可能暴露身份的"线"、"点"全部掐断抹去。这个时候，他庆幸自己一直用着五个假身份证，就连向方小丽报的也是五个身份证中的名字。

这一声爆炸，把李阿弟立刻从滦阳"炸"走了。他给方小丽编了一个理由：通过关系，可以让她上大学。恋爱中的女人，很轻易地被他哄骗去了广州。

四十四

李阿弟手中有为方小丽做的三个假身份证。原本哄她照片是为她做护照用，后来多洗了些，做了身份证。在广州住越秀蓝天大酒店时，用了珠海市刘英的名字。

李阿弟再不敢把女人留在身边，他需要一个安全的地方。组织警告他，再出差错，就不要回去了。同时又通知他，改变手包样式。他需要修改原"计划"，把手包改造成更加隐蔽能够带进比赛场馆的样式。

李阿弟选中了武夷山市靠近江西的双溪口镇的一个村落。这里有他刚出道闯荡时认识的一位"老乡"。他对方小丽、王燕、王慧下的是一个"药方"，但分别"治疗"。他太喜欢漂亮女人了，觉得有这么多钱只养一个女人是亏本生意。他哄王燕，一个月后带着她去泰国普吉岛居住，同时也这样哄骗王慧。对方小丽是真心的成分居多。不过哄骗也罢、真心也罢，事情办完后他会真的去国外定居。他穿梭在三个女人之间，沉醉于三个女人的肉体，他用假身份证办了三张手机卡，每个女人一个。用李阿弟注册的手机号，只告诉了方小丽一个人，这个号码二十四小时开机，告诉她有急事时使用。他不让女人用电话找他，平时三个手机关着。他会主动和她们联系。他又申请了 QQ 号，有时和她们在网上聊聊。他像一个吝啬的守财奴，聊一会儿就厌烦。只有在她们的床上，他才不厌其烦。

李阿弟已在这个村子住了快两个星期了，新制造了一种可以藏在女人西服套裙的垫肩和胸罩里的炸弹。这样的新式产品能够进出所有公共场所，能逃避比较先进的检查设备。今天凌晨彻底完工了，一切就绪，可以交差了。对他的这三个女人，李阿弟不忍心交给云雾山庄那个女人"使用"。这个女人号称"木棉花"，是他们行动的总指挥。这些产品，按着指令，都交给她，由她安排执行下一个阶段的任务。

李阿弟睡了一会儿，快十二点了。他翻看手机，有方小丽的十余个未接电话。信息有三条，当他看到热带风暴要登陆南石镇的信息后，他的心情一下子紧张起来。他给王燕、王慧发去信息，让她们去厦门。又打方小丽手机，他不想再出差错，失去这个女人。听到李阿弟的声音，方小丽眼泪哗地流了下来。她的声音带着哭腔。李阿弟嘱咐她："在家等着，六点前就能赶回去。"

许乐然亢奋了一个下午，调兵遣将，一切安排妥当后，用石狮市公安局的专线向王浩局长和齐副局长汇报了最新进展。齐副局长指示："要严密部署，务必干净利落，速战速决。"最后兴奋地说，"这将是阶段性的胜利。"王浩局长更兴奋，说："真想马上就飞过去！"许乐然开玩笑地说："你还信不过老弟？"

警方对紫荆花园公寓进行了严密布控。一辆泉州牌照的轿车停在方小丽居住的单元门口，车里杜国飞等人正好可以观察到小区人员进出，另一辆车停放在四号楼入口的位置，徐海燕率员负责控制进出四号楼的人员。两辆车的车窗都做了技术处理，车外面的人看不进去。两名狙击手埋伏在四号楼对面楼房的制高点上。小区的两个进出口分别有便衣把守，门卫换成了两名身着保安服的警察。许乐然和石狮市公安局领导在电信指挥车上。一辆运兵车里是全副武装的特警，一切就绪，只等李阿弟入网。

方小丽和李阿弟的手机沉默着，时间像是老人，磨蹭着，离六点还有十几分钟。七月的南石镇，闷热得很，为了不引起怀疑，车里不许开空调，里面的人们早已大汗淋漓，按徐海燕的说法，快要虚脱了。

空气让人窒息，这是热带风暴来临前的低气压，小区的广播里一遍遍地播放着热带风暴来临的防护事项。没有可疑车辆进入小区，没有人员进入四号楼。

室内的方小丽坐立不安，来回走动，不停地拨打着手机。

指挥车上，许乐然微闭着眼睛。车里静极了，监控器发出低沉的声音。一辆武夷山市牌照的尼桑风度轿车进入小区。轿车缓缓地停在四号楼下，一个黑瘦的男人，从车上下来，身穿浅灰色T恤，淡蓝色牛仔裤，白色旅游鞋，杜国飞、徐海燕的耳机里传出准备行动的指令。

黑瘦的男人进入楼里，一层、两层……五层，摁响了方小丽的门铃。方小丽扎进他的怀里，很快又分开了。方小丽已收拾好衣物。黑瘦男人去了卧室，马上又出来了，向方小丽要什么东西。方小丽从包里掏出笔记本电脑，黑瘦男人又回到了卧室，在电脑桌上操作着。十多分钟以后，方小丽和黑瘦男子一人拉着一个拉杆箱下楼。

方小丽把拉杆箱放进后备箱里，拉开车门坐在了副驾驶位置。

"抓捕！"指挥车里发出了行动指令。

这是让许乐然永远无法忘怀的一刻。杜国飞率一名刑警、两名特警，石狮市四名刑警，以及徐海燕一齐冲了上去……两辆车封堵了尼桑风度轿车的前后出路。在杜国飞拉开车门的一刻，车里发生了爆炸……

黑瘦男人就是李阿弟，他引爆了缠在腰间的围腰炸弹。他早有提防，如遇警方突袭，自爆身亡。方小丽当场被炸死，杜国飞因有车门遮挡，身负重伤，围着轿车的刑警、特警队员均受轻伤。从轿车后备箱里，提取了方小丽的笔记本电脑。

许乐然在医院里守了杜国飞一夜。齐副局长、王浩连夜飞往厦门，顶着"莲花"热带风暴，驱车奔赴泉州市公安局。

这一夜，江海翻腾，天摇地动。杜国飞从死亡线上给拉了回来。许乐然向齐副局长和王浩局长汇报行动过程，检讨自己指挥抓捕行动的失败。齐副局长看一眼王浩，问："有什么失误吗？"王浩拍拍许乐然肩膀，以示安慰。

王燕、王慧被带回滦阳。

四十五

李阿弟自爆身亡后，一切并没有平息。杜梅在樱桃公寓里心神不宁，她已知道李阿弟出事的消息，组织要她继续实施"玫瑰计划"。

杜梅恨父亲把她拖入这样的境地。当她知道父亲在帮派里时，就担心有一天，自己也会被拖下水。为了孩子，她曾劝过丈夫，丈夫答应她有一笔钱后，会把她们娘儿仨安排到一个安全的地方，去过稳定的日子。为了这笔钱，父亲和丈夫搭进了性命。孩子被控制后，她被迫回到了国内。

在国内的几年，她目睹了大陆经济迅速发展、人民安居乐业。她渴望能够过上这样稳定的日子。在云雾山庄，她拼命工作，把山庄经营得不错，一度让她忘掉了那个组织，忘掉了她背负的任务。只是夜深人静时，一双儿女会时常在她眼前晃动。

杜梅回到山庄，像是大病了一场，面容憔悴。黄助理关切地问她是不是病了，她顺着话，说自己莫名其妙地发烧，住院几天，没什么大碍。黄助理心疼地说："怎么不说一声，让我们去照顾一下。"杜梅笑了笑，没说什么。黄助理想把几天来山庄的经营情况汇报一下，看看杜总虚弱的样子，又忍住了。

晚饭时，黄助理叮嘱厨房，给杜总做她爱吃的手擀面，酱丁卤，蘑菇炒里脊，白蘑小葱柴鸡蛋。杜梅看黄助理这样有心，动了感情，眼圈有些红，拉着黄助理让她一起吃。黄助理说："你先吃，我去看一眼汪主任，她很关心你，打听好几次了。我安排一下就回来。"

黄助理回来时，杜梅一个人静静地吃着。她问黄助理，汪主任的项目怎么样了？黄助理回答："好像董事会通过了，最近汪主任很忙。"杜梅又问她："这一段时间，你们是不是常在一起？"黄助理摸不透杜总的意思，回答得有些迟疑。杜梅说："我随便问问。"黄助理不好意思了："我们都忙，见面的时候不多。"杜梅看着她的样子，笑笑："撒谎都不会。"黄助理的脸瞬间红了。

吃过饭，黄助理把碗筷收拾出去，很快又返回来，问杜梅："您身体没事吧？"杜梅摇摇头，问她："和小丽最近联系没有？"黄助理回答得很快："她不是上大学了吗？好久不联系了。"杜梅"哦"了声之后，说："你去吧，我休息了。"

杜梅的情绪让黄助理有些担心。她想也许是因为她身体还没有复原吧，便不再多想，忙自己的事去了。杜梅关掉房间的灯，坐在办公桌前，看外面的星空。山中空气好，星星亮得很，不时有一两声鸟叫，把山庄衬托得更静。山里的静谧像家乡的夜晚：湿润、温和。今年雨水多，空气潮湿、清凉。杜梅记得刚到滦阳的时候，干燥的空气总让她流鼻血，嘴唇脱了一层又一层的皮。到冬天，寒冷就像要把人穿透一样。但是漫天飞舞的雪花却很美，飘飘洒洒，无忧无虑。她幻想着，要是女儿和儿子在身边该有多好。这两个孩子天性善良，尤其是儿子，胆子小，说话声音大了都会让他小手哆嗦。儿子一定喜欢雪花，六角形，毛茸茸的，手一碰就消失了，只留下水珠。

汪碧菡知道杜总回来了，但见她屋子里一直黑着。黄助理说她身体不好，她清楚杜总是心情不好。杜梅回到山庄的情况，她立刻向许乐然汇报了。许乐然指示："从现在起，要二十四小时监控杜梅。"

泉州警方对李阿弟引爆的炸弹进行取样分析，得出结论：和"6·09"爆炸案使用的炸药成分一致。这个炸弹专家，最终用自己的"成果"把自己送上了西天。从方小丽、王燕、王慧和李阿弟在双溪镇的住处都没有搜到任何有价值的东西。方小丽电脑里发送的邮件，经专业人士解码，找到了对方的 IP，确定接收邮件的电脑准确位置是在北京西山的一片住宅区里。邮件内容用的是英文，翻译过来是西餐菜谱。看来需要密码，才能破译菜谱的真正含义。

王燕、王慧暂时羁押在邻市的看守所里，这是对她们采取的保护性措施。

那些爆炸物品会藏在什么地方？破译那封邮件，成为关键。

杜梅也在想着这个问题，不久就要实施的"玫瑰计划"，会用什么方式运送爆炸物呢？会不会指派她去取？杜梅胆战心惊地度过了几天，表面上也是她最为平静的几天。李阿弟的阴影，如春日残冰，虽然融化了依然寒冷。

杜梅有一个用金水容这个名字注册的手机卡，这个卡号不公开，只用来接收组织发来的信息。这个手机她锁在保险柜里，每天睡觉前看一下。每次打开保险柜，她的心都会剧烈地痛一下，这个手机比李阿弟的炸弹还让她心头颤动。

这一天终于来了，组织指令她接收一封特快专递。快递会在 7 月 20 日之前寄到她的樱桃公寓。杜梅知道快递会是什么内容。她想起以前看的《康熙王朝》，里边形容"归天"的期限为"大限"，她也有不祥的预感，这封特快专递里将有她的"大限"。

杜梅不愿意做罪人，可是，如果不做，孩子们该怎么办？这一双儿女将孤苦无依，最终也会走上和自己一样的道路。谁能够拯救自己的孩子呢，杜梅几乎陷入了绝望的境地。

向警察自首，寻求解救孩子的出路？汪主任会是警察吗？杜梅曾一度设想过这个问题，这个疑问曾非常强烈地在她脑海里闪现。现在，她希望汪碧菡就是警察，让她帮忙救出孩子。这样她会心甘情愿地坐牢，甚至去死也心甘情愿。

这种想法折磨着她，固执地盘踞在她心里。上午她把黄助理找过来，向她交代工作。黄助理很敏感，问她又要出差吗？杜梅没有正面回答，只说你去办吧。最后她让黄助理安排一下，晚上约汪主任一起吃饭。

晚餐安排在雅间，只有汪碧菡她们俩人。杜梅看汪碧菡有些迟疑的表情，说："汪主任，不介意就我们俩人吧。"这话倒提示了汪碧菡，心想还是杜梅老道，脸上马上露出灿烂的笑容："能和杜总共进晚餐，非常荣幸！"杜梅也笑了，她是一个遇强则强的女人，表面柔媚，内心刚强。她一度把死看得很淡，还能有什么让她心存畏惧呢？

杜梅要了一瓶价值不菲的法国红酒，菜是什么都不重要了。杜梅是真心邀请汪碧菡，心里隐约有一丝亲近或感激，感激什么，杜梅也说不清。也许是为了一闪念的想法，希望汪碧菡能够帮助自己。也许是什么也不为，只是汪碧菡身上有种说不清道不明的东西，曾让杜梅欣赏过，但更多的是提防。此刻的汪碧菡，心情比杜梅还复杂，有疑虑，有担心，甚至憎恨，总之很难表白。她不怕杜梅带给她危险，起码现在不会。

　　这是一场很别致的晚宴。两个女人都谈吐不俗，从童年谈到成年，从故乡谈到海外，从女人谈到男人，又从事业谈到幸福。话题伴着红酒，兴奋掺和着酒意，灯光弥漫着感伤。杜梅有阅历，有伤痛。汪碧菡有知识，有思想。两个人都有些醉意。最后，杜梅突然说一句："真希望你是我期待中的人。"这句话让汪碧菡一下子酒醒了，思忖着杜梅此话的含意。她看着杜梅迷离的眼睛说："能告诉我，你期待什么吗？"杜梅的眼里泪光闪闪，又倏然消失。她凄苦地一笑，干掉了杯中的红酒。

　　这一晚，汪碧菡久久不能入睡。她想杜梅说过的话，她期待我是什么人呢？她的内心世界到底装着什么？

　　杜梅也辗转难眠，天不亮时，她悄悄离开了山庄，躲过了汪碧菡的监视。

　　汪碧菡后悔不迭，自己竟被杜梅蒙蔽了。她立刻向许乐然汇报，许乐然安慰她："不要急，她一直在我们的视线里。"

　　杜梅赶到樱桃别墅还不到八点。她和衣躺在床上，一动不动，像是累坏了。就在她昏昏入睡时，门铃响了，是送特快专递的。

　　这个蓝色纸袋，杜梅让它静静地躺了一天，直到晚上才剪开。里面有两个纸袋，分别装着一张纸条和一把钥匙。纸条是厦门两家银行的名字，钥匙是银行保险柜的。李阿弟对爆炸物进行了包装处理，外观类似海绵，又加入了一些中药材，闻起来像是中成药，躲过了检查，顺利放进了银行保险箱里。

　　这时候杜梅的手机响了，信息提示她，打开电脑，对方QQ在线。邮箱还有一封李阿弟发来的邮件，邮件内容是加密的，一定是组装炸弹的程序。杜梅不想看，放在了一边。这时QQ闪动了，对方发来加了暗语的行动指令。还有杜梅两个孩子的照片，是在校园草坪边拍的，后面是绿树掩映的教室。孩子都长高了，笑容灿烂，儿子还做着调皮的动作。

看到孩子，杜梅瞬间有了主意。她想拼一把，把孩子抢出来。现在只有自己能完成计划，有提条件的资本："执行计划可以，要把孩子交给我信赖的人！"杜梅把条件发了过去，对方静默了。最后两人约定一个小时后再联系。

这也给杜梅赢得了时间。谁可以信赖呢？黄助理是自己栽培出来的，有一定能力，但是缺乏胆识，两个孩子怎么接出来呢？汪主任行，却不知道她的底细，她会帮忙吗？这不是一般的帮忙，弄不好，会搭上性命。杜梅犹豫了，她突然提出条件，让组织猝不及防，组织会不会产生疑心呢？这样做很有可能会给两个孩子带来危险。

短暂的恐慌后，杜梅渐渐冷静下来。为了孩子，早晚会有这样的交锋。现在自己握有行动主动权，是提条件的最佳时机。一则"玫瑰"们在自己手里，二则李阿弟出事身亡，新产品在自己手上，想到要这次计划不至于半途而废，只能靠自己实施。

假如组织答应她提出的条件，谁去接孩子？组织又怎么会轻易地把手上的筹码交出去？难道向警察秘密自首，像三国里"明修栈道，暗度陈仓"？

这个想法，让杜梅出了一身冷汗，如果是这样，那将是另一套棋谱了。

四十六

郑楠翔接到李河电话，约他第二天上午九点在滦北小白桦宾馆见面。郑楠翔不解李河的意思，问他干什么，搞得神秘兮兮的，李河说你会感兴趣的，便放了电话。郑楠翔考虑是否和王庆峰联系通报一下，转念又想，摸清情况后再通报不迟。

郑楠翔是提前半个小时到的。他将摩托车停放在宾馆后面的车棚里，观察一下宾馆周边的环境，确认一切正常后，到宾馆一侧的小吃摊，要了一碗豆腐脑，两根油条，边吃边看李河是否到了。

吃完早餐，郑楠翔来到宾馆门厅，坐在沙发上，一分一秒地静等九点钟的到来。

这之前，李河让褚永巷去了趟滦阳，给王强支队长送去一个信封，信封里有两万元钱。李河见褚永巷愣在那儿，问："怎么了，不想去？"问得褚永巷什么也不敢说，点头哈腰地走了。

褚永巷是被李河搞糊涂了。李河好几天没有给他好脸子，褚永巷一时还有些受宠若惊。李河信里写得很诚恳，说将要在四道沟投资，请王强支队长多多关照之类的客套话。

褚永巷从王强办公室出来，给李河回电话，告诉他一切已办妥。李河拨通王强的电话，王强打着哈哈："李总太客气啦，咱们哥们儿好说。"李河也不明说："有王支队长这棵大树，我都不知道怎么感谢了，还请王支队长一如既往啊。"李河料定，王强会和何小峰通报情况的，他希望王强还有那位古组长到四道沟去捧场，人多热闹嘛。他想象得出何小峰、罗立天着急上火的样子，他也想好了应对的手段。

前些天，李河通过大哥李山的关系，已经把四道沟铁矿整合到了自己公司里。国家有政策，整治各自为政、零星开采，要求矿山整合，成规模、有计划地开采，整体规划，有序发展。小小滦北乃至整个滦阳岂敢和国家红字头文件叫板。

李河先下手为强，把四道沟铁矿以及四道沟村和周边的几个村，连片规划到自己的矿业公司里。你花一千二百万，我再加一千万给你，几天工夫让你净赚一千万，说得过去吧？我李河大人大量，不计前嫌。他又派褚永巷去四道沟，频频与罗立天接触。谁会和钱有仇？何小峰能让罗立天为他卖命，我也能让他为我卖命。我还要收编你，何总，继续为我打工吧！让王强给你火上浇点儿油，通报我已投资四道沟铁矿的消息。何小峰，动动脑筋的事情，不止你一个人会。罗立天手下的几名"警察"，我让郑楠翔去会面，来一次真假李逵相逢！

李河九点过两分到了小白桦宾馆门前。郑楠翔认识李河的车。李河没有下车，司机也去路旁的小摊喝豆腐脑了。李河摇下车窗，看到了郑楠翔，示意他上车。

车上只有李河一个人，他开门见山进入正题："郑老弟，我知道你，双峰铁矿庙小，有兴趣和我一起干吗？"郑楠翔觉得李河的话太直截了当，一时不置可否。李河看郑楠翔没什么反应，又说："我一会儿要去四道沟看矿，想让你和我一起去。"郑楠翔反问："为什么让我去？你说的感兴趣的事，不会是让我一起看矿吧？"李河笑笑："正是，去了你就感兴趣了。"郑楠翔觉得李河有些阴阳怪气，便下了车。李河的车开走了。他知道李河话里有话，去不去也要安排一下。他拨通了王庆峰的电话。王庆峰思索一下说："去，你答应他。我布置一下，带车跟在你后面，你要随时和我联系。"郑楠翔刚要联系李河，手机响了，是何小峰打来的，问他在哪儿，郑楠翔回答：在滦北县城办点儿事。何小峰让他去道口等他，带他去四道沟铁矿。郑楠翔觉得事情复杂了，马上把何小峰的话向王庆峰通报。王庆峰说："真热闹了，你就坐何小峰的车吧。记住，我不会离你太远，随时保持联系！"

正如李河预料的，王强把李河投资四道沟矿的情况一说，何小峰立马炸了。他打褚永巷手机，了解情况，褚永巷和罗立天两次接触看矿的事，被他无意中说漏了嘴。罗立天居然瞒着自己，真是见财起意啊，哥儿俩交情也不讲了。罗立天想干什么？李河要亲自到四道沟收购，还让王强给自己捎话，李河的胃口也太大了，不怕把自己撑死！何小峰现在明白了，四道沟铁矿股权转让，相关手续迟迟没有批下来，一定是李河在上层做了手脚。这个小南蛮子，居然敢在这里兴风作浪。也怪罗立天，牙还没长齐，就想啃大饽饽，烧香引来了鬼吧！这下好了，如果华峰集团有兴趣，就是十个何小峰也招架不住。李河一定是依仗华峰的后台，才敢有这样的动作。

罗立天就是一介武夫，也想来弯弯绕了，他如果明白过来，不一定会怎么样呢。得让郑楠翔跟着，关键时候能替自己挡挡。

真是巧了，郑楠翔在李河和何小峰面前派了一样的用场。何小峰没有想到王强、古文辉也在去四道沟的路上。王强担心，他在李河和何小峰手里有短处，事情闹大了，会把自己牵扯进去。他犹豫该不该去一趟，当一回和事佬，和气生财嘛！他把去四道沟的想法和古文辉一说，古文辉精神十足："那得去啊，一切为了稳定啊！"

上次在罗立天矿上打麻将，古文辉发现了外面有人。这个人吸烟时，烟头的亮光引起了古文辉的警觉。烟头闪了好几次，像是一直在外面

"陪"着。古文辉故意把手机放在麻将桌里，回来向许乐然做了汇报。过后，许乐然反馈给他，手机一直"工作"着。这次机会，古文辉马上抓住，让王强立刻出发。在车上，他给许乐然发了条信息，报告了自己的去向。

罗立天把苏强找过来，见面也不掖着，据实相告："刚要熟的鸭子要飞了。"苏强不明白，等他说下文。罗立天把何小峰说的情况添油加醋地学一遍。最后说："让你们留下，是想咱们哥们儿共谋大事，把生意做大。原本钱到手后，给你和弟兄们分分，找个地方安身，大哥也算对得住你了。"苏强的脸色很难看，听罗立天继续说，"这下就得等一阵子，大哥再想办法。"苏强火气上来了："这次出来，都是大哥帮忙，再说什么就生分了。还是那句话，谁和大哥过不去，他就活到头了！"罗立天等的就是这句话，他拍拍苏强的肩膀："还没到这份儿上，你和弟兄们说一下，大哥不会对不住他们，今天的事要是顺了，不出十天，钱就有了。"苏强点点头，罗立天嘱咐他，"一会儿领两个兄弟跟车走，看我眼色行事。"

苏强、肖氏兄弟还有小三，他们四个人，随罗立天在四道沟矿有半个月了。从监狱开着铲车冲出来，在小三安排的出租房里待了三天。风声不紧时，小三开着松花江面包车把他俩送出了滦阳，在滦北县城罗立天租的房子里又住了几天。肖大力是靠自己的聪明，在医院检查时趁 X 光室没人看守的瞬间，打开了手铐、脚镣，成功地从医院逃出来。在山上藏了两天，下山时打开一户人家的门锁，填饱了肚子，又换上主人的衣服，翻箱倒柜偷出六百多块钱，又用人家的电话和小三联系上，到了滦北，原以为会亡命天涯，不想被罗立天留了下来。

肖大力有自己的想法，小三通过"关系"，给自己逃出来指条道。将来自己还得靠"本事"吃饭，绝不和罗立天、苏强掺和太深。掉脑袋的事，说什么他也不往前凑。二力不听自己的，死心塌地听命苏强，也只好随他去了。

这次苏强让二力给大力捎话，想走尽管走，绝不难为他，他不仁，大哥不能不义，钱有他一份。苏强这话说得肖二力又恨又感激，替大力说了许多感谢的话，跟着又表忠心："他要是敢做对不起大哥的事，第一个不饶他的就是我。"苏强反过来劝他："都在江湖上混，人各有志，不能强求。"

苏强回到房间说:"今天有活儿,二力、小三咱仨走。"肖大力觉得过不去,问苏强:"缺人手不?要不我也去。"苏强很干脆:"不用。"

何小峰一路无话。郑楠翔也闭上了嘴巴,又索性闭上眼睛,把这几天的事情理顺一下。自从看见郝玲在学校门前的一幕,他再没有给家里打过电话,他不相信二十年的感情会如此脆弱,却总有一个声音在争辩:"你都看见了,还欺骗自己干什么?"郑楠翔又想起女儿小铃铛,他的眼前晃动着女儿的点点滴滴,他有些悲壮地想,就算全世界都背叛了他,女儿也永远不会。女儿是他的心肝,他的欢乐。

小强被他从铅锌矿调了过来,还没有进入状态。这孩子也机灵,把苏强和肖氏兄弟的照片剪下来,带在身上。上次郑楠翔交给他陆小东的照片,让他帮着确认是不是工程师,他拿着照片给几个放炮员看,放炮员说,这就是走了的那个工程师呀。小强吓唬他们说,褚主任生气呢,上次来人问你们工程师长得什么样,你们谁也说不出来。这些人说,就是说不上来吗,有照片就好说了。他们问小强,认他干啥呀?也不在这儿了。小强说,谁知道,你们可别瞎说去。这次,郑楠翔怕有什么意外,让小强记住了就烧掉,小强不在乎地说:"放心吧,我不傻。"郑楠翔还是不放心,嘱咐他即使遇上了,也要像平时一样,偷偷告诉他就是了,小刚也让他别逞能。小强笑了:"我又不是公安局的,才不多事呢!"把郑楠翔的担心给憋回去了。

何小峰的电话响了,像是罗立天打来的,最后问一句,"李河一准儿去吗?"不知电话里说什么,撂了。何小峰有话了,冲郑楠翔说:"老郑,知道为什么让你来吗?"郑楠翔看着他,摇摇头,等着他往下说。何小峰像是很气:"我让别人给耍了,老郑,我这回很生气!"郑楠翔装作不解地问:"谁这么大胆子?"何小峰感慨着:"金钱万能啊,有钱能让磨推鬼。"

电话又响了。何小峰这次显得很精神:"王支队,你好!你好!我先到了,候着你们好了!"看来,王强也来了,郑楠翔猜不透李河葫芦里在卖什么药。

郑楠翔的手机也响了,是短信,关小强发来的:"苏、二在。"三个字很简单。郑楠翔心里一紧,他明白,关小强在告诉他,苏强、肖二力在四道沟矿上。他的手颤抖了，把这个短信的内容发给了王庆峰。何小峰问他："老郑，是谁发的？情人吧！"郑楠翔听何小峰这样说，心里倒是轻松了，他笑笑："情人哪是我配有的，得有钱养啊。何总情人不少吧。"何小峰一听也笑了："情人谁都有，不露是高手。"郑楠翔笑着说："是我老婆，她问我这周回家不。"何小峰听了说："忙完这事，给你几天假，这一段都忙啊。"郑楠翔赶忙道谢。

王庆峰将郑楠翔发出来的短信，马上向滦北县公安局张局长和张翔汇报。消息很快反馈给王浩局长。王浩局长指示张翔和滦北县局，启动预案。张翔率一车特警先期赶往四道沟铁矿。王浩局长坐镇滦北，封锁了进出滦北的各交通道口。滦北县局的张局长率巡警防暴大队和刑警队的二十名警力增援王庆峰。

在王浩局长坐镇滦北指挥抓捕苏强和肖二力的同时，许乐然率徐海燕等滦阳刑警和技术人员对杜梅的樱桃公寓进行了搜查。杜梅的电脑经过技术处理后，发现了她和 A 国恐怖组织间的一些线索。许乐然立刻向齐副局长汇报。情况紧急，齐副局长指示汪碧菡和杨华做好应急准备。

四十七

李河的车先到了。看到罗立天，李河显得很亲热："罗总，我们又见面了。上次一聚，让人难忘啊。"罗立天的脸上没有表情，褚永巷马上圆场："罗总也想合作啊，刚刚还提到你呢。"褚永巷是从滦阳赶过来的，比李河早到一会儿。李河一语双关地说："瞧瞧，又帮别人了。"褚永巷尴尬地笑笑，李河上去拍拍罗立天的胳膊："兄弟，不欢迎我啊，我可是送钱来的。"说得罗立天咧开了嘴巴，脸上的笑，没有展开又消失了。他直勾勾地看着李河，见他刀条一样的瘦脸，喉结上下滚动，像是随时要掉下来。罗立天恶毒地想："这样的公鸡脖子，该把他脑袋拧下来，就不会打鸣了。"

何小峰和王强的车先后进了场区院子。王强看见李河，上前打招呼："李总，真是大排场，一招呼，我们可全都到了。"李河赶忙过去，握了王强的手，又握古文辉，看见何小峰，他停住了："何总，多日不见，听说发大财啦？"何小峰回应："不敢和李总比，李总全是大动作。"

王强问："李总，什么大动作？透个风吧。"李河的笑脸一直持续着："一会儿就给王支队长汇报，我和罗总正谈呢。"罗立天听李河说得没谱了，上前要动粗，何小峰瞪了他一眼，罗立天忍住了。他看着何小峰身后的郑楠翔觉得眼生，定定地看了几眼。李河又笑了，朝着罗立天说："罗总，你的新矿先让大家看看吧。"罗立天快气炸了，看着李河，心里骂："你他妈的究竟要干啥，找了这么一伙人来。"他又瞟了瞟何小峰，看他表情冷冷的，心里更加窝火。他上了车，一溜烟地开出厂区。苏强他们已先出发了，没想到来了这么多人，人多了不好办事了。李河这小子太狂了，不收拾了他，咽不下这口气。用"药"，还是给他的车"放箭"呢？最好是一点点砸死他才解气。罗立天一直喘粗气，他生起气来，像一头牛。

李河达到了目的，看着何小峰和罗立天的表情，他就开心。人活一口气，佛争一炷香。多少天精心布局，要的就是这个效果，你何小峰那点实力就想指手画脚，还差那么点儿。

何小峰心里确实没底气了，如果有华峰矿业集团在后面撑腰，李河确实有实力把尾巴翘高。他以前忽略了这一层，立马就换来了颜色。人啊，没钱时，钱让人胆大，让人发疯，让人上树爬墙。有钱了，又怕失去，怕得睡不好觉，反而变得胆小，变得瞻前顾后，怕一觉醒来，什么都没有了，依然是穷光蛋。现在身价过亿，反而怕事了，怕生老病死。按以往的脾气，李河不会这么疯狂，他会很惨，还没有谁在他面前这么放肆呢。罗立天是按捺不住了。要不是这些人在场，罗立天会当场废了他，搞不好会整死他。不过，罗立天长点儿能耐了，会耍心眼了。私下里，他竟敢和李河有接触，也许还有实质性的商谈。不过，李河是戏弄他，拿他当猴耍呢。李河还是没有品透罗立天，罗立天是有仇就报，绝不过夜的人。李河这样不把他放在眼里，是要倒霉的。

罗立天带着车队去往新矿。苏强的车已停在半山腰的空地上，头调过来靠近山路旁边，后面的车还没有露头。罗立天隔着车窗对苏强交代几句，下车后向山上的矿场走去。

李河和褚永巷分坐在两辆车上。褚永巷在前车，李河有意和他拉开距离。临出大门时，李河与褚永巷调换了车，这让褚永巷感到不解。这车是李河的专车，平时谁也不能动。李河是出于安全考虑，防着罗立天一手。郑楠翔看李河一脸得意，心里有些疑惑。

何小峰的车在后面，李河的动作他看得一清二楚。他觉得李河像是有所准备，小心翼翼的。看来以前褚永巷电话里所说的句句都是实话，李河是察觉到了什么。这次来四道沟铁矿，一切像是李河事前安排的。难道李河在布什么局，让古文辉、王强也成了他的棋子？这样想着，他觉得该提示罗立天，嘱咐他别把事情搞得不好收场。何小峰有预感，觉得事情在往一起赶。他知道罗立天手下有一帮人，都是有"前科"的。做事胆大妄为，不计后果。

打罗立天的手机，拨不进去，一看是山里没有信号。何小峰没办法了，一切看天意吧。

正如何小峰预料的，苏强已经安排二力和小三一会儿找机会把李河的刹车给拆掉。他嘱咐他俩，今天人多，要来文的。肖二力和小三明确分工，小三负责把李河的司机引到别处，肖二力负责动手破坏刹车。苏强发狠地说："让他来断咱们财路，一会儿就打发他上路。"

李河、褚永巷下车后，罗立天已经快到半山腰了。后面的车也陆续到了。李河问王强："王支队长，有兴趣吗？"王强看看古文辉，古文辉说："多好的山景，走走吧。"郑楠翔看看车外面，没有其他人。刚要下车，见司机们都待在车上，挨着罗立天白色丰田的那辆越野车里，像是坐着好几个人，他便又关上了车门。王强喊何小峰一同上山，何小峰很有兴致，一行五人向山顶爬着。

郑楠翔专注地看着那辆车，车门开了，下来个人向李河的车走去，郑楠翔看着面生。到驾驶门外，敲一下玻璃窗："打牌了。"又去喊其他的司机。司机们有机会就来几把"三张"，短平快。手气好了，几把牌也能赢个千儿八百的。郑楠翔示意司机下去："我在车上待着。"那辆车又下来了个人，冲李河的车走去。郑楠翔觉得这人面熟，再细看，头"嗡"地响了一下，这个人是肖二力。郑楠翔马上想到李河说的话："你会感兴趣的。"

肖二力悄悄地到车旁，低头钻进车底下。郑楠翔来不及细想，猛然下车，拽住他的一条腿便往外拖。肖二力双手使劲地拉住车下的管子。他在等救援，他知道苏强会马上过来帮他。正这样想着，他听见外面"啊"的一声，拖他的手松开了。

来人正是苏强。郑楠翔听见后面有动静，本能地一弓腰，脑袋低下来，躲过致命一击。苏强用尽了力气，镐把打在了郑楠翔左肩上。一阵剧痛几乎让郑楠翔趴下了。他趴在汽车前脸上，迅速转身，躲过了苏强第二下袭击。郑楠翔抬腿一个侧踹，结实地蹬在苏强的肚子上，苏强倒退几步，一屁股坐在地上。肖二力从车下爬出来，捡起一块石头，冲郑楠翔的头部猛砸过来。郑楠翔偏头躲了过去，苏强的镐把又狠狠地砸了过来。郑楠翔一身功夫，却伤了一条臂膀，只能躲让，难以还击。加上车在身后顶着他，他的右臂又挨了一镐把。

这边郑楠翔以一对二，那边司机们玩得正高兴，浑然不觉，倒是走在半山上的李河等人，看见了下面对打的场景。古文辉和王强大嚷着，向山下跑来。下山比上山还不容易，古文辉跌了几个屁墩儿，几乎是连滚带爬地冲了下来。

郑楠翔的头部又挨了一镐把，血流满面。古文辉和王强加入进来，肖二力被古文辉几下子就制伏了。古文辉用上衣把他捆住，又抽出腰带，从膝盖处捆住他的双腿。苏强一镐把打在王强的手臂上，趁机向山下跑去。古文辉迅速捡起一块石头向苏强甩了过去，石头精准地打在苏强的小腿上，苏强一个前栽趴在了地上。古文辉一个箭步冲上去麻利地捆牢了苏强。山上的罗立天咆哮着冲下来："把他们放开！"

古文辉抱起郑楠翔，见他已是血人一般。郑楠翔的眼前红彤彤一片，一会儿晃动的是郝玲的面孔，一会儿又是政委讲话的身影，一会儿是小铃铛笑着、跑着，渐渐远了……像是天黑了下来。

王庆峰的车赶到了，苏强、肖二力、罗立天被铐进车里。小三趁乱逃走了。张翔留下人去抓捕肖大力。运兵车拉着郑楠翔呼啸着向滦北疾驰。

四十八

杨华率人在云雾山庄等待汪碧菡的指令。许乐然指示汪碧菡："向杜梅摊牌。"

杜梅主动约了汪碧菡，还是在那间雅致的小餐厅，灯光一样，杜梅仿佛一夜间苍老了，眉间的皱纹清晰可见。

杜梅一点儿也不掩饰，开门见山："我不想追问你的底细，我有难处，想让你帮忙。我相信你。"杜梅连续三个"我"字，说出了心中的重负。汪碧菡表情冷峻，静静地等她下面的话。杜梅在下决心似的，停了一会儿，说道："我是 A 国华侨，背景很复杂。这次回到国内是因为我的两个孩子，他们用孩子要挟我……"杜梅说不下去了。汪碧菡把纸巾推过去，她压抑着内心的激动，这比摊牌更进一步，更有利！杜梅像是轻松了，看着汪碧菡，这时的杜梅更像是一位母亲。汪碧菡在权衡，怎样说才稳妥。她之前想好的话，因为杜梅的主动反而用不上了。但是这个女人又让她难以把握，于是轻声说："说说你的打算。"杜梅说得很轻，怕惊吓住汪碧菡似的："我想让你帮我去香港接回孩子。"这确实让汪碧菡很惊讶，出乎她的预料，汪碧菡不知道怎么回答她。杜梅有些凄凉地说："除了你，我不知道谁能帮我。"

这确实难住了汪碧菡，她相信杜梅，相信她这次没有说谎。如果拿自己的孩子当赌注，这个母亲就真的禽兽不如了。

汪碧菡需要请示，她不能擅自决定怎么帮她。许乐然指示她摊牌，她要知道杜梅的具体想法。她考虑再三，还是先不表明身份。汪碧菡问杜梅："你怎么不报警，寻求警方帮助？"杜梅摇头："我的孩子在 A 国，国内警察帮不了。"汪碧菡不解："我还是不明白怎么帮你。"杜梅想了想："我有办法，让他们把孩子送到香港，你拿上孩子的照片，他们会交给你的。"杜梅看汪碧菡一脸疑惑，解释说："他们用孩子要挟我去办一件事，我的条件是先把孩子交给我派去的人，你不用怕，他们不会伤害你。"汪碧菡笑笑："那你为他们办什么事？你会去办吗？"杜梅沉默了，半天不说话，最后像是下了决心，摇摇头："我做好了准备，不会按他们的要求做。黄助理会帮我把孩子带大。"她的回答绕过了第一个问题，说得有些悲壮。汪碧菡心里有底了，她问杜梅："你这么相信我？"杜梅笑得不自然："我不说假话，我已经别无选择。"

汪碧菡把杜梅的意图向许乐然做了汇报，许乐然请示齐副局长后，指示汪碧菡："答应她！要掌握她的具体打算。"

汪碧菡经过一晚上的考虑，决定约见杜梅，详细谈谈。杜梅不问汪碧菡背景，似乎毫不关心。汪碧菡也不说破，这样谈话更放得开。杜梅有意回避去办什么事情，汪碧菡说："你不必拿我当小姑娘，怕吓着我什么的。我不想稀里糊涂办事。"杜梅说："我是为你好，不想把你拖进来。"汪碧菡坚定地说："我答应帮你，就愿意和你风雨同舟了。我办事不愿意盲目，更不愿意是非不分。"杜梅又陷入沉默，像是在想什么，过了许久才缓缓地说："这是件大事，一件能轰动世界的大事。"看看汪碧菡脸色很平静，继续说，"他们让我在几天后的北京奥运会开幕式上，制造爆炸事件，引起震动。"杜梅的双肩在颤抖，汪碧菡似乎也激动战栗了。两个女人冰冷的手握在了一起。

黄助理听说要去香港，兴奋得面色如花。杜梅拍拍她的脑袋自言自语："真是不知愁的小孩儿。"

许乐然带着古文辉赶回省厅，研究制订下一步行动方案。汪碧菡回北京办理证件，三人再次相聚。方案经局领导审定同意后，对下一步工作做如下分工：由汪碧菡带杜梅去厦门，取出爆炸物，做技术处理。许乐然、古文辉去A国，请国际刑警配合，救出杜梅的两个孩子。汪碧菡去香港的计划不变。杜梅在北京的行动要演下去。调王浩进京，一同唱好这出戏。

杜梅猜出了汪碧菡的身份，这个聪明的女人，什么也没有问，像是在她的意料之中。汪碧菡把徐海燕介绍给她，说是自己找的助手。杜梅笑了笑，连声道谢，又恢复了以往的风韵。

汪碧菡、徐海燕、杜梅一同驱车赴京，又乘机飞往厦门。顺利取出了存在银行保险箱里的物品。李阿弟可谓机关算尽，他把在另一个银行存放的引爆装置装进了首饰盒里，上面是一些精美的珍珠项链，引线和计时装置混在夹层里。这些物品交给了先期到达的专业人员处理。三人返回北京，悄悄进驻樱桃别墅。小区的警卫室由身着保安服的警察轮流值守。

杜梅从保险柜里取出十套样式别致的西服套裙和文胸。用替代物填充后，徐海燕先穿上试了试，在屋里转着圈。汪碧菡笑着说："你怎么不去参加模特大赛？白白浪费了自身条件。"徐海燕笑答："如果那样，上哪儿认识你们？"杜梅在一旁看着她俩，目光里满是羡慕。

专业人士对爆炸物和引爆装置处理后，惊叹设计者真是个鬼才。谁能想到在西服套裙的垫肩和文胸里能够填装爆炸物，靠金属线连接计时装置。起爆计时装置伪装成西服别致的金属扣，金属扣由磁力扣吸引，合在一起，计时开始，二十分钟后引爆。这是绝无仅有的衣服炸弹，与滦阳市爆炸案所用的皮包炸弹可谓异曲同工。

汪碧菡说："杜总，说说香港的计划吧。"杜梅看着汪碧菡她们："真想请你变变称呼，要是有你们这样的妹妹该多好。"汪碧菡拉过徐海燕，对杜梅说："我们原本也没把你当外国人，叫姐姐有什么难的。对吧，海燕！"徐海燕调皮地说："就是，要么改嘴，叫阿姨你可就亏了。"

杜梅笑了，她说："他们会派人监视，看我是否执行计划。确认以后，才能把孩子交给你们。"停停又说，"一旦认为我没有按要求去做，他们会对孩子下手的。"杜梅的语调轻了，有些说不下去，"之后，他们会录下来，用以警告其他人。"

汪碧菡没法儿安慰她，这是一个饱经苦难的女人，是一个想替儿女承担灾难的母亲，语言在这个时候没有作用。

四十九

许乐然、古文辉再度飞往 A 国。他们拿着杜梅提供的两个孩子的照片、地址和 IP，靠这些寻求 A 国国际刑警组织的帮助。

汪碧菡、徐海燕和黄助理飞往香港。黄助理是第一次坐飞机，高兴地说这是空中客车，比火车宽敞多了，这下和姐妹们有吹嘘的了。窗外，云朵如山峦，起伏连绵。上面蓝得炫目，边缘有橙黄的毛边，像气焰一样。

黄助理怎么也想象不到汪碧菡会是警察。看看坐在身边的徐海燕，比汪碧菡还漂亮，这让她难以置信，真比演电影还神奇，昨天还在搞房屋开发，今天就去香港救人了。黄助理问汪碧菡："姐妹们还想给你当公关小姐呢，我都不知道该怎么和她们说了。"汪碧菡坚定地说："继续做啊，我要把房地产项目做完再走。"黄助理不信，看着徐海燕："不会吧，我知道汪主任这次是骗人的。"徐海燕说："怎么不会，警察因工作需要什么都会，什么都做，不会就得学，你看我，过几天就要去演电视剧了。"汪碧菡拍她一下："没边儿了，你不和人家吹胡子瞪眼睛了？"黄助理想起来，徐海燕去山庄调查方小丽时，曾经找她问过话，黄助理配合得不好，没有告诉她实话，徐海燕开玩笑说："你说假话，我可记着账呢。回去要接受处理。"黄助理被她唬得心里没底了，求助似的看着汪碧菡。汪碧菡笑着问她："你看我俩，谁像警察？"黄助理把嘴努向徐海燕。汪碧菡又说："我可是科班出身的警察，她是程式化的警察。"徐海燕知道汪碧菡指什么，有些撒娇地说："不会吧，我没那么坏呀。"汪碧菡挺喜欢这个小妹妹，拍拍她的手说："不是坏，是一种思维定式。你看黄助理说你像警察，她心目中的警察是什么样子？威武、威严、说话严厉、表情严肃。这是我说的模式化。这样的警察，是人们心目中的形象，是警察职业带来的痕迹。"汪碧菡说得有些深入了，她看了看出神望着自己的黄助理，笑笑，又说："警察有多个面孔，不过，你可以继续把我当作汪主任。"黄助理也笑了："就是，太让人费解了，警察会住在我们山庄搞房产开发。你说要继续搞，是真的吗？"汪碧菡认真地说："真的，我一定把这个项目搞定，然后交给你们去管。"黄助理听了很兴奋。

经过三个小时的飞行，飞机降落在赤鱲角国际机场。机场离市区还有三十多公里的路程，按着杜梅的约定，汪碧菡她们三人在机场等候。

两个孩子的照片已经传给香港警务处，港方将对入境人员严格检查，一经发现，立刻拘捕嫌疑人，确保孩子安全。让汪碧菡心里感到惶惑的是，两个孩子会像预期的那样，会被人带到香港吗？恐怖组织会有信用可言吗？

杜梅把山庄交给安副经理，她带着十位姑娘前往北京观看奥运会开幕式。这件事，一时间成为了滦阳市的热门话题。山庄经营得好，奖励员工时装又组团观看奥运比赛，可谓是精神物质双重奖励了。

杜梅预定了四星级宾馆，员工住标间，她自己订的是套房。宾馆离奥运场馆鸟巢很近，步行不到二十分钟的路程。

姑娘们叽叽喳喳，像是滦阳飞来的一群山雀。晚餐订在宾馆里，每道菜都是杜梅亲自选定的。开餐前，她把姑娘们招呼到套房里，强调了几条纪律：不要单独活动，出去要结伴同行。最后说得动了感情："你们出点儿事，让我没法儿跟你们的父母交代。"姑娘们都很懂事，齐声说请杜总放心。

杜梅心中酸楚，她清楚晚饭过后，她将不再是她们的杜总。不管顺利与否，一切都将在今晚分晓。她横下一条心，坚守自己的选择，心里默默地祈祷儿女们平安。她一遍遍地劝慰自己："我努力了！我拼过了！如果天不帮我，我也无怨无悔。"

杜梅带着十名身着西服套裙的姑娘提前到了广场，姑娘们的套裙上衣全都搭在胳膊上，这是杜梅提前要求的，要等入场时再一齐穿上。姑娘们很听话，谁也不想惹杜总不高兴。

杜梅心事重重，和姑娘们合影后，悄悄待在一旁，看姑娘们三三两两地拍照留念。

离预定时间还有不到一小时。按约定，七点三十分，汪碧菡会和杜梅有次通话，之后，等待一切安全后再联系。这三十多分钟比三年还要漫长。

鸟巢外面，人潮涌动。水立方和鸟巢有如人间仙境，如梦如幻。杜梅心里焦急似火，周围的霓虹灯和喧嚣如同另一个世界，飘浮着，拥挤着，这些都进入不了她的内心。她拿着手机木木地看着不远处的姑娘们。许多便衣警察散在四围，警觉地守望着。不远处的指挥车里，有齐副局长、王浩局长和北京市局的一名领导。

北京八月的夜晚，五彩缤纷，千姿百态。鸟巢场馆，潮水般的人流从几个入口涓涓地流进去。

中华民族百年圆梦，世界在这个时候聚焦北京，聚焦鸟巢。全球华人在激情地欢呼，激动地流泪。

时间像是静止了……

汪碧菡、徐海燕和黄助理守候在候机大厅，无心观看电子大屏幕里直播的北京奥运会开幕前的花絮。汪碧菡内心焦灼，脸色却水一般平静，她机警地查看着四周候机的人们，希望杜梅的一双儿女小鸟一样飞回来。

就在杜梅焦急得快要耐不住的时候，古文辉过来了，身后是许乐然。两个人一人拉着一个孩子，是杜梅的两个孩子！杜梅发疯一样把两个孩子抱在怀里，泣不成声……

小男孩儿从杜梅手臂下钻出脑袋，看鸟巢上腾空而起的烟火。

汪碧菡、徐海燕和黄助理登上了飞回北京的班机。汪碧菡逗黄助理：

"我欠你的，回头我一定请你真正地来香港玩儿一次。"徐海燕急着说："还有妹妹我呢。"三个人笑起来。

杜梅把两个孩子郑重地托付给黄助理，带着汪碧菡、古文辉飞往珠海，将两名服装厂涉案的员工抓获。

飞机上，杜梅和汪碧菡谈了一路。她说大恩不言谢，孩子安全，我心愿已了，愿意接受任何处罚。汪碧菡告诉她，在解救孩子的过程中，有两名 A 国警察殉职，你不用谢谁，这是警察的职责。

汪碧菡没有讲，因在抓获李阿弟的行动中负伤的杜国飞，此时还躺在病榻上。

郑楠翔在和苏强、肖二力搏斗的过程中，颅骨被击打致粉碎性骨折，死得很壮烈。

王庆峰在他的墓碑前含泪告慰他：肖大力和小三会面后，小三"捡"到的手机，准确提示了他们的方位，二人已被抓捕归案。

墓碑背面，刻着郑楠翔最喜欢的老政委的话：我们都在负重，我们都在爬坡，我们都在前行。郑楠翔的遗体告别仪式，老政委也参加了。老政委含泪为他送行，全场泣不成声。

五十

省公安厅在滦阳市召开"6·09"爆炸案、"6·02"越狱、逃脱案侦破总结暨表彰大会。公安部的有关领导、省公安厅钟厅长、韩副厅长和政治部主任莅临大会。杜国飞因伤未能参加。郑楠翔的妻子郝玲、女儿小铃铛应邀出席大会，在前排就座。许乐然、汪碧菡、古文辉、杨华、张翔、徐海燕等也坐在前排座位上，他们身披绸带，佩戴红花，气氛热烈。

"6·09"爆炸案专案组被授予集体一等功，"6·02"追逃组集体二等功。授予杜国飞全国公安系统二级英模，追授郑楠翔全国公安系统二级英模，授予许乐然、杨华、汪碧菡、古文辉等人一、二等功。

钟厅长的讲话引来了一阵又一阵的掌声："两个多月前，我说要到滦阳为你们庆功，喝庆功酒，这个愿望实现了！你们向党和人民递交了一份满意的答卷。'6·09'爆炸案的告破，挫败了境外敌对势力的阴谋，我们胜利了！我们用行动诠释了我们曾经立下的誓言：'我们有能力保卫奥运会的安全，保证奥运会胜利召开！''6·02'越狱犯和看守所脱逃犯罪嫌疑人的成功抓获，彰显了我们的气势，壮我警威。我们滦阳有一支能战斗、叫得响的队伍，是让党放心、让人民群众信赖的队伍。我们是钢铁长城！在这里，我代表公安厅党委、代表全省公安队伍，向英勇献身的郑楠翔同志、向光荣负伤的杜国飞同志致以崇高的敬意！向荣立集体一等功的专案组和获得其他荣誉称号的同志表示祝贺！向公安部领导和同志们表示感谢！"钟厅长的讲话被掌声一次次打断。

最后钟厅长宣布："九月初，在滦阳市将举行反恐处突的实地演练。届时省厅有关部门、各市公安局将派员参加。我相信，滦阳会再接再厉，更上一层楼！"

时光匆匆而过。离演练还有两天的时间，钟厅长提前一天赶赴滦阳市。随行带来了指挥通信车、反恐突击车、轻型装甲车、排爆车，还有两名排爆机器人。这下其他市公安局局长们眼红了，在接待晚会上，他们开起了王浩局长的玩笑："这一响真是飞机上放了二踢脚——响得高啊！"钟厅长脸色一沉，很严肃地说道："你们谁要是再敢有响（爆炸声），我不是去给你们送装备，而是去摘你们的乌纱帽！"这些局长们全都噤声了。

演练在市中心广场举行。假想敌对势力在广场布置汽车炸弹，制造恐怖事件。

上午九时，指挥中心接到警情：一辆北京牌吉普车停放在市中心广场人员稠密地带，车内有疑似爆炸物。市公安局立刻启动反恐紧急处置预案。

交警支队特勤大队和市区大队对通往中心广场的交通要道实施管制，疏导人员车辆。巡警支队一、二大队封锁中心广场进出口，立刻疏散人群。广场入口设置警戒线，清理滞留人员和车辆。分局治安大队、巡警大队和辖区派出所做好周围居民的疏散安置工作。特警防暴大队排爆中队的排爆车开赴现场，用排爆机器人对车内疑似爆炸物实施排爆。刑警、技侦、网监支队和车管部门对车辆和可疑线索迅速排查，控制嫌疑人。预防连环案件发生。治安支队等相关部门做好可疑物品清查工作，宣传安全防范事项。与红十字急救中心协调联动，准备救治工作。武警、消防支队和部分警力机动备勤。王浩局长在指挥通信车内。中心广场监控视频及周边交通道口监控视频切换到现场指挥车内，市局新闻发言人随时准备发布消息。排爆机器人在专业人员的操控下，顺利拆除了疑似爆炸物，投进排爆车里，成功排爆。这是一次模拟警情，实战处置行动。省市多家媒体现场直播报道。

指挥中心接到新的警情：滨河路市直第二幼儿园，一名犯罪嫌疑人持刀劫持两名幼儿老师、十六名幼儿，要挟警方为其解决现金和车辆。市公安局迅速启动二号处置预案。

......

钟厅长在演练现场会上点评：这次演练最大限度地贴近实战。各参演部门，组织周密，配合密切，处置果断，起到了磨合机制、完善方案、检验能力、锻炼队伍、查改不足和推动工作的目的。省厅相关部门和各市公安局，要总结推广这次演练的成功经验，因地制宜地做好反恐处突的工作。确保一方平安，保证国庆期间不发生影响稳定的事件。

钟厅长离开滦阳时，特意到烈士陵园，向郑楠翔的墓碑敬献了花篮和挽联。挽联是钟厅长亲拟书写的：

戎马又从警卫国安民不惜洒血献身
忠诚于信仰爱岗敬业岂容抛家弃子

汪碧菡从滦阳离开时，杜梅的处理意见还没有下来。在王浩局长的特批下，汪碧菡到市看守所会见了杜梅。杜梅的精神状态不错，想对汪碧菡笑一笑，却闪出了泪光。汪碧菡告诉她：滨河丽水的开发项目顺利启动，我已向刘董事长推荐了你，由你继续完成。杜梅点头时，眼泪落了下来。她想说点儿什么，又觉得没有什么语言能够表达。

汪碧菡选择双休日，特意去云雾山庄看望了两个孩子，孩子们已记不起她了。黄助理将孩子安置在实验小学，是郝玲所在的学校。两个孩子很自立，小大人一样。黄助理拉着他们的手，把汪碧菡送到山庄门口，目送着她的汽车在一片翠绿中远去。

又一个金色的秋天来临。